JN156459

レジェンド・オブ・イシュリーン

Legend of Ishlean

VI

Written by kikonraku

Illustration by kyokahatori

南北縦断公道

異民族支配地域

ア選帝公
ン公領

トラスベリア選帝公
グレイグ公領

東西横断公道

神聖スーザ帝国

グラミア王国

黒洋海

南部諸国

フェルド諸島

N

S

world map
Legend of Ishlean

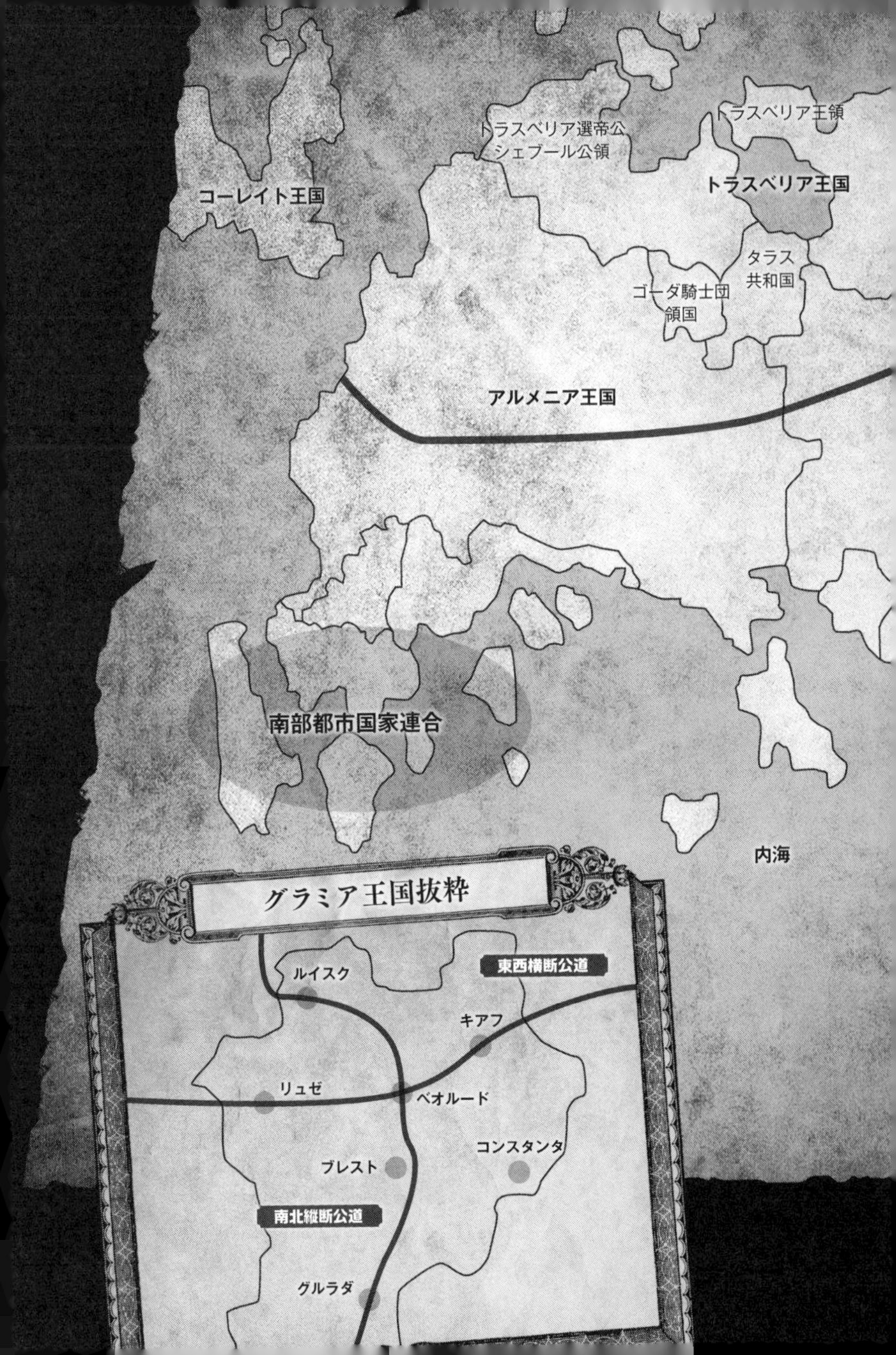
トラスベリア王領
トラスベリア選帝公
シェブール公領
コーレイト王国
トラスベリア王国
タラス
共和国
ゴーダ騎士団
領国
アルメニア王国
南部都市国家連合
内海
グラミア王国抜粋
東西横断公道
ルイスク
キアフ
リュゼ
ベオルード
コンスタンタ
ブレスト
南北縦断公道
グルラダ

Character

イシュリーン
グラミア国王と国軍近衛連隊の士官であった母との間に生まれたグラミア王国の王女。国務卿バザールを倒しグラミア王国の王となった。

ナル
2020年の日本から突如グラミアに現れた青年。自分の居場所を作ってくれたイシュリーンの未来の為に、王補佐官として奮闘する。

ダリウス
雷神《トールアン》と恐れられたアルメニア王国の元傭兵。友人であるナルとイシュリーンの為に、命を賭して戦う。

マルーム
帝国の追っ手から逃れたイシュリーンが身を寄せたモルドバ領を治める領主。ルマニア統一に大きく貢献し、ルマニア公爵の地位を得た。

アルキーム
マルームの兄。イシュリーンの王権奪取に協力した功績からマルームがルマニア公爵となった事により、弟からモルドバ伯爵位を継いだ。

ハンニバル
祖父であるルヒティの死後、オデッサ公爵の地位に就く。赤で統一した甲冑に身を包んだ騎兵団を率いており、炎王《イフリル》の異名を持つ。

ドラガン
元ウラム公爵バザールの息子。グレイグ公とのウラム公爵領攻防戦の後、正式にウラム公爵となる。

アブリル
テュルク族の族長の孫娘。黒装束で身を包み、口元をニカーヴで隠しているミステリアスな女性。ナルに想いを寄せている。

シュケル
帝国軍の聖紅騎士団の総長。アルメニア王国元帥カミュルを討った事により帝国内での地位を取り戻した。打倒グラミアを誓う。

ベルベット
アルメニア王国首相レニンの娘。魔導師として非凡な才能を持ち、ダリウスとは旧知の仲。古代文明の研究に熱心に取り組んでいる。

ゲオルグ
グラミア王国ロッシ地方を治める公爵であり、グラミア王国軍務卿。内乱の際に蜂起したイシュリーンの元に集った大貴族。

アルウィン
グラミア王国ルブリン地方を治める公爵であり、グラミア王国政務卿を経て現在はアラゴラ総督に就く。

ジグルド
バザールの奸計からイシュリーンを助けた際に片腕を失った隻腕の士官。副官を務めた過去を持つ。

スジャンナ
シュケルの策によって聖女としての責務を与えられた。聖紅騎士団の騎士であるエリザの妹。

Outline
Legend of Ishlean
ナル、ダリウスをはじめとした多くの臣下の協力により王権奪取に成功し、グラミア王国の王となったイシュリーン。アラゴラ王国の制圧、帝国軍の撃退、リュゼの奪還と快進撃を続けるグラミアと共に軍師ナルの名声は周辺各国へと轟き始めていく。
その後もトラスベリア王国の選帝公グレイグとのウラム公爵領攻防戦でも勝利し、帝国軍の煽動により始まった東部都市国家連合との争いにおいても海上貿易の要所オルビアンを制圧したグラミア王国。オルビアンを落としたグラミアの勢いに危機感を覚えた聖紅騎士団のシュケルは、帝国内の不協和音を排除し国を一つにするべくエリザの妹スジャンナを偽りの聖女として擁立し、民を、、そして国を鼓舞しグラミアに対し聖戦を発動したのだった。
その頃、グラミアの一部の諸侯の間では、帝国軍の煽動と連戦への不満からナルへの不信の声が高まり始めていた。グラミアと帝国——決戦の時は近い。

Contents

Legend of Ishlean

Written by kikonraku

Illustration by kyokahatori

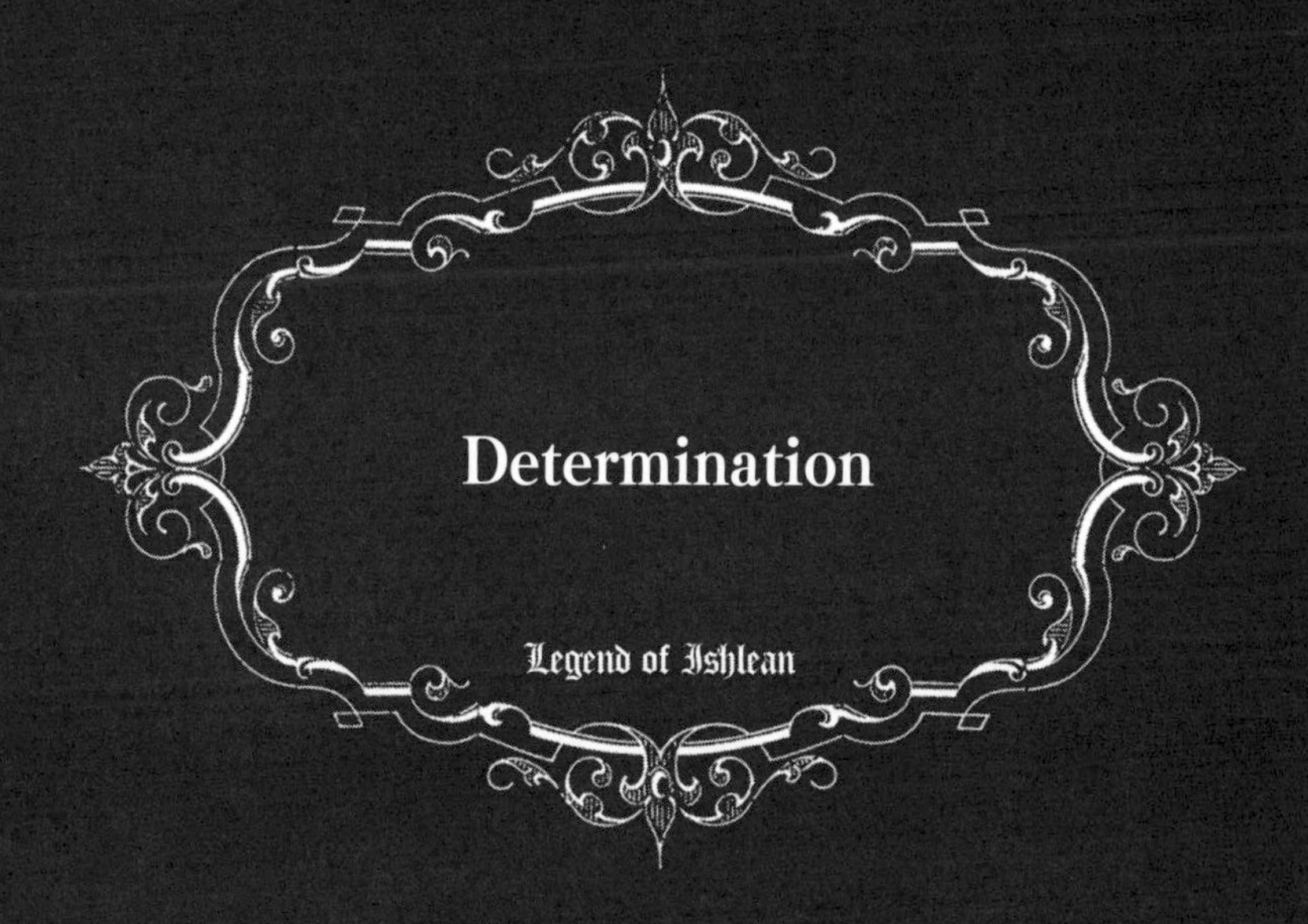
Determination
Legend of Ishlean

オルビアン陥落から五日後の現在。

グラミア貴族の数人が、グルラダはずれの荘園に集まった。ここはルブリン公爵の幕下に連なるイグリース伯爵の所有地で、アラゴラ征服後に新領地として賜った場所だ。

荘園の中央には大きな村があり、その中心には屋敷がある。もともとはアラゴラ諸侯の領地であった場所で、この屋敷もアラゴラ貴族の居宅であった。現在の所有者であるイグリース伯爵フォルクは、この屋敷に客人達を招いていた。

しかし、華やかな酒宴は開かれていない。

蝋燭の炎が照らす空間は、ぼんやりとした灯りが心細い。

集まった面々は、声量を抑えて話し合う。薄暗い室内だから、後ろめたいから、大きな声で話す内容ではないから、といった複数の理由が入り混じったことで小声になっているのである。

「討伐されるのではないか？」

「いや、帝国が迫るなか、そのような暇はないだろう」

「しかし、あの陛下だぞ」

「いや、帝国に勝った後に軍を向けられるのではないか？」

「勝てるか？　帝国は聖戦を発動させたのだぞ。勝てるはずがないだろう」

この中に加わっていたサヒンは、彼等の意見を黙って聞いていたが、遅れている例の客人が現れる前に、と口を開いた。

「どうであろうと……あの男が我々に命令を出すのは、このままだと変わりはしない。それに、相続法は明らかに我々を狙い打ちにしようとしたものだ……陛下が勝ってしまうと困る」

「サヒン卿、だが……完敗されても困るのだ。スーザ人どもが押し寄せてきたら……」

「いいか？」

サヒンは身を乗り出し、猫背はさらに丸まった。

「貴公ら、弱気になった脳みそを精一杯、働かせて考えろ。一戦して国が滅ぶなどあり得ん。問題は、苦戦する陛下と国軍が、我々に妥協するという図だ。帝国が、我々に配慮するといった関係だ。このままでは……使い捨てだ！」

サヒンの声には棘があった。

これまでの苦労と、これからの予想が、彼の声に悪感情を乗せている。

彼はここで、失った指を気にするように拳を握った。この時、扉を叩く音がして遅れていた例の客人到着を、室内の全員が知った。

サヒンが拳を解いて扉を睨む。他の者達も視線を転じさせ、皆がその男を見た。

「お待たせした」

白い髪に白い衣服の男。彼は皮肉めいた笑みで男達に近づきつつ、薄暗い室内で大人達が膝を突き合わせている光景に滑稽さを感じた。

遅れて現れた男は、見下すような声と表情を作り、屋敷の主と先客達に言い放つ。

「我々がこうしている現状は、皮肉なことに、我が国が原因だ」

「ハインリヒ卿……前置きはいい」

屋敷の主であるフォルクが、現れた男に空いた椅子を勧めた。しかしスーザ人は立つことを選び、グラミア人達を睨むようにして見た。

「よろしいか？　グラミア諸侯の皆様方……これは計画通りのことなのだよ」

ハインリヒは顎を摘まみ、伏し目がちに発言を続ける。グラミア人達は一様に黙った。

「グラミアを育てて討つ……この方針通りに、これまで進んできたわけだ……」

「強がりを言いに来たのではあるまい？」

これはサヒンだった。

「いいや、予定通りだ」

ハインリヒは余裕のある声で答える。それは、嘘を隠す為のものだが、周りの男達は気付かない。

「強がりではない。この一年あまりの状況は……我々が仕組んだことだ」

聖皇騎士団総長（ハイトバプスト・オルディーン）の声は、恐ろしいほどに冷たい。

「……貴公ら、考えたことはないか？　イシュリーンが、あの渓谷から逃げ延びることができたのは、本当にあんな男が助けたからか？　違うだろ……我々が追跡を止めたからだよ。予定通りの接触ができたから、予定通りに兵を退いたのだ。現に、あの女は無事にクローシュ渓谷を出た。その後、どうなった？」

彼の吐く声は、ひどく匂う毒のようにグラミア人達の表情を歪めさせた。

ハインリヒは、男達が囲む円卓に両手をつき、彼等をのけ反らせるとぐるりと見渡す。そして、口の右端だけを釣り上げるようにして言葉を紡いだ。

「いいか？　あの男……どうして記憶喪失だ？　それなのに、どうして我々に何度も勝てている？　普通に考えて、おかしいと思うだろう？　……思わないのか？」

白い男は表情を消した。

しばしの空白を作った彼に、グラミア人達は同国人同士で見合い、胸中で膨らむ疑惑で声を出せないでいる。ただサヒンは少し違った。彼はそういう論法があるかと感心していたが、白い男の主張を嘘と決めつけない己の心情に従ったゆえの顔つきである。だが、万が一、ハインリヒの話すことが事実だとすれば、これまでのおかしな、彼から見ておかしなグラミアの歩みも理解できると結ぶ。

サヒンが思うグラミアのおかしな歩みとは、負け続けていた側が突然に勝ちだし、周辺諸国を斬り従えた。その間、示し合わせたような動きを帝国は取っている。

ハインリヒは、思慮の足らぬ奴らだと言わんばかりの口調となった。

「本当にあいつの手柄だと貴公らが信じているならば、我々とナルの計画はうまくいっているということだ。どうだ？　お前達も乗れば、後日には楽ができるぞ」

彼は、男達の返答を待つかのように口を閉じて、移動すると壁際に立つ。

「ど……どういう意味だ？」

誰かが、震える声でハインリヒに問う。聖皇騎士団総長（ハイトバプスト・オルディーン）は、この後に及んで俺に言わせるなとでも言いたげな顔を作った。

「我々の計画では……」

彼は、問いには答えないという意図を発言で彼等に伝える。

「……貴公らまでは潰す予定はない。ゆえに……王に協力するな……戦えとは言わん。協力をするな……それだけでいい、それだけで、いいのだ」

聖皇騎士団総長（ハイトバプスト・オルディーン）が口を閉じた。

サヒンは、髪の毛をぼりぼりと掻きむしりながら白い男に注文をつける。

「我々の領地には手を出さない。文書で……覚書を交わしたい」

「かまわんよ……ただし、信仰の対象は変えて頂く必要があるがな」

ハインリヒは答え、文書は後日、取り交わすと言い捨てて去る。

彼は、室内に残ったグラミア人達がどのような相談をしようとも、グラミア国軍が動きだした時、中小諸侯が取る対応で賛同者は自然と判明すると読んでいた。ゆえに、議論を見守る必要などないと決めていて、さらに、靡かなくとも、彼等の中に植え付けたナルへの不信が、勝手に大きく育つだろうと考えていた。

ハインリヒは屋敷の外で待つ部下達を見て、一礼を受ける。差し出された手綱を掴み、軽やかに馬上の人となった彼は、敵にされていたことをそっくりそのままやり返してやったという満足で鼻を鳴らしていた。

「人は、望むものを信じたがる……蛆虫（グラミアン）も、身をもって知るだろう」

「上手くいきましたか？」

騎士の問いに、総長は「さぁ」と答え、こう続ける。

「どちらにせよ、グラミア国内でナルという男の出自に疑いが生じるだろう。そして、それらしい証拠が出て来れば……真実とは作られるものだ」

ハインリヒの発言には、指示が含まれている。彼は部下に、ナルがスーザ人で、帝国の間諜としてグラミア王国に入った証拠を作れと命じているのである。

部下たる騎士が、一礼し先に馬を駆けさせた。

総長は、去る騎士とは違う方向――グルラダへと向かう。

「ハッ……人の足を引っ張ることで成り上がろうとするクズは、噂話が好きなものだ」

彼は馬上で、頬を弛ませていた。

⁘

ナルは、自分が夢を見ているとわかった。セピア色の景色は、どこか森のようなところにいると理解できたが、それは人工的なものだと悟った。誰かと並んで座っていると感じた時、景色が鮮やかに色づく。ジリジリと焦げるようなアスファルトは、季節が夏であると彼に告げるが、暑さは全く感じない。そびえる赤い鉄の塔は、東京タワーだとすぐにわかった。それを正面に、彼は公園の中に立っている。鮮やかな緑は力強く、葉達のざわめきで風が吹いていると知ったが、体感はない。車の走る音や、空高くを駆ける飛行機の騒音が、ナルにここは二十一世紀の日本だと教えてくれた。

彼は、隣の男を見る。

そこには、スーツ姿の自分がいた。ストライプの入ったグレーのスーツに、ボタンダウンのシャツを着るもう一人のナルは、グラミア王国王補佐官の正装をしている自分を見る。

二人は、同時に薄く笑った。

ナルは——夢を見ていると自覚あるナルは、スーツ姿の自分に問う。

「そちらは、どうだい？　仕事は？」

「大変だよ。営業……全く喋れない」

「転職、したらどうだ？」

「それは、お爺様に刃向うことになるよ……ところで、君はどうしてそんな格好をしてるんだ？」

「……いろいろあって。でも、嫌いじゃないよ、ここ」

「ここ……て、どこさ？」

「遠い未来だ」

「遠い未来……？」

「……何でもない」

「ふぅん……でもさ、どうして君は、手が血塗れなんだ？」

ナルは、もう一人の自分に指摘されて、自らの両手を見る。そして、真っ赤に染まった両手を見つけた。目を見開いた彼は、その瞬間に、自分の手を濡らす血の滑りを感じる。

ナルが驚きで声をあげた瞬間、閃光がパっと走り、彼は眩しさに抗えず瞼を閉じた。

呼吸を深く繰り返し、ゆっくりと両目を開ける。

そこは、二十一世紀の日本ではなくなっていた。

彼は薄暗い部屋にいて、机に突っ伏して寝ていたと、目覚めて気付いた。そして、夢を見ていたと頭を払う。卓上に散らばる書類や地図には、さきほどまで考えていた案がびっしりと書き込まれている。

ナルは矢印や記号、数字や文字が賑やかな地図を指で撫でた。

神聖スーザ帝国と戦い、負けない案がそこには記されている。

主導権を握る。

勝てなくても勝つ。

ナルは、力強く書かれた文字を睨む。自分の字だが、グラミア語ではなく、漢字とひらがなで書かれた文は短い。

彼は細い息を吐き出し、立ちあがると、外を見ようとカーテンを開く。彼がオルビアンで使っている部屋からは、海と空が見えた。この都市を陥落させて半月ほどが経つが、夜明けをこの街で見たのは、アブリルが負傷した時以来だった。彼はまだ無理のできない彼女の回復を祈ると、窓を開け放つ。

東の水平線が、輝いている。煌めく波は、海が穏やかであることを彼に伝えてくれた。だからナルは優しい笑みを浮かべることができたが、そんな世界で、戦争を起こす自分への複雑な感情で瞼を閉じる。

彼はそのまま、悩みを溢した。

「俺は……また人を殺すのか……」

目を開いた彼の視線は、浮かびあがろうとする太陽から逸らされない。

ナルは、外の空気を肺いっぱいに吸い込んだ。

「この世界の空気だ……」

彼は言葉と息を吐きだし、また、呟いていた。

「この世界の……今日だ」

ナルは、挑むように朝焼けを睨む。

⁘

神聖スーザ帝国の帝都。

騎士が多く住む街区に、シュケルの家もある。

彼の母イザベラは、出征した息子の無事を祈る最中に倒れ、目を醒ましても起き上がれなくなってしまってからは寝たきりの生活を送っている。

二年になる。

彼女は言葉を上手く発せられず、身体を動かすこともままならないが、意識ははっきりとしていて、もちろん感情もある。それは、口元を見ればわかることだ。

ミューリュは、イザベラに微笑みを向けられて笑みを返すと、養父のことを口にした。

「シュケル様、またお仕事でグラミアに行かれます。大奥様も、ご無事を祈ってください」

「あ……ぁあ……」

「ええ、もちろん、私もそうします」

「ああ……」

「ふふ……林檎、持って参りますね」

椅子から腰を浮かしかけたミューリュは、寝台から伸びるイザベラの手に動きを止めた。養女は無意識に伸ばされた手を取り、イザベラの細い指が自分の手の平を這う動きに気付いた。とても弱々しいが、しかし文字だと感じることができる。意思疎通は、いつもこの方法だった。

『あ・り・が・と・う。い・つ・も・ご・め・ん・な・さ・い』

「……大奥様、謝らないでください」

『あ・れ・の・む・す・め。も・っ・た・い・な・い』

ミューリュは頭(かぶり)を振ると、イザベラの手を毛布の下へと戻して席を立つ。そして廊下へと出て、階段を下りた。その先には食卓があり、シュケルの実子で、ミューリュにとって妹となる女の子二人が、甘い林檎を取り合っていた。

「これ、あたしのだよ。ジュリはだめ」

「ジェジェ、ひとつ多く食べた。あたしんだもん」

「父上のをやろう。喧嘩は駄目だ」

シュケルが自分の林檎をジェジェに分け与え、頬張る二人の娘を眺めて微笑んでいる。ミューリュには、この男がどうして戦争で有名になっているのかが理解できない。家にいる時のシュケルは、優しく、教養のある立派な父親であり、彼女にとっては養父でいてほしくないほどに魅力的な相手であった。

「ミュー姉も食べよう」

八歳になるジェジェが、明るい声色でミューリュを誘う。シュケルの視線を受けて、彼女は照れたように笑った。

「大奥様に、林檎を持っていきます」

「俺が行こう。ミューリュ、食べなさい」

シュケルが柔らかな動作で立ち、切り分けられた林檎が載る皿を手に取る。

ミューリュは、妹達の対面に腰掛け、サラダとスープを前に口内で神への祈りを捧げる。しかし、そうしながら、神の存在に疑問を抱く自分に違和感を覚えた。それでも、習慣となっている祈りは澱まない。

暖炉の薪が弾けて、音が鳴った。

昼過ぎだが、ひどく寒く、暖がなければ室内でも凍えそうな毎日が続いている。それでも、シュケルが家にいてくれるのであればと、彼女は窓に視線を転じた。

粉雪が舞っていて、庭は白一色に染まっていた。

どこまで積もるだろうかと、ミューリュがスープを口に運びながら考えていると、六歳のジュリが覗きこんできた。

「ミュー姉、林檎、美味しいよ?」

大事に残していた最後のひとつを差し出したジュリに、ミューリュは微笑んでいた。

「ジュリが食べて。さっき食べたから」

ミューリュは、妹に気を遣わせまいと嘘をついた。

「……じゃ、半分」

ミューリュは林檎を受け取り、齧ると妹に返した。

「美味しい？」

尋ねるジュリに、笑うミューリュが頷く。

「美味しい。ありがとう」

ここで階段が軋む。ジェジェは父親が二階から下りて来たと知って声をあげた。

「父様、外に行っていい？」

食堂へと戻って来たシュケルが、笑みを浮かべて頷いた。

「片付けをしたらいいよ」

「はぁい」

「あたしもぉ」

ジュリが、置いて行かれまいと食事を急ぎだした。

「ミューリュ、ちょっと一緒に出れるか？」

「はい……着替えたほうがよろしいですか？」

「……いや、そのままでいいよ」

養父の言葉に、ミューリュは何だろうかと訝しみながら立つと、食器を洗うジェジェに感謝し、代わってやった。そして皹の沁みに堪えて洗い終えると、二階の自室へと一度戻る。シュケルが買ってくれたクリームを両手に塗り込み、鏡の前で自分の顔を見た。そして、行き先はわからないにしても、最低限の身支度はすべきだと思って薄く化粧を施す。

一階に下りると、シュケルが立ちあがった。平服の彼は、厚手のコートを羽織り、マフラーを巻くと、ミューリュに言う。

「寒いから、これを使いなさい」

死んだ妻が使っていたストールを差し出した彼に、ミューリュは礼を言って受け取ると首に巻いた。

そして、衣装掛けから自分のコートを取り、袖に腕を通した。

庭でジェジェとジュリが、お隣の男の子と遊んでいる。三人は地面に積もった雪を拾っては投げ合っていた。

その少年は、女の子二人の父親に挨拶ができる子だった。

「お邪魔してます」

「ああ、ゆっくりしていきなさい」

男の子に挨拶を返したシュケルは、ミューリュを誘って歩きだした。彼女は自然と彼の後ろに続いたが、養父は養女を隣に誘う。

「あの……どうかなさいましたか?」

「君と、散歩をしたいと思った」

「……シュケル様、次は長くなるのですか?」

二人は住宅街の中を歩く。彼女は、向かう先は近くの礼拝堂だと気付いた。

「長く……なる。だが、勝って帰るよ」

「当たり前です」

「そうか……当たり前か……」

「勝っても、負けても、帰ってきてください」

「……誰かに聞かれたら大変だ」

二人は、礼拝堂の敷地に入ったが、シュケルは裏手へと向かう。ミューリュはそこが墓地であることを知っていて、彼の妻が眠る場所に入ったのだと表情を固くした。それは、自分がシュケルに向ける気持ちを、亡くなった先妻は良しとはしないだろうという気持ちのせいだった。

雪は勢いを増していく。

ケイト・クラニツァールと記された墓を前に、シュケルが立ち止まる。

無言で祈るシュケル。

迷いながらも、沈黙を選んだミューリュ。

雪がさらに強くなった。

唐突に、シュケルが口を開く。

「ミューリュ、さっきな……母上に言った」

「……何を……です？」

「君を嫁に出す」

「……！」

ミューリュは、言葉が出て来ない。

シュケルが、墓石を見つめたまま続けた。

「ローター猊下は、君さえよければ喜んで迎えると仰ってくださっている」

「枢機卿……猊下……」

ミューリュは、あの日、シュケルを戦場に連れ戻した男を脳裏に描いた。

「母も、ジェジェもジュリも、猊下が所有されている別邸で暮らせる。君も……俺の家族の世話を強いられる日々から解放される……我がままを言って、養女になってくれと頼んだ俺について来てくれて、ありがとう。君のおかげで、とても楽しかった。ご飯も……美味しかったし……」

ミューリュは、シュケルが死ぬ覚悟で戦に行くつもりだとわかった。いや、正確には、これまで以上の覚悟と決意で出征するのだと知った。そして、自分がいなくなっても家族が困らないように、ミューリュが家族に縛られないように、彼はこれを言っているのだと理解した。だが、ミューリュの願いはそこにない。彼女は、誰もが羨む枢機卿の妻よりも、なりたいものがあるのだから。

彼女は縋るような目で養父に願う。

「シュケル様……帰って来てください」

「ミューリュ……」

「嫌です……シュケル様、帰って来てください」

「……約束できない」

こう答えたシュケルの誠実さをミューリュは受け取る。

彼女は、だからこそ懸命に言葉を紡ぐ。

「帰って来てください。お願い……お願いします。どんなことがあっても、帰って来るって言ってください。わたしは、シュケル様のお帰りを、あの家で待ちたいです」

シュケルは、ミューリュを抱きしめる。しかしそれは、彼女が望むような抱擁ではない。

「ありがとう。君のおかげで、娘達も、母上もとても助かった。そういうつもりがなくとも、結果的に、君の人生を俺は縛ってしまった。ロータ一猊下は立派な方だし、君を大事にしてくれるはずだ。楽な暮らしができるし――」

「わたしは！　シュケル様と一緒がいいです！」

養父の声を遮ったミューリュは、シュケルの肩にすがりついた。

「わたしはシュケル様の家族になりたかったから、あの日、貴方について行ったんです。わたしは、貴方の家族になったから、家のことをしてたんです。嫌々じゃない……仕方ないと思ってじゃない……わたしは……家族なら普通のことだと思って……貴方の――」

「ごめん」

シュケルが謝罪で遮った。

「……謝らないでください」

ミューリュは悲しくて、彼の謝罪を拒絶した。

「……すまない。ミューリュ……俺は君の期待には応えられない」

「……」

顔をあげた彼女は、優しい養父の笑みを見る。彼は照れたような表情で、しかし視線は彼女に定まっている。

シュケルは、そっと養女の髪を撫でた。

「ミューリュ、幸せになって欲しい。君の幸せは、きっと俺の隣にはないよ。気付くのがこんなに遅くなって……悪かった。君が本当に良い娘だったから、気付きたくなかったんだ……」

「シュケ……ル」

「さ、君のご両親のお墓に行こう」

シュケルが、ミューリュをゆっくりと離した。その所作には躊躇いが含まれていて、彼の気持ちを彼女は知った。

ミューリュは、きっとこの人は自分を選ばないと思う。

それは、単純な理由だ。

シュケルは、まだ死んだ妻を愛しているのだ。だから彼は、戯れや欲求を紛らわせる為に外で誰かを抱いてはいるが、本気で愛を求めようとしないし、求められようともしていない。そして、彼はこうだから、神を信じていない。

愛しい妻を救わなかった神など、信じないのである。

ミューリュは今ようやく、これに気付いたからこそ俯いて、今の自分にできることは、シュケルの負担を軽くすることだと決める。

「父様……ローター猊下に、是非にと、お伝えして頂きとうございます」

養父は、出会った時以上に、彼女との距離が離れたような感覚に襲われる。しかし、そうさせたのは自分だという詫びの気持ちが、彼に笑みを保たせていた。

「うん……ありがとう。これで俺も……安心できる。行ってくる」

シュケルは自らに、案じることなどないと言い聞かせるかのように発していた。だから彼の声は、とても重く、暗く、しかし明瞭である。ゆえにミューリュは、ハッと養父を見あげていた。

彼女の視線を受けるシュケルもまた、雪を吐きだす黒い空を見上げている。その顔は、優しい父親であった彼のものではなく、禍々しいと表する他にない形相へと変貌していた。


翌日の夜。

アンドレアス・エフェンベルグは仲間たちを居宅に招いて酒宴を開いていた。教皇フリードリヒ二世を後ろ盾に持つ彼に取り入りたい者達は少なくなく、皆が彼の機嫌を取ろうと必死である。またそれが、アンドレアスの満足を誘っていた。

この時の彼等の話題は、ローターを中心に動き始める教団と帝国への不満と愚痴である。

「それにしても、聖女(ハイトゲーテ)など、本当なのでしょうか?」

ある司祭の投げかけに、アンドレアスは喉を鳴らして笑った。それは知っている者が、知らない相手を前に優越に浸る種類のものであり、他人を嘲り見下すものだ。そこに、茶番で国が踊り出そうとしていることに対する可笑しさが混じり、複雑な笑みとなっている。

彼は教皇から、事情の一端——聖女はローターとシュケルによって作られたものであると知らされていた。そして、これはローターを引きずり降ろす時に使える材料になるとほくそ笑んだが、明るみに出すのは今ではないと決めていた。グラミアへの侵攻を目的とした軍は、もうじき発つ。その軍が国外に出た後に、聖女の真相が民に知らされる時だと思っていた。そして民は、ローターが功名心で聖女を操り、教団を私物化しようと企んでいると知ることになるだろう。そこでアンドレアスがローターを糾弾し、グラミアと戦う不正義な軍を背後から討伐することで、教団は教皇を頂点とした、あるべき姿へと正されることになるはずだ。ここで、教皇を支える有能な枢機卿は、ローターを討伐した男であるに違いないのである。

アンドレアスは、こう企み、期待し、笑みを消さない。

「本当であるなら、我々は勝つ。グラミアに苦戦するようなら、偽物だ。そういうことで、いいではないか？　ん？」

アンドレアスの言葉に、一同の笑い声が連なった。葡萄酒を注ぎあう声、肉を咀嚼する音、下品な話題に相応しい声が場を満たしていく。

扉が叩かれた。

酒はまだある。アンドレアスは「持って来いと命じていないはずだが」と溢し、眉をピクリと動かした。

彼は、執事の慌てる声を聞く。

「大変でございます！　騎士達が！　騎士達が大勢、参りました！」

「騎士!?　無礼だと言って追い返せ」

「申しましたが、しかし――」

執事の声が途切れ、大勢の足音がアンドレアスにも聞こえる。

「お待ちください！　お待ちくださいませ！　なりませぬ！　な――」

執事の叫びは、扉が蹴破られた音で遮られた。

眉目秀麗な青年騎士は、長剣を片手に恭しく名乗ってみせる。

「聖紅騎士団(ハイローダー・オルディーン)総長ミヒャイル・ロア、酒宴には招かれておりませぬが、アンドレアス殿に用があって参りました」

「……騎士風情が何を血迷ったか!?　俺を誰だと思って――」

「教皇猊下のご寵愛を授かったところで満足しておけば良かったのだ」

その声は、ミヒャイルの背後から発せられた。

「シュケル……」

聞き覚えのある声で、アンドレアスは腰を浮かすと、頬の傷を歪めて笑う男の登場に表情を消した。

聖女(ハイトゲーテ)から、聖騎士(ハイリッター)に指名された男――シュケルは純白のマントに身を包んで立っていた。その表情は、一切の感情を読み取ることができないものであったが、冷酷な目の輝きが主張する殺意は旺盛で、アンドレアスと一同は、乱入者達が何を目的としているのかを悟っていた。

「……待て、シュケル。俺が何をした？　俺は――」

「お前は、いるだけで害なのだ」

シュケルの断定は恐ろしいまでに冷静な声で発せられており、反論や言い逃れを封じ込めた。

彼は前に進み出ると同時に、腰の長剣を抜き放ち一閃する。

扉近くに座っていた司祭の首が飛び、鮮血の噴水が酒宴の匂いを室から追い出し、代わりに、不気味でおぞましい臭気を充満させる。

ミヒャイルが動く。

酒宴は突然の終了を強いられ、アンドレアスは狼狽えながらも逃げようと懸命だった。

突入してきた騎士達に背を見せて逃げ出した彼は、襟首をシュケルに掴まれ、後ろに引かれて倒れる。アンドレアスは床で背を打ち、息苦しさで悶えながら、シュケルの顔を見上げる。何の感情もない聖騎士（ハイリッター）の表情に、アンドレアスは恐れをなし、ガタガタと震えるだけとなった。その耳に、シュケルの淡々とした声が届く。

「教皇猊下から、聞いてしまった時、お前はもうこうなるしかなかったのだよ」

「待て……何かの間違い……お……俺は何も聞いていない」

「いや、教皇猊下は、お前に話したはずだ。俺がそうお願い申し上げ、ご承知くださったのだから」

「な！」

アンドレアスは、言葉を失ったように口をパクパクと動かす。そして、教皇が自分に聖女（ハイトゲーテ）の裏話を教えたのは、自分を殺す理由を作る為だったのだと理解した。

その瞬間、アンドレアスは激痛で呻いた。見れば、シュケルの剣が、彼の腹部に突き刺さっている。

刀身を捻じられて悶絶したアンドレアスは、腹の中を抉るような剣の感触に絶叫していた。

「があああああ！」

「俺は甘い男だ……しかし、秘密を知った者は生かしてはおけないゆえ……悪いな。どうしても殺さねばならないという……理由を作らせてもらった」

シュケルの剣が、アンドレアスの身体から引き抜かれる。

血の滑りが粘着質な音を発した。

目を見開いたまま絶命したアンドレアスを見下ろすシュケルは、室内で立っている者は部下ばかりであると見て、ミヒャイルを呼ぶ。

「は……」

頬を返り血で汚した新総長は、シュケルの隣で片膝をついた。

「アンドレアスは、グラミアの諜報によって暗殺されたと発表をする。彼はグラミアから、聖女(ハイトゲーテ)は偽物だという嘘の訴えをするように強いられたが、拒否した為に殺害されたとも」

彼はこの発表が、今後、聖女(ハイトゲーテ)を疑問視する者は他国に操られているのだとする布石になると考える。

ミヒャイルが一礼する。

「承知しました」

「撤収する」

剣を払い、刀身に付着していた血を振り払ったシュケルが歩きだす。その後ろに続くミヒャイルは、室から廊下へと出たところで、腰を抜かしていた執事の首を斬り飛ばした。

ごろごろと転がった執事の首は、壁にぶつかることで止まった。

ダリウスはイシュリーンに誘われた。


近衛連隊の一個小隊が護衛についたが、彼等はその場所の入り口で待機する。

二人は、オルビアンを一望できる丘に立った。

人々はここを『ダヴィテの丘』と呼んでいる。詩人ダヴィテが、オルビアン一夜という歌曲集を作ろうと決めたのが、この場所だと語ったことからこう呼ばれていた。

海の方向を見て立つ二人は、視界右側に夕陽を見た。そして、視界の奥には霞みのような雲が夕陽に照らされて煌めき、空は夜に溶けるような淡い青であった。ダリウスが視線を落とすと西側の海の一部が琥珀色に輝いて、中央から東は暗灰色だった。

彼は視線を転じて、オルビアンを見た。市街地も西側を赤く照らされて煌びやかであるが、浜辺には、おびただしい数の水死体が波で押し上げられており、本来であれば息を呑むほどの光景は無残なものへと貶められてしまっている。オルビアン陥落から十日が過ぎたあたりから、溺れ死んだ者達の死体が流れつき始め、それは日を追うごとに数を増していた。この死者達はオルビアン市民だった人達で、勝敗が決した後、グラミア軍による略奪を恐れて逃げ出した。海に飛び込み溺死した大量の人達は、逃げなければ殺されるというデマを信じて必死に逃げたが、結果は死であった。水温が低いことで、流れ着いてくるまで日数が経っての状況が現在で、グラミア人達は回収に動いているが、不気味な死体が、それも数えきれないほどに溢れる光景は戦闘に慣れている兵士でさえ気味悪がり、脅えの色を隠せず、作業がはかどらない。

回収が困難となれば燃やせばいいと決まり、ついに今夜、油が撒かれ、火が点けられる。

ダリウスの友人であるナルは、どうしてかオルビアン市民達の悲劇に冷淡で、勝手に死なれて処置にも困ると愚痴っている。また彼は、何故かこの悲劇を、自分が引き起こしたものだと、書記官やベルベットに記録させた。それは『軍師なんてものはロクでもないものだと残す責任が俺にはできてしまったから』という彼の発言から、ナルは自分のしていることを根っこでは嫌悪しているのだとダリウスは理解していた。

だから彼は、友人と自分は同じだと思える。

ダリウスがアルメニアを去った理由のひとつに、もう人を殺したくないと思っていたというものがある。しかし現在、彼は人を殺し続けている。そして、それが彼のグラミアでの価値を高くしていて、なんとも言語化に苦しむ心境を、ここにきて誤魔化せなくなってしまっていた。それでも、友人であるナルとイシュリーンの為に彼はまだ戦わねばならない。それは二人の為だけではなく、自分の為でもある。ダリウスは、彼と彼女に死なれたくないし、不幸になってほしくない。

他人を不幸にして自らの願望を満たす。

ダリウスは、死者達が燃やされる光景を遠目に眺め、そこに自らが関与した大量の死があることを受け止める。そしていかなる言い訳や祈りをしようとも、戦いの中に身を置く限り、己はこれからも死者を増やし続けるといった未来から逃げることを諦めたような面持ちで認めていた。ゆえに彼は、西の水平線に落ちる寸前の太陽を見つめることで、また夜がきて、朝を迎えるはずの自分に問う。

お前は明日、何人を殺す？

彼はそこで、沈黙を保つイシュリーンの横顔を見つめて考えてしまう。

俺の行いが、この方とナルの為になればと思えば諦めもつくが、二人には迷惑な気持ちだろうな……。

ダリウスの視線を感じたイシュリーンが、流し目を彼に送った。それは王としての視線ではなく、友人を見る際の、柔らかな警戒のない、いうなれば穏やかなものである。

「ダリウス、私の顔に何かついているか？」

王の傭兵である男は照れたように笑い、この場所に誘われたことに相応しい話題を持ちだす。それは、彼女はきっとナルとのことを自分に相談したくて声を掛けたのであろうという推測からの問いかけであった。

「何もついてはおりませぬ……ただ、悩んでおられるのは俺にもわかりますが？」

「……ナルとのこと……相談したくて。でも、なんだか恥ずかしいな」

彼女はクスリと笑う。

「ダリウス、アブリルを大切に想うナルだけど、彼は私を裏切っているとは思えない。どうも……彼がアブリルに向ける気持ちというのは、複雑で、説明が難しい類のものだということはなんとなくわかる。彼に抱きしめられて感じる優しさも、以前と変わることはないから……彼のことを私は信じたい……でも、納得できない……わかろうとしない自分がいることを誤魔化せない。それはきっと、彼の口から説明を受けても変わらないだろう。だけど、しょうもない私は、それでも説明を受けないと納得できないと言い張って、ナルを困らせているの」

「男は、女に困らされるものですし、女は、男で悩むものですよ、陛下」

「そういうものかな？」

「ええ……座りませんか？」

ダリウスがマントを脱ぎ、イシュリーンの為に地面に広げた。

王は銀髪を手で梳きながら整えると、両脚を投げ出すようにして座る。そして、ダリウスを手招く。

「遠慮するな。今は二人だ」

「ナルにヤキモチを焼かれますな」

「お前には焼かないだろう」

ダリウスは苦笑し、彼女から少し離れて片膝をつく。

「陛下、ただひとつ、申し上げることがあるとすれば、陛下も、ナルも、アブリルも、遠慮を美徳と勘違いしているから、現状があるということです」

イシュリーンは戸惑いを浮かべる。

ダリウスは、視線を海へと定めたまま続けた。

「陛下はナルに遠慮がある。ナルは二人に遠慮がある。アブリルは陛下に遠慮がある。陛下はナルに、アブリルを正式に妾にするなら我慢すると仰ったと伺いました。そのような覚悟もないのに、仰いましたね？」

「……言った」

イシュリーンが拗ねたような表情になったのは、己の発言を後悔しているからに違いないとダリウスにはわかった。

「アブリルは何と陛下に申しましたか?」

「……彼女は、私の期待に背くようなことはしないと……」

「陛下は、彼女に何を期待していると伝えました?」

「ナルを、取らないで欲しいって……言った」

イシュリーンの口調は、王と、年頃の娘を行ったり来たりしている。それがダリウスには微笑ましく、自分にも若い頃はあったと、過去を脳裏に描いていた。

ダリウスは十人兄弟の七番目だ。皆、男子で戦士である。名前も十人全員がダリウスだった。それほど、この名前はペルシアでは多く、つまり人気が高いが、それはダリウスという名前をつけた子供は戦死をしないという迷信があるからである。

ダリウスばかりになれば、ダリウスという名前でも死人が出るのは必定だが、子供の為に名をつける親には、そのような指摘は無意味なのだろう。

このダリウスばかりの兄弟で、五番目と七番目はアルメニア王国で再会する。

アルメニア王国の外人連隊に、七番目のダリウス、つまりナルとイシュリーンの友人であるダリウスが入隊した時、既に隊員であった五番目のダリウス——兄が彼を見つけて声をかけたのである。今より二〇年以上も過去の話だ。

兄は、婚約者と暮らす家に弟を誘った。入国したばかりで右も左もわからない弟を気遣ってのものであったが、それが二人の出会いとなる。

兄の相手は、ラティアという名前だった。アルメニア人で、すごい美人というわけではないが、可愛い顔立ちは見る者を幸せにした。控えめで、料理が得意で、知性的な目が素敵な女性だった。彼女は五番目のダリウスと夫婦になる予定であったが、戦争がそれを許さなかった。

兄は死に、弟は生き残ったその戦争は、アルメニア王国とゴーダ騎士団領国との間に発生したもので、外人連隊も多数の戦死者を出したのである。当時は、アルメニア王国は内戦直前であり、ゴーダ騎士団領国との関係は最悪を二乗したほど悪かったのだ。

王都フォンテルンブローに帰還したダリウス——弟のほうは、帰宅してラティアに兄の死を報告した。ここで普通であれば、二人は他人になるはずである。しかしラティアの両親はすでに亡くなっており、親戚の家に戻るのは気が重いらしく、それならばと、ダリウスは自分が新たに借りた家で暮らすようにと彼女を誘う。

「家などほとんど寝るだけだが、留守番と家事をしてくれるなら金を出す。住み込みだと思えばいいだろう？　ただし、俺のすることに口を出すなよ。お前はただの使用人なのだからな」

当時のダリウスは、このような発言をする若者だったのである。

二人のおかしな共同生活は季節を二つ越して、年が明けても続いた。

外人連隊で出世するダリウスは、それに伴い多額の給金を得ることになるが、周囲が首を捻るほど金を使っている様子がない。美女達を侍らして酒を飲むことがあったが、破滅的からは遠く、竜人族のようだとからかわれるほど、いつも同じ時刻になれば帰宅していた。

ダリウスは、自分が帰って来ないかもしれないと思いつつも、必ず食事を用意してくれるラティアが待つ家に、帰りたいからそうしていた。このような日々がしばらく続く。そして、この中ではっきりと、この人と、という彼の気持ちが強く育っていった。

思い出にふけるダリウスの耳に、イシュリーンの遠慮がちな声が届く。

「どうした？　目にゴミでも入ったか？」

「え？」

ダリウスは、潤む目を右手の甲でこすった。そして、目の前の放っておけない女性になら、愚かな男の過去を教えてもいいかと思う。それで彼女から、遠慮がなくなればいいと彼は決めた。

「陛下、以前……アルメニアを出たのはどうしてか？　と問われましたね？」

「ん？　……ああ、そう。あの時、ダリウスは親孝行したくてペルシアに帰るという理由を答えにしたと覚えている」

「あれは、理由の半分だけです」

「……それは、あとの半分を話してくれるという意味？」

「遠慮する若者たちに、年長者は説教をせねばなりませんのでね」

ダリウスの言葉に、イシュリーンは苦笑していた。

「アルメニアで兄と再会した時、兄の婚約者とも出会いました……ラティアといいます」

「ラティア……」

「ええ、いい名前でしょう？」

「ふふ」

イシュリーンは、ダリウスがとても優しい表情で語る様子に喜びを隠せない。それは、冗談や、からかい、真面目な話をする時の彼よりも、今の表情が最もダリウスらしいと思えるから。

「兄は戦死、俺は生きました。ラティアは親戚の世話になることを嫌がっていて、帰る場所がないので、住み込みの使用人ということで誘いました……最初はね」

ダリウスは記憶を辿るように当時を話す。

ラティアとの生活は、戦争しかなかったダリウスの人生に落ち着きを与えた。そして、帰れば待ってくれている人がいる日々を彼に教えた。しかし彼は、ラティアをただの使用人として扱い続けた。彼女もまた、ただの使用人として彼に接した。しかし、二人はお互いの気持ちに気付いていた。だが、死んだ兄の婚約者を恋人にはできないと思うダリウスと、死んだ婚約者の弟の恋人にはなれないと思うラティアは、故人への遠慮を抱えて暮らす。

転機は火事だった。

ダリウスが借りていた家の二軒隣が火事となり、それがダリウスの借家まで達したと聞いて、彼は慌てて帰宅した。外人連隊の訓練場から、駆けに駆けて帰ったのである。燃え落ちた家は焦げた柱や石材を残すばかりであったが、彼は中へと飛び込んでいた。

「ラティアァ！」

叫んでいた。

無残な姿となった家屋の中で、瓦礫や燃え落ちた屋根を素手で掴んではどかしてラティアを探した。

「ダリウス」

背後からの声。

振り向いた彼は、煤で汚れたラティアの笑顔を見つける。

彼は彼女に駆け寄ると、驚く相手を無視して抱き寄せた。

ダリウスはこの日の夜、ラティアを抱きしめて朝まで起きていた。そうしなければ、彼女がいなくなってしまうと思いこんだからで、そんな彼を彼女は笑ったが、嫌がらなかった。

朝の陽を浴びる都が煌めきを発し始めた頃、ダリウスは眠るラティアに口づけした。それで彼女を目覚めさせた彼は、気持ちを伝える。

「北部国境への出征が近い。三月(みつき)も待たないだろう……その時は発つ。だから、無事に帰ったら、夫婦になって欲しい。お願いだ」

「……はい」

仮宿での生活を一月(ひとつき)ほど続けた後、ダリウスは家を買った。二人で暮らすには少し広いかと彼は思ったが、賑やかな家庭を想像して決めていた。そして、新居へと引っ越した翌々日、ダリウスは王弟カミュル率いる軍勢に参加する為、家を出る。

二人は約束をした。

「帰ってきてくださいね」

見送るラティアに、ダリウスは答えた。

「当たり前だ」

これが、二人の別れになると、当時の彼がわかるはずもなかったのである。

ここまでを話し終えたダリウスは、オルビアンの海岸に炎が点々と灯り始めた光景を眺めながら、鼻をすすった。

「……結局、俺が都を出てしばらくして、フォンテルンブローはワラキア伯爵の軍勢に占領されました。それはもうひどい殺戮が繰り広げられたと……そして、都は燃やされたのです。反逆者による、奇襲であっけなく……都は燃えました」

「ダリウス……」

「兄に遠慮せず、もっと早くに……そうすれば、俺は彼女とちゃんとした関係でいる時間を得られたと思います。陛下、明日……ナルがいなくなるとわかっていても、遠慮しますか？」

「……」

「俺がよく、このような問いをするのは、自分の経験からなのですよ……あの時、ラティアが都で……もう会えなくなると知っていれば、その前に俺は……自分の気持ちに正直になれたはずです。それに、まだあります」

彼は深呼吸をすると、瞼を閉じて口を開く。

「俺がラティアを助ける為に、軍を抜けて都に帰っていれば……北部国境でトラスベリアと戦っていた俺達のところにも都の変は届いていて……あの時、すぐに帰っていれば……彼女を救えたかもしれない。しかし俺は、部下を抱える立場、外人連隊の士官だからという理由で、残りました。後日、彼女のいない世界を生きる辛さを突きつけられて……ようやく俺は……彼女をどれだけ大事に想っていたかを知ったわけです。そして……ずっと彼女に謝りたくて……できないから苦しいです。きっと俺を恨んでいるに違いないです。謝ったところで許されるはずもないとわかってはいるのです。でも、謝ることすらできない俺は、ずっと彼女を……恐れてしまいます」

ダリウスは脳裏にラティアを描く。彼女は無表情で、彼をじっと見つめる。彼女の口は動いていないのに、声が聞こえた。

『このような話をして、許されると思っているのか？　申し訳ないと口にすれば、許されると信じているのか？　死んだ私は、もう何も言えないから、そう思うことで逃げたいのか？』

ダリウスは抗うように頭を払う。

彼を労わるように、イシュリーンは言葉を選んだ。

「ダリウス、ありがとう……その……」

彼女は躊躇いを覚えて言いよどんだが、やはり言おうと決めて彼を見つめた。

「……貴女がそうやって悩む姿を、ラティアは見たくないと思う」

王ではなく、イシュリーンとして言った彼女に、ダリウスは目を見張った。

「私が仮に死んでしまって……それをナルが、自分のせいだと苦しむところを想像した時、つらい。触れて、抱きしめて、そうじゃないと言ってあげたいと思う。例えば、ナルのせいで私がそうなってしまったとしても、彼を責めたりしない。彼が無事で良かったと思う……うん、私はそう思う」

イシュリーンは、ダリウスに左手を差し出す。

「ほら、隣に……」

「失礼します」

「ダリウス、出会った頃の……親切なおじさんみたいな口調がいいな、今は……」

「……お兄さんでお願いしたい」

「アハ！」

イシュリーンは笑うと、彼を無理矢理に自分の隣に座らせた。そして、瞬き始めた星を見上げて口を開こうとしたが、海岸で死体を燃やす炎が発する焦げた匂いが、風に運ばれて届いてきたので眉根を寄せてしまった。それでも彼女は、ダリウスの為に、努めて微笑むと思いを伝える。

「ダリウス、私はラティアじゃないから、彼女がどう思っているかなんてわからない。でも、ダリウスという人をそうまで惚れさせた女性って……きっと素敵な人だったんだと思う。だから、そんな人が、自分を見捨てたなんてダリウスに対して思うわけがないじゃない？」

「そう、思いたいだけですよ」

くだけた口調のダリウスに、イシュリーンは無理せず笑みを向けることができた。

「貴方がそう思うのも貴方だけのもの……もしラティアの気持ちがそうじゃなかったら、彼女、とても悲しいし、悔しいよ？　好きな人に勘違いされたままだなんて、寂しい」

「……」

イシュリーンは決めた。

「ダリウス、戦いが終わったら、アルメニアに行って。ラティアのお墓、あるんでしょう？」

「アルメニアで、ちゃんと彼女にお別れをしたら、帰って来てね。ダリウスの家は、グラミアにあるんだから」

「……ええ」

彼は彼女を見ることができない。ただただ俯き、懸命に感情を鎮めようとした。

「ダリウス、ごめんね。勝手なことを言って……貴方の話は、私とナルのことだけじゃないと思ったの。貴方にも、遠慮したくない……私は貴方とお別れしたくない。まだたったの一年だもの……貴方のこと、もっと知りたい。ナルと喧嘩した時、仲裁して欲しいし……最後のは冗談」

ダリウスは笑う。

イシュリーンが、そっと手を伸ばして、彼の頬を撫でて滴を拭いた。

「ありがとう。ダリウス……私、思い出した。私、ナルを守る。彼がここにいられるように、彼の居場所を守ると決めたの……思い出した。だから、もう悩まない。彼は彼、私は私……私は、自分がしたいようにする。私は、ナルがこの世界で生きていられるように……してあげたい。それが……この世界に一人で来て……私を助けてくれる大切な彼への、私の素直な気持ち……」

「手伝いますよ、姫様」

イシュリーンを姫様と呼んだダリウス。

二人は同時に立ちあがっていた。

「ダリウス、私は貴方のことも守りたい。もう少し、助けて……そして戦いが終わったら、貴方が笑って過ごせるように、私が貴方を守るから」

「姫様、守られるのは苦手です。守らせてください……今度はきっと、守ってみせます。貴女とナルを守ります」

二人は向かい合うと、抱き合う。恋人同士とは違う、お互いの無事を祈るような抱擁は短い。

離れた時、ダリウスが拳をイシュリーンに差し出した。

彼女がコツンと拳をぶつけると、ダリウスが言う。

「姫様、誓います。天上で待っているラティアの前で謝罪するのは、三十年後くらいにします」

「ふふふ……きっとよ」

ダリウスは、イシュリーンの飾らない笑顔を受けて頷くと、断り続けてきた件を口にする。

「何度も非礼をしました将軍職の件、まだ生きていますか？」

彼の問いは、将軍職打診を断り続けていたからで、尋ねられたイシュリーンは「もちろん」と頷く。

「気が変わった？」

「いえ、踏ん切りをつけます。姫様……俺はナルと貴女の為に、将軍職を受けたいと思います。二人の為にならら……俺はまだ戦えます」

イシュリーンが彼の手を取ることで、二人の右手と左手が結ばれる。彼女は、自分とナルを守ってくれる手だと思え、握る手にギュッと力を込めていた。

「ダリウス、ありがとう。私とナルの為に戦ってくれる貴方が、自分を許せる日がきますように……」

イシュリーンの言葉は、ダリウスの無防備な表情を誘った。彼は胸に沁みた彼女の優しさに感謝し、ずっと年下のはずのイシュリーンに対して、素直な気持ちを口にしていた。
「ありがとうございます。姫様。お礼を申し上げるのは俺のほうです。俺のこれまでの人生、そして
これからの日々に価値を見出すことができます……俺の為に祈ってくれる貴女と、俺の下手な冗談で
笑ってくれるあいつを、俺は遠慮なく守らせてもらいますから……早く国に帰れと嫌がられるまで、
貴女とあいつが暮らすこの国にいますよ……いや、いたいんです」
二人は微笑み合うと、海に背を向けて歩きだした。

Smiling face

第一章

Episode/01

Legend of Ishlean

グラミア王国暦一一六年。

冬。

始寒月終旬。

オルビアン陥落から一月（ひとつき）が経とうとしている。当初の混乱も現在は収まり、生き延びた市民達や商会の商人達は、海に飛び込み溺れた者達に対して、「無謀なことをしなければよかったのに」と同情を寄せているが、彼等とて未来を予知できていたわけではなく、ただ迷っているうちに騒動が収まっていったというのが正解に近いのである。

ただし、生き延びても不幸となった者達がいた。

旧オルビアン元老院の議員達と、グラミアへの出兵を支持した帝国寄りの商会経営者達、そして彼等の意を汲み、市民達を開戦へと走らせた各新聞社であった。活版印刷の装置が音を立てない日が続くのは、グラミアが彼等を信用していないからで、新聞発行を禁止しただけではなく、各新聞社の解体を決定したからである。

イシュリーンは、各新聞社の代表者達を集めてこう告げている。

「新聞各社の論調は、グラミアを一方的に辱め、悪とするものだと私の耳にも届いており、今は手元に証拠となる新聞があることから、事実だとわかっている。便利なものも、優れた仕組みも、崇高な理念も、お前達のような愚者の手にかかるとかくも落ちるものだとも理解できている。新聞というものはたしかに民にとって便利であるし、楽しみにもなるだろうが、出す側に問題が大きければ、害にしかならぬ。よって、オルビアンでは新聞はなくなる。以上だ」

彼女は反論を立ち去ることで封じると、ジグルド率いる中隊によって新聞社の活動そのものを止めた。そして押収した物品は破棄しろと指示を出したが、活版印刷の装置と職人達は保護せよと軍に命じている。これが、オルビアンから新聞が百年ほど消えた発端で、後に復活した理由でもある。

ただし彼等は、新聞を出せないというところを耐えるか、職を変えればまだマシであろう。帝国寄りの商会経営者達は問答無用で身分を奴隷に落とされて、グラミア本国に輸送されることが決定しているので、悲惨極まりない状況だった。ここで、彼等の中間に位置するのが元老院議員といえる。議員達は議員ではなくなったが、グラミア監視下での選挙で選出されれば、復職できる。

不幸になった者達は、グラミアによって取り立てられる者達に向けて悪態をつき、憎悪を向け、裏切り者めと唾を飛ばした。

取り立てられた者達は、対グラミア戦に中立的、批判的立場であった商会経営者達だった。

グラミア王国オルビアン総督に就任したロッシ公爵ゲオルグは、オルビアンに本拠を置く商会の代表者達を前に、これまで通りに商いをすることを許すと同時に、商工会を発足させ、元老院、商工会、総督府による三頭統治の方針を発表している。オルビアン商工会初代会頭には、ロドリス商会の代表であるレヴィウスが就いた。彼の子供は、無事に両親の元に返されているが、レヴィウスはあの日の恐怖をしっかりと覚えており、自分が現職になった理由が何であるかを、言われるまでもなく理解していた。

元老院という間接民主制を残しつつも、総督府と商工会が民意を封じ込める仕組みは、元老院によって市民達の不満を抜いてやる目論見がある。また、グラミアは民主制を尊重するという姿勢を各国に見せることに意味があり、アルメニア王国に対する遠慮も含まれていた。

帝国に敗れたとはいえアルメニア王国の国力は、大陸西部で頭ひとつ飛びぬけている。オルビアンを取り、陸路と海路を押さえたからといって突然に手の平を返すわけにもいかないのだ。

旧執政官三人のうち二人は辞意を示し、グラミア側は了承し国外退去となった。残ったのはオルタビウス・アビスで、グラミア軍と最後まで戦った指揮官である。彼は敗れ捕えられていたが、イシュリーンはオルビアン陥落後に彼を釈放すると、仕えろと誘った。

「お前は敵ながら見事だった。あの状況で、最後まで戦った。あれがなければもっと楽であったが、忌々しいとは思えない。逆の立場であれば、私も同じことをするだろうからだ。お前のような者こそ、グラミア統治下のオルビアンには必要ではないか？　腐った顛末の一部始終を知り、その結果を突きつけられたお前だからこそ、これからのオルビアンには必要だと思うが、どうだ？　力を貸せとは言わぬ。お前は、これまでと同じようにオルビアンの為に尽くせばいい。それは現在、私が雇うという図になるのは承知してもらわねばならないが、外から口だけ出して鬱憤を晴らすよりも、充実感はあるだろう。会いに来るのを待っているぞ」

王にこう言われて自由となったオルタビウスは、スキピオが行方不明のまま、他の二人は国外に出た状況では、誰かが泥の中を這いずりまわってでもオルビアンの灯を守らねばならないと考えた。彼が守りたいもの、それは民の民による民の為の政治で、ひと握りの権力者が操る国政ではない。今は危機に瀕しているオルビアンの理念も、いつか必ず輝きを取り戻す日がくると期待した彼は、王の発言の裏に、そういう意図があるのだと思えた。彼は、グラミア王イシュリーンがオルビアンをいつか本来の姿に戻そうと考えているから、自分にあのようなことを言ったのだと理解した。

同じことを繰り返さないために、失敗を活かすために、今できることをする。

オルタビウスは、グラミアへの忠誠など微塵も持ち合わせないまま、王を訪ね、会うことを許された後に、片膝をついて表立っては誓いを立てて見せている。

彼はオルビアン総督府の主任庶務官となった。

オルタビウスがグラミアに降ったことは、市民達に驚きを与えた後に、安堵を齎した。彼等は、グラミアはオルビアンの人間であっても登用するのだと受け止め、それは一方的な支配とは違うのではないかと勝手な期待を抱き、きっとそうに違いないと喜んだ。しかし一方で、オルタビウスを批判する者達も当然いる。だが、それはオルタビウスを止める強さではなく、グラミアに抗える力を持つほどではないため、物事が進むにおいて邪魔にはならなかった。

オルタビウスの最初の仕事は、オルビアン周辺の衛星都市群を説得することであった。この時、ロッシ公爵ゲオルグは旗下の軍勢を動かすことで、威嚇行為を行っている。これは、平和的解決は力が強い側がそれを望んでいるうちにするものだぞという彼の意思の表れであった。この動きを受けて、衛星都市国家群は降伏の道を選んでいる。

本来、衛星都市達を守るはずのオルビアン軍はすでに大敗北を喫して壊滅しており、衛星都市国家の代表者達は抗う手段がなかった。オルタビウスから説得されたという言い訳を得た彼等は、自らの保身と市民の安全を図るという建て前で、グラミアに降伏した。

オルビアン陥落から一月が経つ前に、衛星都市国家達はグラミアによる支配を受け入れたのだ。

そして、それを受けて初の定例会議で、イシュリーンは軍と諸侯からの報告を聞き、円卓を囲む一同を眺める。

アラゴラ総督のルブリン公爵アルウィン。

オルビアン総督のロッシ公爵ゲオルグ。

将軍レニアス・ギブと、同じく将軍職にあるジグルド・バルバドス。そして、新しく将軍職に就いたダリウス・マキシマム。

イシュリーンが口を開く。

「帝国が、聖戦を発動させた。補佐官はリュゼに向かった。その彼の指揮下にハンニバルが入りたいと公自身から許可を求められたゆえ、私は許した。オデッサ公爵軍三〇〇〇がナルのリュゼ子爵連隊と共に、対帝国にまずは当たるが……我々も可能な限りオルビアンと周辺を早く落ち着かせて、軍を北上せねばならない……」

彼女の声に、皆が聞き入った。

「……マルームの領地はリュゼの後方になるゆえ後方支援を頼んだ。彼も軍勢と共にルマニアに帰ったが、彼等だけで支えきれる規模ではないだろう。レニアス、本国からは残存の兵が大隊単位で南下しグルラダに向かっているな?」

「は……仰せの通りにしております」

「よろしい。ではお前はグルラダに向かい、私達が到着するまでにその兵達を編制しておくように」

老将が一礼し、白鬚を揺すって述べる。

「承知しました。して陛下、補佐官殿は、どのような戦略で敵と当たられますので？」

それが知りたいと、ゲオルグとアルウィンが前のめりになる。彼等は皆、ナルの対帝国の戦略を知らされておらず、これはこの一年ほどで初めてのことである。さすがに王ならば聞いているだろうというレニアスの問いに、イシュリーンは苦笑を返した。

「それは今から伝える。その前に、アルウィン」

「は……」

ルブリン公爵アルウィンが一礼した。

「諸侯の中には、連戦で不満を高めている者もいるだろう。帝国との戦いにおいては、国軍を中心に挑むが、広がった領地の治安維持もある。そちらを諸侯に頼みたい。そなたが指揮せよ」

「承知しました。つまり、国軍は全軍を出撃させると？」

「そうだ。グラミア本国に残してある軍勢五〇〇〇、アラゴラ方面に展開している軍勢と、オルビアンに留まっている軍勢七〇〇〇、合せて一万二〇〇〇を全て帝国にぶつける。後ろは空になる。アルウィン、頼む」

「は！」

期待と重圧に、アルウィンの声は大きくなった。

「ゲオルグ」

王に名前を呼ばれたロッシ公爵ゲオルグが一礼する。

「オルビアンを頼む。ここを取るのに苦労した」

「お任せください」

「任せた」

彼女は目を伏せ、オルヒディンへの祈りを呟くと顔をあげる。強烈な瞳の輝きが、彼女の意志の強さを主張していた。

「補佐官の策を伝える。皆、励んでくれ」

王が幕僚達にナルの策を話している頃、ベルベットはオルビアンの埠頭で、赤い髪を潮風に撫でさせていた。彼女の脇には棒状の包みを抱えるドゥドラが控え、その後方にはグラミア王国外交員一〇名と、近衛連隊一個小隊二〇名が待機している。その中心には、ベルベットほどの年頃の少女が、美しい顔を不満に染めて立っていた。

彼女は、リニティア・グラム・グラミア。イシュリーンの、妹にあたる。

「早う！　わたくしを待たせるなどあってはならぬことなのじゃ！」

リニティアの声は苛立ちのみで構成されており、ベルベットは背後の我儘少女に苦笑するも、過去の己を省みて落胆した。

「ドゥドラ……私はあれよりはマシだったのだ？」

「……ええ、ご安心ください」

ドゥドラは嘘をついた。

ベルベットは、相手の声質から気を遣われたと察して情けなくなる。ここで、巨大なガレオン船から小舟が放たれ、埠頭へと進み始めた。オルビアンの商会から借り上げた商船は、金品よりも大事なグラミアの姫君を、アルメニアに運ぶ予定だ。

そして、ベルベットもアルメニアに帰国する予定だが、彼女の場合は船を必要としない。また、ただの帰国ではない。

ベルベットは、ナルからある頼み事をされているのである。

彼女は、ナルの頼みでなければ断っていたと、ドゥドラに溢した。

「はぁ……ベルベスト山にも行けず、クローシュ渓谷にも行けず、ナル殿の近くにもおれず……気が重いのだぁ」

「しかしベル様、ナル殿はベル様だからこそ、この役を頼んだに違いありません。ベル様に、ナル殿……いや、グラミアの未来がかかっているのですよ」

「……ドゥドラ、私でも緊張をするのだ。そういう重圧のかけ方はやめてくれ」

ベルベットは緊張をほぐそうと戯れで魔法を発動された。光で作られた鳥が、パタパタと彼女の周囲を飛び回る。グラミア人達が驚き、リニティアが喜ぶ。

「すごいぞ！　褒めてつかわす！　褒美を取らせよう！」

ベルベットはくるりと振り返ると、自分を見下すように顎を反らしている少女に言う。

「ありがたき幸せに存じます。ですが私などただの魔導士でございますゆえ、姫様からお褒めのお言葉を賜ることだけでも身に過ぎたことであります。それよりも、お待たせ致しましたことをお詫び申し上げ、今しばらく、心穏やかに小舟の到着までお過ごしくださいますよう、お願い申し上げます」

　彼女は完璧な礼儀作法で述べ、リニティアを満足させると再び海の方向へと向き直った。アルメニア王宮にいた彼女は、しようと思えばできるのである。これまでは、その気にならなかっただけだった。つまりベルベットは、ナルから頼まれた役目を、何としても成功させたいと考えていると同時に、生意気で我儘な少女が、気分を悪くして帰るなどと言いださないようにと気を配っていた。というのも、リニティアがアルメニアに嫁ぐから、ナルの願いは成就するのだ。

　ドゥドラは、そんなベルベットに微笑む。

　五日前、ナルがリュゼに発つ前日、彼はベルベットに、アルメニアに行って欲しいと頼んだ。

　ナルから、その役目を頼まれた時の彼女は、それはもう不満一杯の顔と声で抗議をしたが、彼に頭を下げられて、たっぷりと考え込んで、承知していた。

「ベルベット、ありがとう。終わったら、グラミアに帰って来るんだぞ。待ってる。君を、俺は待っているから」

　ナルの言葉だ。

　ベルベットは、その彼に頼んだ。

「ナル殿……約束しよう。私はグラミアに帰る。ナル殿は、生きて私を待つ。ね？」

　彼女は右手の小指をナルに差し出し、彼は微笑むとベルベットの小指に自分の小指を絡めた。

　彼女は、真剣な表情で口を開いた。

「ナル殿……また、会いたい。私、ナル殿ともう会えないなんて嫌なのだ」

ベルベットは、ナルが厳しい戦いに挑むことを知っている。その戦いに、自分は何も手助けできないこともわかっている。だから彼女は、目の前の相手と会えなくなるかもしれないという、彼女にとって初めての恐怖に震えた。そして、涙を流している。

ナルが、ベルベットを抱きしめる。

「ベルベット、きっと生きて君を待つ。あの約束を、俺は守る。だから、俺達を助けてくれ……ダリウスさんには、戦闘で助けてもらわないといけない。君しかいない。俺達を助けてくれるのは、君しかないんだ……君にこんなことを頼む俺は卑怯だとわかっている。君の立場と事情を知ってもなお頼む俺は本当に嫌な奴だとわかっている……だけど、他に頼る人がいない。ベルベット……頼む。そして、また再会して、皆で美味しいご飯を食べよう……な？」

二人は小指と小指を結んで誓った。ここでベルベットは、ナルが使う杖が欲しいと頼み、彼は承知する。それで二人は、厳しい表情を作って離れた。

ドゥドラは、そこで記憶を封じて視線を転じる。ナルからベルベットに譲られた杖を包み抱える彼は、背を見せる少女を想う。この人が、こうまで誰かの為に何かをしようとすることがあったかと記憶を辿り、製薬や治療を友人の為にしていたが、それは彼女自身の為であったと思い出した。

彼から見て、ベルベットは彼女らしくない。だが彼は、以前よりも現在の彼女こそ助けてあげたいと思える対象だと感じている。

小舟がもうすぐそこまで迫っていた。

ドゥドラは縄梯子を海へと放った。小舟の操舵者が、縄梯子を掴む。

「ベル様、姫君はお濡れにならないほうがよろしいのでは？　魔法で浮かせて差し上げたら如何ですか？」

ドゥドラの声に、ベルベットは無反応だった。

彼女は、自分の唇を指先で撫でながら、茫然と海を眺めていた。

ドゥドラは苦笑する。あの時、離れ際に、ナルの頬に口づけしたベルベットを脳裏に描いたから。

ナルにすがりつき、絶対に成功させると誓った彼女が可愛かったから。

「ベル様！」

「お？　おお！　ボーッとしてた……ハハハハ」

彼女は我に返り、少し頬を赤らめて微笑むと、リニティアを誘うように一礼し口を開く。

「姫様、わたくしは先にアルメニアに参り、お迎えの準備を致します。このドゥドラがご案内を致しますので、ご安心ください」

「ふむ？　お前は同じ船には乗らぬのか？」

「はい。わたくしは魔法でフォンテルンブローに行きます」

リニティアは首を傾げ、そのような魔法など聞いたことがないと口にする。ベルベットは微笑み、転送魔法の説明はせず、姫君の身体を魔法で浮かせた。

「え？　ぇえええぇ!?」

「濡れぬよう、小舟までこれでお運び致しますが、あまり長い間はさすがのわたくしでも不可能ですから、じっとしてくださいませ」

ベルベットが指を動かし、リニティアは小舟の上にゆるりと向かう。波は穏やかだが、小舟の揺れは小さくなかった。それでも、姫君はベルベットの魔法と水夫の助けで、濡れることなく小舟の上に着地できた。目を丸くするリニティアは、小舟と埠頭を結ぶ縄梯子を慎重に進む供の者達を眺め、たしかに自分にはこれを渡るなど無理だったと感じる。そしてベルベットを褒めてやろうと、埠頭へと視線を転じたが、そこに彼女の姿はなかった。

「おお？　あの魔導士はどうしたのじゃ？」

リニティアの問いに答えたのはドゥドラで、彼はベルベットの赤い衣装を手に持って掲げる。

「ベル様は、転送魔法でアルメニアに飛ばれました。フォンテルンブローのご自宅にお着きでしょう」

「……」

姫君は目をぱちくりとさせる。この時、縄梯子から海に落ちた従者の悲鳴が響き渡った。

⁘

ナルがオルビアンからリュゼに急ぐ最中、彼の目的地である場所もまた慌ただしい。そのリュゼの市街地を囲む城壁上で、リューディアは結い上げた長髪をほどいた。冷たい風は、例年よりも厳しい冬になるだろうという予感を覚えるには十分であった。彼女は後で観測所に寄ってみようと思いながら、背後で喋り続ける官僚の声をただ聞いている。

「――このように、クローシュ渓谷の奥では悪天候が続いており、この季節にしては珍しいほど川は水を多く流しております。渓谷内の低地は湖のように水浸しで、あふれ出したらこちらに流れてくるかもしれません」

リューディアは振り向くと、官僚の手から書類を受け取り、家宰のところに行くと伝えて歩きだした。

重く黒い雲が空を覆い、時折、轟音のような唸り声を発している。彼女は空を見上げ、不吉な雲行きに溜息をついたが、それでも歩みを止めることなく、城壁から地上へと続く階段を飛ぶように下る。そして待たせていた馬にひらりと跳び乗り、続く官僚を驚かせた時にはすでに駆けていた。心地よい馬蹄の律動に、市中の者達が彼女を眺めて手を叩く。彼女は、その生まれと現在の役職、そして常に現場をうろうろとする行動力で民達に好かれている。

リュゼの城へと入ったリューディアは、庭で馬から飛び降りて、主が入ったことのない城を守る家宰を訪ねた。

リュゼ子爵の家宰コズンは執務机を前に、物資の集積所などを地図に仮配置する作業を、官僚や工事監督達と行っている。彼等は一度だけリューディアを見て、自然と椅子のひとつを彼女の為に空けると、話を再開させた。

椅子に腰掛けたリューディアが、一同の会話が途切れた呼吸で切り出す。

「家宰殿、増水にも備えねばなりません」

リューディアが、手にしていた書類をコズンに突きだす。

受け取った家宰は、目をパチパチとさせて書面を眺め、次に地図へと視線を落とし、一同に意見を求めた。

「ルマニアからの兵站は全て、高みを選んで構築しないといけないだろうが……いっそのこと、増水した渓谷の水を引き込み、船を使って運搬するのはどうだろう？」

リューディアは苦笑し、監督達の視線を浴びた。彼女は彼等と、コズンに言う。

「仮にそうするなら、領民をさっさとルマニア地方へ逃がしてやらねばなりませんよ。水浸しになる地域が、どこまで広がるか……予測できません」

「……よろしいでしょうか？」

工事監督の一人が挙手し、発言を求めた。コズンの視線を受けて、その監督は許可が出たと受け取り口を開く。

「水を引き込んだ場合、船をつける湊がいりますが、水の範囲の予想が難しい。それよりは、高所のみでの運搬計画と、集積所設置に専念したほうが、予算と時間を節約できるでしょう」

「わかった。私が許可を出すので、取りかかってください。リューディアどの、どちらにしても、民は避難させたほうがいいでしょう。必ず戦いになります。民兵も、家族が無事であることで戦闘に集中できますでしょうし……避難させるにあたりルマニア公のところに使者を立てます。ブレストには、マルーム閣下のお父上のミローシュ卿がいらっしゃるだろうから、彼にお願いをしようと思いますが、どうでしょうか？」

「賛成です。ミローシュ様は、ナル閣下とも縁がありますから、きっとご承知くださるに違いありません」

数人の監督達が、会話をしながら室を出て行き、残った者達とコズン、リューディアで打ち合わせが続く。

「やはりルマニア地方と繋がるこの街道が重要だ」

コズンが指差した道は、リュゼから南へと伸び、次に東へと向かう道で、クローシュ渓谷の南側を通ってルマニア地方へと行くことができる。この道は春に、帝国軍が侵攻に利用した道だ。

家宰は難しい表情で発言を続ける。

「おそらく、これまでにない規模になる。ナル閣下からは、ご到着した後にすぐに出ると仰せつかっているが、帝国の大軍を迎え撃つに、必ず国軍も展開するはずだ。第二次クローシュ渓谷の時のような、万を超える規模になるのではないか……しかしあの時はクローシュ渓谷だった」

コズンが、地図上のクローシュ渓谷を手の平で押さえた。

「ブスカシュから近く、後方の心配がなかったが、今回は違う。このリュゼが守りにくいのは、クローシュ渓谷より東から、西側へと物資を送るのが大変だからだ……だから過去、リュゼは帝国の手に落ちた」

彼は当時の記憶を蘇らせていた。グラミア国軍の伝令であった彼は、リュゼ陥落の悲報を、ブスカシュからベオルードまで中継した経験がある。あの時、クローシュ渓谷西側のリュゼ一帯に展開していたグラミア軍は、帝国軍の物量に押し切られたのだった。

「あの時、諸侯との協力体制が十分でなかったから、王女殿下であられた陛下は物資運搬に苦労されておられた。だが今回は違う。ルマニアから堂々と物資を運べる……これは大きい。あと皮肉なことに、帝国軍の奴らが残していった武器が大量にあるから、矢や剣、甲冑には困らない……ナル閣下にこれを知らせたら、感激しておられたよ」

コズンの台詞に、一同が笑った。

帝国軍の装備が大量に残っているのは、あっという間にリュゼを取り戻せたことで、帝国がせっせと備蓄していた大量の武器や防具が倉庫に眠ったままになっていたからである。仕様が違うが、作るところから始めるよりも、手直しの手間だけで済むのは喜ばしいことである。また、甲冑などは斥候や偵察がそのまま装着することで偽装にもなる。

コズンは皆の笑い声が静まる頃を見計らって、リューディアに意見を求めた。

「リューディアどのは、どう思われます？　どれほどの範囲に軍勢を展開させると？」

問われた彼女は、地図を眺め、これまでのナルの立てた作戦を思い出していく。

ナルという男が、戦う際に最も大事にしているのは、主導権をいかに奪うかだと彼女は思う。

「ナル様は……いつも敵の裏をかいているようで、実はそうではありません。その時、されたほうが裏をかかれたと思うことも、ナル様にとっては、そういう意味ではなく、そうしなければ主導権を握れないからだとわたしは思うのです。なので、今回の防衛戦もきっと、ナル様は普通の戦い方をなされないでしょう。準備は、最大の予想に合わせてしておくべきだと思います」

彼女は言いながら、リュゼ全体からアラゴラ西部も含めて指先で撫でてみせる。

一同がどよめく。

「同意します」

コズンが頷き、彼もこれまでのナルの策を思い出すと、たしかにリューディアの言う通りであると思えた。

「閣下はきっと、私達よりも考えている。その時、準備不足でできませんと答えるわけにはいきません。あらゆる可能性に対処しておくべきだ。閣下の知恵が活きる下準備をしっかりとやりましょう」

コズンは再び地図を見る。彼は、リュゼとアラゴラ西部に広がる森林や湖畔、湿地帯や丘陵地帯を指で示しながら指示を出した。

「どこまで進出するかわからぬが、可能な限り広げておく。地図も詳細なものを作成する。特に地図は大事だ。騎兵三騎を一隊として、測量士をつけて動かす。測量士でなくとも、経験がある者は使う。リュゼ、アラゴラ西部、ぬかりなく取り掛かってください」

家宰が言い終えると立ち、皆も一斉に腰を浮かす。それぞれに職務にあたろうと室から出る彼等は、仕事の打ち合わせをしつつ室からぞろぞろと出て行った。二人となって、リューディアが彼を誘う。

「観測所に行こうかと思います。如何ですか？」

「いや、私はこの後、民兵訓練のことで士官達と打ち合わせ、ナル閣下とオデッサ公の出迎え準備などなど……手一杯です。何か変わったことがあれば、教えてください」

「もちろんです。では、行って参ります……あ」

「何です？」

「ナル様から仰せつかった例の……ベルベット殿の頼みだという おかしな模様、城の地下食糧庫の床に描いておりますが、よかったでしょうか？」

彼女が言うベルベットの頼みというのは、転送魔法の魔法陣である。転送魔法は、自由にどこにでも瞬間移動できるものではなく、転送陣のある場所へと飛ぶ魔法であるから、この魔法で移動したい場合、目的地に魔法陣が必要となる。逆に言えば、行ったことのない場所へは行けないし、魔法陣が描かれていない場所に飛ぶこともできない。

コズンは「ああ、あのヘンテコな」と苦笑し、複雑な模様を正確に記せとナルから手紙で厳命されて困った数日前を思い出した。その模様を、リューディアは図像解釈学に通じる幾人かの文官と共に再現していた。

「よくあれをそっくりそのまま描けましたね？」

「見た時に、法則性がある記号と図形の集合体だと思いまして、そうと思えば、おかしな絵も意味があると思えておもしろいものです」

「貴女はすごい人だ。お父上はさぞかし鼻が高いでしょうね」

「いつも、おしとやかにしろと叱られてばかりでしたけど」

リューディアは自分の発言で笑うと、家宰の執務室を辞す。そして小走りで通路を進んだ。

リュゼの城は大きいものではなく、また完全な防御施設であるため通路は狭く曲がりくねっていて、階段を上ったり下りたりと、同じ階層の移動にも高低差がある。その中を、忙しく働く人達とすれ違うリューディアは、乗馬用ズボンを履き慣れていて良かったと、過去の自分に感謝を覚えた。

庭へと出た彼女は、待つ馬に飛び乗る。周囲の視線には驚きなどなく、いつものように彼女が働いているという風だ。

リューディアを乗せた馬が、市街地を駆け抜け、丘を駆けあがり、クローシュ渓谷の方向へと向かう。小高い丘の頂きに、天候や風向きなどを観測する建物があり、風を読む風車は水を汲みあげる働きも兼ねている。またここには、鳩や犬の小屋があり、伝令の中継場所としても利用されていた。

リューディアが観測所に近づくと、グラミアハウンド二頭が馬に駆け寄り、楽しそうに並走する。

「馬をお願い」

彼女は馬から飛び降りて、犬の調教師に馬を預けた。円形の塔は三階建てで、一階は兵士の詰所、二階は居住区、三階が観測室だ。梯子を登って三階へとあがったリューディアは、そこで望遠鏡をのぞく初老の男に挨拶をした。

「お邪魔します。神様はどう？」

「ご苦労様です。神様はご機嫌よろしくありませんな。グラミア山脈のほうではずっと雨です。あれ、もう少ししたら荒れますよ」

男はそう言って望遠鏡から離れ、近くの卓に置かれた水差しの水を飲むと口を開く。

「例年では、そろそろ雪が降り始める頃です……雨でもろくなった地盤に雪が積み重なった場合の想定はできておりません……グラミア山脈で大規模な雪崩が発生する可能性もあり、それがクローシュ渓谷に溜まった水を押し出すと、ちょっと想像したくありませんな」

「そうなる可能性があるのね？」

リューディアが問いながら望遠鏡を覗く。

クローシュ渓谷の奥にそびえるグラミア山脈は、頭のあたりを黒雲に隠されている。空を支えるようにそびえる山々は今、荒れた天候なのだと彼女にも理解できた。

望遠鏡を覗き込むリューディアの背後で、初老の男が書類に記録を記しながら言う。

「十年くらい前、その時は夏でしたが……クローシュ渓谷から水がリュゼ地方へと流れ出したことがありました。リュゼ周辺は沼のようになって大変だったようです……水が引いたあとも魚があちらこちらで死んで、腐ってしまって悪臭に悩まされたとか……」

「……当時の記録は？」

「帝国の奴らがもっていきましたよ。記憶が頼りです」

リューディアは望遠鏡から離れて、窓の外を睨む。

「まったく……あいつら、人から奪うことしかしない」

「まぁ、異教徒には何をしてもいいと、奴らの神は言っているそうじゃありませんか。そんな性格の悪い神を崇めている奴らです。全員が悪党に違いありませんよ」

リューディアは薄く笑い、男に感謝を伝えて梯子を降りる。二階では、休憩中の兵士が食事をしようと器を手に持っており、彼女を誘った。

「兎肉のシチューです。どうです？」

「ごめんなさい！　すぐに帰らないといけない」

パタパタと忙しい彼女は、「ご苦労様です」という労いを受けながら梯子をさらに下って一階に着地する。そして外で待つ馬へと走った。

∴

オルビアンの離宮。

夕刻はとっくに過ぎ去り、星々の瞬きが夜空を彩る。屋内は魔法工学の賜物である魔法球が蝋燭の代わりに闇を払い、温かい灯りを満たしていた。

イシュリーンは臣下達に、ナルが考え出した対帝国の策を説明した後、庶務を終えて応接間のひとつに入った。この時、約束の時刻をたっぷりと過ぎており、待たされていた客人達は彼女の登場が遅いことに焦れながら、客人同士の談笑にも飽きてきたと感じ始めた頃合いである。広い室の内装はイシュリーンがこの屋敷の主になってから一新されていて、煌びやかな装飾は、品のある落ち着いたものになっていた。その室の中央に円卓が運び込まれていて、椅子が六脚、卓を囲むように配置されている。そのひとつが空席で、あとは客人達が腰かけており、彼等はグラミア王へと視線を集めていた。

ラーベ王国の女王で南部諸国同盟の盟主であるアリーアは、その瞳に美しいグラミア王を映して嫉妬を覚えた。

ロンバルト王国の国王の弟であるベルニク公爵ラハクは、噂で聞いていたよりも美しいと感じるイシュリーンを前に、言葉を忘れてしまったかのように見惚れている。そこには、まさかこの女性が帝国を破り、アラゴラとオルビアンを手中に収めた王かという驚きも含まれていた。

レディィナ王国の王代理は、国王の婿であり王太子の父にあたる宰相ロクジールで、病気がちな王に代わりレディナの舵をきっている。

　グリス半島共和国からは元老院代表代理として、世界に名の知れた詩人ダヴィテ・ボアがやって来ていた。彼はオルビアンに生まれて二〇歳まで生活をしたが、オルビアンが巨大商会に牛耳られていることへの抗議で、グリス半島共和国へと亡命していた。現在三九歳の彼は、実に一九年ぶりに故郷に帰ってきたことになる。

　ボルニア公国は、戦姫（アキュリー）という異名で帝国に恐れられる第五王女アルセリーナが参加している。イシュリーンよりも少し年上であるはずで、おそらく二十四、五歳だろうと言われているが、本人は永遠の乙女だからと周囲に説明して、年齢に関する質問は受け付けていない。

　国王自ら乗り込んできたのはラーベ王国だけであるが、それは隣国で、距離が近いからできることである。ラーベ王国の都は、オルビアンと船で往復二日という距離なのだ。ただ、ラーベ王国女王は、数日前からオルビアンに滞在していた。これは各国よりも早くグラミア陣営の者達と会っておきたいという抜け駆けであったが、イシュリーンは南部諸国各国代表が揃うまで会わないという返答をしたが為に、アリーア女王の目論見は崩れ、ただ時間を失った結果だけが残っている。それでも彼女は、オルビアンで買い物ができたと強がっていた。だからこの時、アリーア女王はかかされた恥の仕返しと、南部諸国の盟主たる立場を強調すべく、イシュリーンが着席したと同時に艶のある声を発した。

「イシュリーンどの、まずはお祝いを述べさせて頂きましょう。オルビアンの混乱を落ち着かせたご手腕、お見事です」

　イシュリーンは一同を圧倒する笑みを浮かべ、ダヴィテに「オルビアンに勝る美女だ」と呟かせる。

彼女は流し目をアリーア女王に向けると、朱に塗られた唇を開いた。

「世辞を申しに来られたわけではないであろう？　私は忙しいゆえ、一刻のみ許す。請われに請われたゆえ、この時間を調整したのだ。無駄にしたくないならば、そなた達の用件を述べられよ。ただ同盟に参加せよなどとふざけたことを申すな……すぐに終わるぞ」

彼女はあえて挑発することで、緊張していた室内をさらに張り詰めさせた。

いろめきたったのは面子を潰されたアリーアで、彼女は化粧で必死に隠した皺を浮かび上がらせてしまうほどに表情を歪ませると、噛みつかんばかりの勢いで口を開こうとしたが、ハっと気付いて自制する。娘ほどの年齢である相手に対して、余裕のない態度は淑女のすることではないと自らを戒めたアリーアは、咳払いで誤魔化し、「ホホホホ……」と笑うことで感情を静めようと努めた。

だがイシュリーンは彼女を無視して、銀髪を手ですくいあげ、梳きながら退屈そうな態度で喋る。

「いずれの国も、過去……帝国の南侵時にグラミアが救援に赴いたことを忘れ、我が国が帝国に苦戦していた時はこれ幸いとばかりに休戦の維持を大義に傍観した。アラゴラ王家と似たようなものだ……今、我々は帝国とまた戦おうとしているが、お前達にその気概はあるか？　なければ帝国に尻尾を振っておればよかろう。一時の平和は得ることができるかもしれぬ……だがその怠惰に、私とグラミアを巻き込もうとはするな」

「イシュリーン陛下、いささか発言が過ぎるのではありますまいか？」

抗議したのはボルニア公国のアルセリーナで、ラーベ王国女王を一瞥して思うところを口にする。

「たしかに、我々は帝国と戦うことを止めておりましたが、それは何も、陛下が仰ったような喜びや怠惰でそうしていたわけではございませぬ。一国では対抗できぬがゆえに、連合し対抗している以上、足並み揃えて当たらねば意味がありませんので、それぞれが勝手に動くことができぬのです」

「私が、同盟や連合を信用せぬ理由を代弁してくれて礼を言おう」

イシュリーンの流し目に、アルセリーナはピクリと右の眉だけを跳ね上げた。見下されたという反感が、そこにはありありとある。

グラミア王は、指で卓上をこつこつと叩きながら続けた。

「我々グラミアは、また帝国と戦うが、次も勝つ。それを安全な場所で見物していればよい」

イシュリーンは言い終えると微笑みを浮かべていた。

喉を鳴らしたロンバルト王国のラハクは、グラミア王は立ち去るつもりだと察して口を開く。

「性急な……我々は何も貴国に頼るばかりを目的に集まったわけではない。何かあれば助け合うという輪に加わることは、間違ったことではないでしょうに……」

レディナ王国のロクジールが頷きながら口を開く。

「左様、我々と協力しないとなると、しなくとも良い苦労をしょいこむことになりますぞ。協力し対抗することで、帝国もおいそれと手を出せぬはずですからな」

彼はそこで、隣のダヴィテを横目で見た。お前も何か言えという目配せだったが、世界的に名の知られた詩人は沈黙を選ぶ。

ダヴィテは、血統で約束された権力を握る者達を前に、同じ王家の出身でありながら余裕のないグラミア王の様子に関心を寄せていた。彼の感じる余裕の無さとは、勝つことへの執着が強いというものである。彼からみて、イシュリーンはここにいる誰よりも戦って勝つことを願っていると感じられて、それが何故かと考えた時、ダヴィテは、彼女が権力を奪った者だったと思い出した。ゆえに彼は、グラミア王は自身の存在意義を勝つことで示さねばならないのかと理解する。

思考するダヴィテは、眼前で繰り広げられる噛み合わない会話の理由は、権力を持っていた者、持たされた者が、自分で奪い取った者相手に通じない価値観を基に言いくるめようとしているからだと結論づけた。

戦いたくない為につるむ者達が、戦いを挑むイシュリーンに困るという図がしばらく続く。それをダヴィテは黙って見守り、そろそろグラミア王が飽きるのではないかと心配を始める。そんな彼の胸中を察しない者達の一人である女王アリーアが、聞き分けのない娘めという憤りを隠しきれない口調となった。

「民のことを考えれば、各国と連携を取ることで膠着状態という平和を得ることも選択肢に入るでしょう？　何をそんなに戦争にこだわるのかしら……」

アリーアの発言に、ロクジールが続く。

「その通りです。帝国が手出しできない期間は、つまり戦争がないということ。それは長く続けば続くほど喜ばしいことです」

ダヴィテは二人の発言に、苦笑を浮かべていた。そして目の前に置かれた杯に手を伸ばし、冷めた紅茶を口にする。

アルセリーナが口を開いた。

「ボルニアは、正確には戦い続けている。あちこちで小競り合いが発生し……だがそれでも、大戦に（おおいくさ）ならないのは、我々が協力体制を堅持することで、帝国の大軍に対抗できているからです。グラミアがこれに加わってくれれば、南と東から帝国を牽制することになり、彼の国は頭を抱えるに違いありません」

「よろしいでしょうか？」

ダヴィテが挙手し、一同の視線を受けた。とくに、イシュリーンの緑玉の瞳が強い輝きを発していて、彼は頬を引き締めると背筋を伸ばして発言をする。

「イシュリーン陛下と、南部諸国が手を結ぶ利はあるようでなく、ないようであります」

「何を申されたいの？」

アリーアの咎めるような口調に、会釈を返したダヴィテは意見を述べる。

「少しだけお付き合いください。私はただの詩人ですが、グリス半島共和国の代表代理として参りました。もちろん、イシュリーン陛下と我々が協力関係になることが望ましいと思いますが、それは所詮、我々側の求める結果でしかありますまい……しかしながら、イシュリーン陛下とグラミア王国にとって、南部諸国が全く役に立たないわけでもありません。ここは、役立つ、役立たないでご判断頂ければよいと思うに至りました」

「ダヴィテ殿の言う、利とはいかなるものか？」

イシュリーンの声に、ダヴィテは胸中で安堵する。乗ってきたという喜びはなく、イシュリーンが望む方向の話をすることができたという理由である。

「グラミアは、帝国と戦うにあたり、リュゼが戦場になると思いますが、如何でしょうか？」

ダヴィテの問いに、イシュリーンは瞬きをする。それを肯定と受け取った詩人は、頷くと続けた。

「では、我々のなかで最も帝国領に近いボルニア公国に、我々の軍が集まっている状況が発生すれば、グラミアは楽ができませんか？」

「陽動をしてくれると？」

「イシュリーン陛下……結局のところ、我々が貴女様のお役に立てるとすれば、今はこれくらいが限界でしょう」

「貴様、勝手に何を言っているのか？」

ラハクの詰問をダヴィテは一笑する。

「ラハク殿下、イシュリーン陛下は、戦うと仰っています。ならば、帝国と戦えぬ国と手を結ぶ意味はございませんゆえ……我々がグラミアを欲するならば、グラミアが我々を欲する理由を作らねば、難しいのではありませんか？　ただ趨勢と気分で、仲間になろうと誘ったところで、相手にされるはずがございませんでしょう」

彼はイシュリーンに視線を転じた。

「如何でしょう？　イシュリーン陛下にとって南部諸国は、戦いを仕掛ける勇気のない草食動物の群れでしかありませんが、その群れも、肉食獣の寝床に近づくことで、相手の意識を少しでも、標的から逸らすことはできます。実際に援軍云々という助けをするのは難しいですが……」

「連携の取れぬ相手と合流したところで意味はない。身体を大きく見せることができても、その身体を自在に操れぬならば……倒れるのは必定だからだ」

イシュリーンはダヴィテだけを見て言う。

「グラミアは帝国と戦う。これに、南部諸国が加わるのか否かを私は問いたい」

彼女の声は鋭く、ダヴィテは何も反応が取れない。

アルセリーナが二人を交互に眺め、他の者達を見て、口を開いた。

「南部諸国の同盟に加わるのではなく、グラミアを中心とした連合を新たに作ると仰るのですか？」

「そうではないように聞こえなかったのならば謝るが？」

「盟主の座につくと？」

この問いは、ダヴィテによるものだ。

「いや、盟主ともなれば援軍要請に応えねばならぬゆえ……そこまで南部諸国を信用していない今、簡単にそうだと言えぬな」

イシュリーンは言いながら一同を見る。彼女の瞳と声は迷いなどないと明らかで、ラーベ王国の女王アリーアは、とんでもない娘だと驚いていた。

「ただ、私は戦のことだけでこれを言っているのではない」

グラミア王の言葉に、ラハクが瞬きを繰り返した。

彼女は再び、髪を指でいじりながら口を開く。

「儲け話に興味はあるだろう？　オルビアンを握っている私は、貴公らにこの話をもちかけることができる」

彼女の言った意味を理解できたのはロクジールだけで、それは彼が宰相であるからだった。イシュリーンは彼の表情から、この者は理解できたなという読みで発言を続ける。

「南方大陸との商売は現在、アルメニアが牛耳っている。北海方面はトラスベリア王家だ。しかし規模でいえば、大陸中央部や東方との貿易額のほうが圧倒的に大きい。ここで、この十年ほどの出来事であるが、陸路である東西横断公道（シルクロード）が縮小傾向となった……帝国の侵略に我が国が晒されたことと、船舶と航路の発達によるもので、海上貿易の比重がとても高くなったのだ。その一大拠点であるから、オルビアンは権力を握っていた……が、私は今、この陸路と海路を同時に手中に収めている……そういうことだ」

「オ……オルビアンで我々を脅迫するおつもりか？　従わねば関税をあげると？」

ロクジールの言葉によって、南部諸国の代表たち全員がイシュリーンの意図を理解するも、それは考え過ぎだと笑う彼女によってお互いを見合う。

グラミア王は、子供をなだめるような口調で言う。

「関税をあげるとか、荷を止めるなどと言うつもりもする予定もない。オルビアンに出資をするつもりはあるかと問いたいのだ。これは、協力関係であるから誘えることで、出資額に応じて関税を下げるなどの便宜を図ろうと考えている」

「イシュリーン陛下……つまりオルビアンは、傍目にはそう変わらぬように映っておりますが、痛手は大きいわけですね？」

ダヴィテの問いに、イシュリーンは隠すつもりなどないという意味で笑みを作ると答えた。

「そうだ。貴公らも存知の通り、先日の攻防とその後の混乱、そして我々による粛清がオルビアンを弱めた。いくつかの商会……帝国に与していた組織を解体したが、彼等が取り仕切っていた奴隷卸しの市場は閉ざされたままで、実際これが長期化するのは望ましいものではない。また、それに関連して連鎖倒産も発生している。キアフ商人達の進出を促進する動きは取るが、彼等とていきなり力を発揮できるわけではないゆえな……経営状態が悪化している商会や、港湾設備の修繕に市街地再開発への出資……こういう面でも協力し合える関係を私は望む」

ラーベ王国の女王を始め、各人は脳内で素早く計算する。帝国に攻めろと言われると困るのは、彼等にとっての旨味がないからだ。グラミアを味方にする為だけを目的とした帝国領侵攻など、検討の余地もないと考えている彼等はここで、自分達がグラミアに求めていたものは、自分達自身が鼻で笑う内容に酷似していたと反省をする。

グラミアが、南部諸国との関係をよくする為に、帝国と戦うわけがないのである。それに、帝国への牽制になるから南部諸国と結ぶという手も、南部諸国が対帝国に関して能動的ではない現在、価値は同じく無に等しい。

レディナ王国のロクジールは、オルビアンの経営に参画できるのであれば、グラミアの描く図に乗るのも良いかもしれないと考える。そして、他の者達も同じようなことを計算しているに違いないと一同を眺めた。

その彼を、イシュリーンは見ていた。彼女は胸中で、どこまでも自分都合な者達を嘲りながら口を開く。

「早く答えを出すように。アルメニアにも打診していることであるから、彼の国が全て取るかもしれぬぞ」

言い終えたイシュリーンが、優雅に席を立つ。

南部諸国の代表者達は、ガタガタと椅子を鳴らして制止すべく立ちあがったが、グラミア王は彼等を圧倒する微笑みを浮かべ、室を出て行く。

「す……すぐに本国に知らせねば……」

慌ただしく出て行ったのはロンバルト王国のラハクであった。ボルニアのアルセリーナは、金勘定は兄上に任せると言い、鳩を飛ばすべくラハクの後を追う。アリーアが続き、ロクジールを残してダヴィテが外に出た。

彼はある閃きを、歩きながら口にしていた。

「うん……次の物語は、あの強い女性にしよう……そうだな……イシュリーン伝説……女神ヴィラの娘がグラミアに立ち、悪の権化である魔王に立ち向かう……それをオルヒディンの遣いである大軍師が助ける……もうひとつ、何か欲しいな……二人が恋仲であるとしたら喜ばれるかもしれない。ナル・サトウという男、会いたかった……」

ダヴィテは脳内で物語を作りながら、離宮の通路をゆっくりと進んだ。

⁘

グラミアの暦で、始寒月の最終日。

神聖スーザ帝国の帝都から、長い軍列が東南へと伸びている。その中列を進む豪華な六頭立ての馬車にはスジャンナが乗っていた。彼女は窓から窺える広い世界を瞳に映し、街の外はこんなに凄いところだったのかと目を輝かせていた。そして、隣に座る男に言う。

「シュケル様！　鳥です！　大きな鳥！」

「……様をつけるなと言っている。あと、黙っていてくれ」

「ああ！　遠くに山があります！」

「……どこにでもある」

「そぉなんですか!?　すごぉい！」

「……頼むから、大人しくしてもらえないか？」

「だって、初めてで興奮して！　屋敷の外には出るなと言われて育ったし、その後は蛸坊主の屋敷から出られなかったし、街の外！　初めてなの！」

「……蛸坊主？」

「え……えっと、ベア様です。うっかり……言わないでください」

シュケルはベアの容姿を脳裏に描き、剃髪された頭部が理由だと理解して薄く笑う。そして、エリザの妹だからといって、姉と似ているわけではない現実に、笑みを強めた。

彼からみて、この姉妹は対照的だとするのは簡単であるが、それにしては極端なのである。

照れ笑いをするスジャンナは、姿勢を正して着席すると、シュケルの横顔を眺めて尋ねた。

「シュケル様は、どうしてわたしを聖女にしようと思ったんですか？」

「俺の話す内容を、理解できる頭か？」

スジャンナは顎に指先で触れると首を傾げた。その所作に、シュケルは苛立つ。どこまでも己の見せ方をわかっている奴めと口にはせず、あざとい娘から視線を転じた。それは、もう話しかけてくるなという彼の意思表示だったが、彼女には効かない。

「グラミアという国に行くのですよね？　楽しみですぅ……異教徒って、角が生えているのですかぁ？」

「……」

「異教徒はどうして、邪悪な神々を崇めるのですか？　生贄を差し出して……そういうことを喜んでするのはどうしてなのですか？」

「……」

「あ！」

スジャンナはシュケルの前に身を乗り出し、窓の外を見る。

「シュケル様！　鷹です！　あれはきっと鷹です！」

シュケルは、彼女の肩を掴むと強引に座席へと戻してやり、自らは外へ大声を出した。

「馬を！　ここから俺は馬で行く！」

　かくしてスジャンナは一人とされて、しょんぼりした。彼女は、自分を妾の生活から助け出してくれたシュケルという男性に興味を持つと同時に、どうせこれからしばらくは一緒にいるのだから、仲良くなりたいと思って、あれこれと話しかけていたのだが、拒絶されると悲しいものである。

　彼女は過去、自分の知らないところで家がどんどんとおかしな方向に傾き、姉が外出ばかりするようになって不安な日々を過ごしていた。そして、疲労の色濃い姉が頼むものだからベアの妾になることを承知したが、それからの日々は思い出したくもない毎日であった。彼女が言うと「気持ち悪い！」という感想になる。それでも、姉の為に、自分ができることはこれしかないと我慢して暮らしていたわけだが、ここにきてまた突然、知らない間に聖女となってしまっている。ただ、彼女は今の立ち位置が好きだった。

「蛸坊主に、あんな事されるよりマシだ」

　スジャンナは自分に言い聞かせる。

　馬車の中で彼女は、窓の外を行くシュケルを見つめた。白いマントを揺らして馬上となった彼は、一度だけ、馬車へと振り返る。

　スジャンナは、微笑まれたと感じた。それは完全に、彼女の勘違いでしかなかったが、訂正する者はどこにもおらず、彼女は一人で頬を染めて照れた後、再び手を振ってみせた。

　しかし、シュケルは彼女に背を向けたまま、馬を駆けさせて行ってしまった。

馬上となったシュケルは、追随するミヒャイルに言う。

「たまらん……口から先に生まれてきたのではないか」

「まぁまぁ……美人が会話をしてくれるなど、金を払ってでも望むべきですよ」

「お前、俺を馬鹿にしてるのか？　会話してくれる美人くらいはいる」

「シュケル様のような固い御方は、会話がせいぜいでしょうねぇ」

冗談を言うミヒャイルは、黒いマントをなびかせてシュケルの前に出る。騎兵の一団は長い軍列から離れるように加速し、丘陵地帯の丘を駆けのぼった。

彼らが振り返ったならば、帝都から吐きだされる軍勢を一望できるだろう。それはとても長く、厚く、帝国にはこうまで人がいたかと驚くほどの軍容のはずだ。しかし誰も視線すら転じず、先頭を行くシュケルの背だけを追っていた。

ミヒャイルが、前を駆けるシュケルに声をかける。

「帝都から、三騎士団を中心に三万、北部と南部から、一万ずつがザンクト・ドルトムントにて合流……合計五万の軍勢です。今度こそ、魔女(イシュリーン)を奴らの神のもとへと送ってやりましょう」

シュケルは頷きを返すと、馬の速度を落として、後方に続く騎士の一人に尋ねる。

「天候はどうだ？　大雪になる前にはリュゼを再占領しておきたい」

尋ねられた騎士は気象予報士で、ザンクト・ドルトムント周辺の空模様が記された資料を馬上で広げると眺めながら答えた。

「あくまで帝国領東部は晴れが続くでしょう。しかしグラミアとなると、ちょっと予想が難しいです。

クローシュ渓谷付近は特に……局地的に荒れますゆえ」

騎士の回答を受けたシュケルがミヒャイルに言う。

「帝都からザンクト・ドルトムントまで半月……各軍の合流もそれくらいになるな……再編成する時間が惜しいゆえ、軍単位での運用にする。天候が穏やかなうちに進みたい」

「は……北の聖教騎士団(オルディーン・ダ・グラベオン)の到着が最も早いでしょう。我々が一番、遅いでしょうが……軍勢の規模が違いますので仕方ありません」

「ま、この規模をあえて揃えたのは民意誘導や教団内部の不安を払ってやる必要があった……聖女(ハイトゲーテ)が大軍を率いて出たという図が、兵達の士気を高めてもくれるだろうし」

「グラミアは、すぐに出て来ますでしょうか？」

シュケルは手綱を操り、馬を再加速させると口を開く。

「オルビアンに国軍主力が留まっている現在、主力が北上する時間をリュゼで稼ぐしか奴らには手がない。籠城だろう……が、奴はそうはしないかもな」

彼の言う奴とは、ナルのことだとミヒャイルにはすぐにわかった。

聖騎士(ハイリッター)シュケルは、新総長を一瞥して続ける。

「クローシュ渓谷の南で、俺は奴の術中にまんまとはまった……いや、その前にはまっていた。あそこに立った時点で、俺達は奴の手の平の上で戦わされていたわけだ。ゆえに今回、我々を前に敵は籠城するだろうという前提すら、疑ってかからねばならないだろうな」

「仮に、出てくるとしてどの辺りでぶつかることになるでしょうか？　リュゼの西方は未開発地域が多く、そこでしょうか？」

「おそらく。少数の軍で戦うには良いところだ。こちらは大軍であるから、そういう場所は困難だしな……敵は奇襲戦法だろう。だからそれにつき合っていると、痛い目に遭うことになる。ザンクト・ドルトムントで合流し、主力三万でリュゼに侵攻するが、これを囮に使う。本命は、アラゴラ西部一帯を通過させて、グラミア占領下のグルラダを狙う軍だ」

シュケルは、春に敵が取った手を、そのまま仕返ししてやろうと企んでいた。南北に長くなったグラミアは、ルマニア地方、アラゴラ中央部が重要な連結箇所となるので、囮で敵の目を誤魔化し、一気にグラミアを分断させようと考えたのである。この彼の案は、成功さえすれば効果絶大である。

「グルラダに我が軍が迫ることで、グラミアの中小貴族どもは溜め込んだ不満を爆発させるに違いない。ハインリヒにそそのかされた諸侯に続いて、続々と離反が生じるだろう……目の前の危機が、人から義理という制約を奪う。もともと奴らは利益の為に魔女（イシュリーン）についていたのだ……」

「ハインリヒ殿は大丈夫でしょうか？　グラミアにも……帝都に潜り込んでいた諜報の主力がおりますでしょう」

「あいつ、補佐官殺しを邪魔されて苛々してなければいいがな……補佐官とダリウス・マキシマム……知と武で魔女を支える盾と剣か……あの時の男が雷神（トールアン）とはね」

シュケルは、クローシュ渓谷南の戦場で対峙した男を脳裏に描く。そして、あの男は確かに強かったと頷き、ミヒャイルを見た。友人はそれを受けて双眸を細め、「次は殺します」と答える。

ダリウスの名前は、スーザ人であれば子供でも知っている。アルメニアでの彼は、雷神（トールアン）という異名すら優しく感じるほどの暴れっぷりであった。その強敵を、あと一歩で仕留められていたのにという愚痴を飲みこんだシュケルは、苦い薬を飲んだように顔を顰めて友人に言う。

「ミヒャイル、次は俺に構わず敵を殺せ。口にしたことは、やるのが男だぞ。いいな？」

シュケルの言葉に、ミヒャイルは躊躇いながらも頷く。それでも言わずにはおられず、聖紅騎士団（ハイローダー・オルディーン）新総長は口を開いた。

「シュケル様、どうか、生きて還ることも考えてください。俺と違って貴方には、待ってくれる家族がいるでしょう？」

「お前だって、待っている女はいるだろうが……」

「……多すぎて、気にもなりませんよ」

ミヒャイルの返答にシュケルは笑うしかなかった。

⁘

グラミア王国暦一一六年、終年月初旬。

神聖スーザ帝国東部のザンクト・ドルトムントに、続々と軍兵が集結していた。近隣の村々から徴兵された新兵は、主に兵站を担当することを目的に集められており、実際に戦える数を前線に集中させたいというシュケルの考えを、枢機卿のベアが実行に移した結果である。このベアは、商人であった期間のほうが長いから、購買や運搬の計画立案と実行に長けていた。人には必ず長所があるものだというスーザ神の教えは、間違っていないと彼が証明していることになるだろう。

神聖スーザ帝国の大軍が三ヶ月間、軍事行動を行えるだけの物資をベアは集めて、運搬することができる後方支援部隊をザンクト・ドルトムントに用意した。この都市の住人達は、途方もない量の武器や防具、そして食糧と共に、続々と集まる軍兵の多さに驚き、今回こそ異教徒も終わりだと噂する。

帝国領北方で、トラスベリア王国のグレイグ公領に対して警戒にあたっていた聖教騎士団（オルディーン・ダ・グラベオン）とその総長エドガー・ドラグスラーは、帝都を発した本軍よりも早くこの都市に到着していた。

「集まって来る軍勢が都市の外で右往左往せぬよう、さっさと門を通過させよ。もたもたしていると、シュケル卿到着後も出発できぬようになってしまうぞ」

エドガーの注文に側近が頷きで応え、ザンクト・ドルトムント市街地が望める窓に近づく。彼はそこから、市街地に続々と入る軍列が絶えない光景に笑みを浮かべ、あと七日もすれば全軍が集まると総長に伝えた。

扉の叩く音が、側近の意識を窓から外させる。彼は総長を一瞥したが、エドガーは書類から視線を逸らさず対応を側近に任せた。

側近の騎士は咳払いをして、扉へと歩み寄ると外で待つ騎士を招く。各地から集まる部隊の指揮官が、現在のところ最も上位にあるエドガーへ挨拶で訪ねてくるのである。

「失礼します。レイデーンから一個大隊を率いて参りましたマルコ・シュリングと申します。宜しくお願い致します」

マルコと名乗った騎士が挨拶をしたところで、側近は用意していた台詞を述べる。

「うむ、総長閣下はお忙しい。聖女様（ハイトゲーテ）をお迎えせねばならんし、帝都からも軍勢がここに入る。準備がある。すぐに部隊に戻り職務に励むがよろしかろう」

挨拶に来た仕官が退室したところで、エドガーは苦笑を浮かべた。

「ひっきりなしはかなわんな」

聖教騎士団（オルディーン・ダ・グラベオン）総長の愚痴も仕方がないほど、挨拶は頻繁なのである。

「ま、シュケル卿が来られたらそれも終わりますよ」

側近の慰めに、エドガーはにこやかとなる。

「……彼は、いろいろとよくない噂も立ったが、良かった。実力はある。問題は、グラミアが彼の読みを越えてしまったことだろうな……」

「そのグラミアですが……」

側近は、扉が叩かれた音で口を閉じる。そして、「またか」と苦笑しながら扉を開いた。今日だけで、もう何十回と対応を繰り返しているのである。そして時刻はまだ昼前で、これから何度これをしなければならないのかという疲労感が、彼の所作を乱暴にさせた。

エドガーの側近が荒々しく扉を開くと、長身で逞しい男が鋭い眼光で立っていた。

「挨拶ならば、後にするのがよろしかろう……」

側近が追い返す口上を述べ始めたところで、長身の男が冑を脱ぐ。金獅子の鬣（たてがみ）を連想させる豪華な髪がこぼれ、男の容姿は一気に気品を増した。

誰だ？　といぶかしんだ側近は、どこかの有力な騎士かと想像し、それならば総長に取り次がねばならないかと考えを改めた。しかし、男はペコリと一礼すると、おかしな喋り方を始める。

「こ……こんにちは。スーザ神、最高、です」

「は？　何を言っている？」

側近が眉をしかめた。

長身の男は、すらりと腰の剣を抜く。それを、茫然と眺めた側近は、自分が斬り殺されるまで目を丸くしていた。

血飛沫があがった瞬間、書類を眺めていたエドガーは椅子から腰を浮かす。そして、何が起きたと問うより早く、長身の男が彼に迫っていた。

「何だ⁉　何事だ⁉」

「お前さんは、どういう立場？　総長なんだ？」

エドガーは、おかしな言葉を喋る男を睨み、叫んだ。

「貴様！　スーザ人ではないな⁉」

「俺、ハンニバル。こんにちは」

オデッサ公爵ハンニバルは、帝国軍の軍装に身を包みここに立っていて、聖教騎士団(オルディーン・ダ・グラベオン)総長の右手に手を伸ばした。その鋭い動きが総長の手を取りひねりあげるまで、譬えではなく一瞬であった。うめき声をあげるエドガーは、微笑む相手を見上げる。そこに、新たな男が入ってくる。

「お館様、スーザ語の勉強を疎かにされるからですぞ」

プレドヤクは、主の下手なスーザ語を笑い、睨まれて恐縮する。そして、困惑と不安で目をきょろきょろと動かすエドガーに歩み寄ると、片膝をつくことで相手の視線の高さに合わせた。

「オデッサ公爵軍だ。この方は公爵閣下、俺はプレドヤクだ。我がグラミアの補佐官殿が、この都市を壊したいと仰ったゆえ、参上した」

流暢なスーザ語で喋ったプレドヤクは、半瞬後、絶望で叫んだエドガーを笑う。そして、部下達に入室を命じた。

ハンニバルが、グラミア語で喋る。

「縛りあげろ。あと、合図を出せ。徹底的にやる」

「かしこまりました」

一礼したプレドヤク。

彼は室の窓へと歩み寄り、魔法で窓を破壊する。そして、空へと火球の魔法を二発、放った。

それが、開始の合図なのである。

ハンニバルは、身を翻すと室を出た。そして、並ぶ部下達に手を払う所作で行動開始を命じる。ザンクト・ドルトムントに、帝国軍に偽装して入ったオデッサ公爵軍は、無警戒なスーザ人達を片っ端から薙ぎ倒していく。武器や食糧を満載した荷馬車も、火を放たれては消費できなくなる。さらに彼らは、わざと一部の食糧を燃やさなかったが、それは慈悲ではなく、頂く為であった。

スーザ人達は、「裏切りだ！」「狂った奴らがいる！」と喚き、出会う者達全てが敵に見え始める。

この混乱の中で、オデッサ公爵軍は甲冑の肩当てに描いたスイレンの花を目印にして、自分達を見分けた。

一方的な殺戮と、壮絶な同士討ちが同時進行するザンクト・ドルトムントは、逃げ出そうとする兵達が、四方の門から外へと飛び出す。住民達も何がなんだかわからないまま、阿鼻叫喚に囃されて、兵達と同じく着の身着のまま逃げ出した。

大混乱とは、まさにこのことであった。そして、逃げ出す彼らは、都市の外へと出たところで、さらなる恐怖に晒される。

ナルだ。

彼は、市街地と外とを繋ぐ四方の門の外側に、部隊を配置していた。北をエフロヴィネのヒッタイト部隊、西をアルシャビンが率いるオデッサ公爵軍一個連隊、南はルナイスが担当し、ナルは東を受け持っていた。

「攻められるなんて、考えもしなかっただろ」

ナルの声は冷静で、向けられたスーザ人達は悲劇の真っ最中であった。

弩と魔法を交互に、連続で撃ち込まれて、次々と倒れるスーザ人達の悲鳴は、グラミア側の矢が尽き果てるまで絶えない。

一騎の伝令が、ナルへと接近する。

「報告！　市街地内部から狼煙！　武器と糧食を確保、運搬に移るとの由！」

「了解だ。都市を燃やして撤退するように！　撤退合図」

ナルの指示で、魔導士が空に火球の魔法を打ちあげる。

ザンクト・ドルトムントは、いや、神聖スーザ帝国は初めて、グラミアによる侵攻を受けたのであ

る。

市街地で、奪った武器を運び出す準備をするプレドヤクは、春に帝国軍がリュゼに残していった武器や防具を利用したナルの辛辣な作戦に舌を巻いている。そして、防衛側が先制攻撃を、このような形で為す効果に驚いていた。彼は自分達の行いであるのに、目に映る光景を未だに信じることができない。スーザ人達はただ逃げ回るばかりで、グラミア側の損害は皆無なのだ。さらに、グラミアに侵攻するべく集められていた物資は鼻紙にすらならない有り様で、またグラミア側に武器を奪われて使われるという皮肉な結果となるはずだった。

「プレドヤク」

名前を呼ばれた青年士官は、ハンニバルの真っ赤な姿を見た。帝国軍の甲冑をまとう彼であるが、返り血で染まり、まさにオデッサ公爵軍の軍装そのものである。

「ナル殿と合流する」

ハンニバルの指示に、プレドヤクは一礼で応えた後、云わずにはおれないと口を開く。

「は……閣下」

「ん？」

「グラミア人で良かったと……思いますよ」

プレドヤクの感想に、ハンニバルは薄く笑った。

そしてこの時、市街地の外ではナルが不気味な笑みを浮かべている。

彼は、青いマントにローブをまとっていて、左胸に黄で描かれた六連星を手で撫でた。そして、身を翻す。スーザ人を殺し尽くし、逃げ惑わせた成功すら、彼にとっては過程に過ぎない。これは始まりに過ぎないと、彼は歩みの速さで周囲に伝えた。

Smiling face
第二章
Episode/02
Legend of Ishlean

グラミア王国暦一一六年の終年月初旬。

ナル・サトウに率いられた一軍が神聖スーザ帝国領に侵入した。この軍は、リュゼ子爵連隊とオデッサ公爵軍の混成軍で、グラミア側の記録にはリュゼ師団と残されている。軍兵は二九〇〇で、内訳は騎兵一個連隊三〇〇、歩兵四個大隊二〇〇〇、リュゼ子爵連隊三〇〇、ヒッタイト人部隊三〇〇であった。彼等のうち、歩兵一個大隊四〇〇は帝国軍の兵装で固めていて、これは完全に陽動目的の部隊である。彼等が最初にしたことは、帝国軍に変装しザンクト・ドルトムントへと侵入し、内部を大混乱に陥れることであった。都市全体に波及したスーザ人達の悲劇は、すぐさまシュケルのもとに届き、彼は天を仰いで叫んだという。

帝国軍はこれで、グラミア侵攻のために必要とする物資の多くを失った。

一方でリュゼ師団は、向こう半月ほどの活動に必要な物資を奪っている。自前で用意した物資はあれども、先のことを考えた時、頂いておこうというナルの魂胆であった。

彼はザンクト・ドルトムントを襲い、住民も徹底的に攻撃しているが、そこには軍師としての冷徹な計算があり、生身の、ナルという人間は苦しんでいたようである。というのも、彼はこの時、極度の睡眠障害と摂食障害に苦しんでいたらしく、彼の近くにいることが多かったルナイスが日記にこう残している。

『閣下は食べれば嘔吐し、眠ればすぐに起きてしまわれていた。目の下の隈はこく、頬はこけていた』

それでも、そのような状態になろうとも、ナルは帝国領を荒らしまくった。

帝都から到着する帝国軍本隊が現れる前に、彼はやれることをやろうとしたのである。ナルはザンクト・ドルトムント周辺の農村を徹底的に襲撃し、食料を燃やした。これは帝国側が物資を集め直そうとしても物理的に不可能とする為である。少しでも残っていれば寄越せと言えるが、全くなければ脅したところで出てこないのだ。また橋や街道を破壊することでザンクト・ドルトムント周辺の物流機能を低下させた。これは軍事的にも経済的にも帝国に打撃を与え、後にシュケルを始めとする帝国軍首脳部が補給で悩む火種となる。

ナルはさらに、このような破壊活動だけではなく、周辺から集まってくる帝国軍を片っ端から襲いまくった。

奇襲戦の連続だったと、グラミアの記録には残されている。

ハンニバルは馬上で槍をしごく。深紅の甲冑へと戻った彼は、同じ軍装で統一した騎兵一個連隊の先頭を進み、うろたえる帝国軍四〇〇〇を眺め、豪快に笑った。帝国軍四〇〇〇は帝国領南部からザンクト・ドルトムントを目指していた一軍で、行軍中に現れた軍勢が、グラミアの六連星旗を掲げているものだから慌てふためくことになったのである。

「グラミアです！　グラミア軍です！」

「馬鹿を言うな！　ここは我が国だぞ！」

帝国軍では、兵士の報告に士官が怒鳴った。ザンクト・ドルトムントが攻撃されたという噂は、あくまでも敵が流した偽情報だろうと踏んでいたこの軍の指揮官は、赤い甲冑で統一された騎兵の集団が突撃してきた光景を見ても、まだ半信半疑であった。これほど、スーザ人にとって攻められるという感覚は不思議なものだったのである。彼等にとって戦争とは、異国の地でするものだという常識が、彼等から緊張を奪っていた。

そんな彼等を、ハンニバル率いる騎兵突撃が粉砕する。長槍の餌食になったスーザ人達は、ある者は腹から背中へと突き抜けた槍を信じられないと眺め、ある者は死にながら理解できない痛みに涙を溢した。

騎兵連隊の突撃に続き、グラミア突撃兵による攻撃が帝国軍を襲う。軽装で動きやすい装備の彼等は、徒歩で敵に突っ込み暴れまくる役目で、軍の中でも武芸に自信がある者達が多く配属されていた。そしてこの時の彼等は、オデッサ公爵軍の中でも選りすぐりの者達であるから、一人ひとりがスーザ人を二人同時に相手してもまだ強いという恐ろしさで、ここに矢と魔法の援護が加われば、戦況は見て確かめるまでもない。

スーザ語の悲鳴ばかりがあがる戦場で、グラミアの六連星が力強くはためく。

ナルは、潮時だと角笛を鳴らした。

エフロヴィネのヒッタイト人部隊が、魔法攻撃を敵に仕掛ける。敵の結界を突き破らんばかりに放たれた大量の火球や稲妻は、帝国側の結界を激しく揺らした。そしてそれ以上に、スーザ人達の心をへし折ったのである。

潰走を始めた帝国軍は、リュゼ師団による猛追を浴びる。戦闘は一刻も経過せず終了し、グラミア人達は逃げ惑うスーザ人達を眺めて笑うと、次の獲物を狩る為に移動を開始した。

斥候が、師団へと接近する。

ナルは新しい杖をつきながら歩いていて、斥候を見て「ここだ」と叫んだ。

「西南西、五〇〇〇デール！　帝国軍大規模部隊！　ザンクト・ドルトムント方向に進軍中！」

「よし、このままぶつかる。前衛を務めていた部隊は後衛に回す。伝令！」

伝令達がナルの周囲に集まる。

「全軍に命令！　連戦！　部隊の入れ替えを速やかに行う！　怪我人はリュゼに送れ」

伝令達が一礼し離れて行く。

ナルは、エフロヴィネを手招いた。

「エフロヴィネ、そちらに怪我人は出ているか？」

「心配無用だ。しかし魔法は疲れる。次の戦闘が限界だと思う」

「わかった。今は午後ももう遅い……夜にまた敵を襲うが、魔導士達には休んでもらって大丈夫だ」

「いいのか？」

「問題ない。襲った時には勝っている」

ナルが断言した時、彼は自分へと駆け寄る人影を視界の端に捉えた。

「閣下！」

コズンだった。

ナルは右手をあげて応える。家宰が戦場に出て来ているのは、ナルが求めたからである。それほど、ナルにとってのコズンは、大事なのだ。だがそれは、戦える、指揮がうまいという意味とは違った。

「周辺の地図です。急いで作ったので、抜けがあるとは思いますが」

「助かる。橋や宿場町を破壊した場合、敵の動きはどう変化すると思うか？」

コズンは地図上に指先を這わして答える。

「ここと、ここで、合流して東に進むのではないでしょうか？」

家宰の示した箇所は、丘陵地帯と平野部であった。大軍を集めて編制する為に必要な面積を備えつつ、起伏に貧しい地形である。

ナルは頷きながら、地図に視線を定めて口を開く。

「君は我々より先に後退を開始してくれ。アラゴラとリュゼの境界あたりに野営地設置を頼む」

「承知しました」

離れていくコズンを見送るナルは、ふいに空を見上げる。

冬の空は突き抜けるように青く、風は冷たく強い。一年前も、こんな空を見たと彼は思う。そしてあの時は、頼れる人が近くにいたと回顧する。

先生……お教えに従い、主導権を握り状況を操ります。

ナルは微笑み、脳裏に描いた師の為に一瞬だけ祈った。

∴∵

帝都を発ち、ザンクト・ドルトムントを目指していた帝国軍本隊は、目的地が陥落したという報を受けて動けずにいた。司令官であるシュケルは、主だった者達を集めている。

聖紅騎士団（ハイローダー・オルディーン）総長ミヒャイル・ロア。

聖炎騎士団（オルディーン・ハイトフラメー）総長シュテファン・キースリング。

聖天騎士団（ハイトヒメル・オルディーン）総長ステイタム・ローゼンデルベ。

三人の総長達のうち、ミヒャイルとステイタムは総長となったばかりであるが、二人とも実力は折り紙つきであり、シュケルの推薦をローターが認めたからである。この総長達と、副官達がシュケルを前に片膝をつき、聖騎士（ハイリッター）と、その後ろに佇む聖女（ハイトゲーテ）に頭を垂れた。

スジャンナは可能な限り厳しい顔をつくっていたが、それはシュケルにそうしろと言われているからで自発的なものではない。ゆえに彼女は、頬がピクピクと痙攣するという愚痴を何度も飲み込み我慢していた。

聖騎士（ハイリッター）シュケルは、ザンクト・ドルトムントの悲報は事実であることの裏が取れたと口にして、渋面のまま円卓へと一同を誘う。卓上には地図のほか、届いたばかりの報告が暗号文のまま置かれていて、それは厚い束になるほどの量であった。

「侵入した軍は、六連星の旗を掲げている。国軍だろうと思うが、オルビアンの本隊に動きはないとハインリヒからだ。彼によると、オデッサの奴らが領地に帰ると言って離れたのは半月ほど前だそうだ。おそらく、オデッサ公爵軍だろう」

シュケルは敵の正体を口にしながら、だが指揮官はハンニバルではないとも言った。

「オデッサのハンニバルにこれができるとは思えん。彼は確かに強いだろうが、こういう……嫌になるほど痛いところを突くことができるのは、あのナルとかいう魔女(イシュリーン)のヒモだろう」

　イシュリーンのヒモ。

　これが、帝国首脳部にとってのナルの呼称である。彼が聞けば、余裕ある笑みで「反論できない」と答えたに違いない。

「帝国領内に深く斬りこんでくるとは思えませんが？」

　剃髪の大男であるステイタムが野太い声とは裏腹に冷静な表情で問う。長く戦の中を生きてきた武人が具現化したような体躯は見事で、大剣すら軽々と扱えそうである。

「いや、俺がヒモなら、攻めることができるうちは攻める」

　ミヒャイルである。

　彼は地図に指を這わして発言を続けた。

「こちらの軍はまだ集結前。各個に奇襲を仕掛ける算段ではないだろうか？　如何でしょう？」

　ミヒャイルは、ステイタムからシュケルへと視線を転じた。

　聖騎士(ハイリッター)は瞼を閉じ、しばし考えた。

　自分であればどうするか、と、ナルならばどうするか、をだ。

　シュケルは、自分であればリュゼに敵を引き込むと考えた。理由は、グラミア軍が帝国軍に比べて兵力が劣っているからだ。兵数の差を埋めるのは天候、地形、作戦のいずれかで、地形は最も利用しやすいと思う。一方で、ナルという、シュケルからみてわけがわからない奴は、この常識に当てはまらないと考える。ゆえに、もしかしたらグラミア軍は、リュゼ地方には撤退しないのではないかと予想した。

「我が国の領内に侵入した敵は……アラゴラ西部へと撤退する。リュゼへと強引に侵入した我が軍の側面を突く……」

シュケルが言葉を発した。

そして、判断を下す。

「魔女のヒモ(イシュリーン)は、軍勢を率いてアラゴラ西部に入る可能性がある。リュゼに向かって侵攻する我が軍の側面、後背を脅かすことができる。ミヒャイル、ステイタム」

「は」

「は……」

ミヒャイル、ステイタムの順に一礼がなされた。二人は、シュケルの指示を待つ。

一瞬の間を置いた司令官が、口端を歪めて言葉を吐きだす。それは忌々しいとでも言わんばかりの表情であった。

「軍勢を率いてアラゴラ西部に入れ。俺はシュテファンとリュゼに向かう」

シュテファンが一礼し、シュケルの意を問う。

「軍を分けるのですか?」

「そうだ。物資は奪われ、現在の手持ちでも危うい。略奪で補うにせよ、三万もの軍勢を癒してくれる量はリュゼにはもうない。アラゴラ西部を刈り取る。俺とお前はリュゼからルマニア地方を狙う。彼の地は現在のグラミアのへそにあたる」

シュケルの声に、皆が聞き入った。

アラゴラ西部は現在、どの勢力も支配できていない空白地帯となっているが、町や村は点在している。もちろん、農場もだ。アラゴラ王家の統治から帝国支配を経て、帝国軍撤退に伴って権力者による支配から逃れた住民達は、自警団を組織し自治を行っている。彼等の本音とすれば、グラミアから手を差し伸べられたいというものなのだが、イシュリーンはアラゴラ西部をあえて無視した。これは単純に、帝国領と接する面が増えることを嫌ったからと、構っていられないというものである。

シュケルは、この空白地帯が抱える物資を根こそぎ頂こうと言っている。こういう判断を、即座にできる指揮官はこれまでいなかった。枢機卿達は皆、戦争に関しては騎士任せでありながら作戦に口を出し、しかし責任を取りたがらなかったからだ。

「ミヒャイルとステイタムは、アラゴラ西部を通過しつつ略奪にて物資を得よ。あそこは今、誰も収めておらぬゆえ、邪魔は入らぬ。自警団程度の抵抗はあるだろうが、全く問題にならぬ。お前達はそのままグルラダを目指す進路を取れ。ルマニアとアラゴラ中央部を押さえる動きひとつで、主導権はこちらに移るだろう」

ミヒャイルが目配せで発言を求め、シュケルの頷きを得て口を開いた。

「いっそのこと、全軍でグルラダを目指せば如何でしょうか？」

「それは俺も考えたが……」

聖騎士（ハイリッター）シュケルは、頬の傷痕を撫でながら続けた。

「……リュゼから我々の後方へと敵が進出する可能性を消したい。伝令！」

司令官の怒声に、伝令が慌てた。

急ぎ駆け寄った伝令に、シュケルが確認する。

「南部からザンクト・ドルトムントへ向かっていた一軍は未だ健在か？」

「半数が離散。聖印騎士団（ハイトジガル・オルディーン）を中心とした軍勢七〇〇〇は無事です。総長閣下が素早く敵の動きを察知し、北上を中止。現在はザンクト・ドルトムント南西八五〇〇〇ウェルトで待機のまま。最新情報はございません」

「よし、貴軍を養う糧食がないゆえ、南部戦線に戻れと伝えよ。詳細は俺が手紙で説明するが、ひとまず先に行け」

伝令が一礼する。

シュケルは頬の傷痕を歪めて笑うと、実行に移せと一同に命じる。そして自らは聖女（ハイトゲーテ）を一瞥し、誘うように歩きだした。

彼は思う。

やりごたえのある相手だと。

「ふふふ……神も、教皇も、関係ない。俺が奴（ナル）に勝ちたいのだ。こうまで他人の首を斬り落としたいと思うのは……初めてだな」

言を終えた彼は、自らの独り言に口端を歪めていた。


同日の夜、グルラダ。

アブリルは部下達の出迎えを受けて馬から飛び降りたが、疼いた腹部に溜息をつく。そして、彼女を置いて行ってしまったナルの無事を祈った。本来であれば、寝台の上で回復を図るべきである彼女がそうしていないのは、想い人を助けたいという強烈で純粋な気持ちによるものだった。オルビアンからここまで休みなく移動した彼女は、熱があがってしまったと熱い息を吐く。しかし休むわけにはいかないと、ベルベットから渡された薬を水無しで飲み、腹部を手で押さえた。

痛みは止まっていた。

「アブリル様、これを」

部下の手から受け取った暗号文は、ナルの傍についているサビネからのもので、帝国領に侵入したリュゼ師団の戦果が淡々と記されていた。

アブリルはそれを読み、一同に告げる。

「ナル殿は勝っている。彼を助ける為にも、帝国の騎士達をこのままのさばらせておいてはなりません」

アブリルの声に、集まる部下達が頷きを返す。

テュルク族の戦士達がグルラダに集まっている理由は、アブリルの言によって示されている。彼女は、オルビアンでナルを襲った帝国騎士達の行方を追い、尻尾を掴んだからここに部下達を集めた。

グラミアの中小貴族達は、連戦によって不満を高めている。そしてグルラダ南の激戦によって、兵を失い、軍費を放出して、王家からの補助があるといっても喜べない状況であった。それを敵が利用しようとするのは、当然のことだとアブリルはわかっている。ゆえに彼女は、今回の対帝国戦に中小っていた。

貴族の軍勢を参加させないと決めたナルが、彼等を労わろうというだけでそうしたのではないと知

　中小貴族に接触しているであろう帝国騎士達を、誘き出そうというのである。

　アブリルは、説明など受けなくとも、そう理解していた。だから彼女は部下達に敵の動きを探らせ、

彼女達から報告を受けて、やはりそうかとグルラダに来たのだ。

　テュルク族の戦士が、族長に報告する。

「アブリル様、グルラダのキリヤ伯爵家屋敷にスーザ人が出入りしているところを目撃しております。

他にも、ルブリン公の旗下に属するフォルク伯、ロイタール伯などにも」

「全て状況を動かしなさい。例えば……反乱を企てていたり、反意を膨らませていても……当主が突

然に病で亡くなれば……それどころではないだろう」

　暗殺せよという指示であると、部下達全員が理解する。

　説得など不要というアブリルの決定は、そのようなことをすれば足元を見られるだけであるし、対

帝国戦が迫る中、時間をかけたくないという理由からであった。ただ暗殺による解決は、新たな問題

を生む可能性があるので、病死に見せるようにと付け加えている。

　毒をもるのである。

　ここで、アブリルは瞼を閉じた。

　次の発言をする決心をできたからだ。

「アラゴラで戦った諸侯の当主……反意が明らかでなくとも、その中から幾人かを……同じように病

死にみせかけなさい。金に汚い医師達を抱え込み、グラミアからアラゴラに移ったことで、この土地の風土病が原因だったとでもすれば……いくらか誤魔化せるでしょう。疑いを持たれたとしても、騒がれるころには戦争は終わる」

一同が固唾を飲んだ。

アブリルは、瞼を閉じたまま続ける。

「ですが、それらは帝国騎士を討つ為の罠に過ぎません……我々が中小貴族の無効化に動けば、必ず帝国騎士が出て来ます。それこそが狙いです」

「問題の原因を排除するのですね？」

部下の問いに、アブリルは頷く。

「そう。複雑なものこそ、根っこを断つ。白い男を消せば、中小貴族の自己都合主義は崩壊するでしょう」

アブリルは『白い男』という単語を発音した際、声を鋭く変化させた。

彼女にとって、自分を負傷させた相手というだけではない。

大事な人の命を狙った、決して許せない相手なのだ。

アブリルは部下達を眺める。彼女達もまた、族長を見つめていて、自分も出るといったアブリルを皆で案じた。

「ご養生なさってください」

「そうです、そうです。まだお体が万全ではございませんのに」

「あの男の顔を私は見て知っている。強さも……最も早く確実な方法を取る」

アブリルは反論を許さぬ表情で部下達を眺め、次に祈るような視線を彼女達に向けた。

「あの白い男を必ず消す」

アブリルはそこで口を閉じ、一同に解散を命じた。

世話役と二人だけとなった彼女は、廃屋の中で衣服を脱ぐ。包帯を新しくしようと、世話役の娘が彼女の脇に立った。

白い肌は透き通るように美しく、乳房のふくらみ、腰のしなやかさなど、世話役は美しい族長に見入った。そして、だからこそ、火傷の痕と、ナルを助けたことで増えた傷痕に笑みを固くする。

「醜いか？」

アブリルの問いに、世話役は首を左右に振った。

「いいえ！　……とんでもない」

「いいの……半身に残る焦げの痕を見ても……彼は私を見てくれた。だから、私はもう気にしない」

彼女の言う『彼』が誰であるか、世話役の娘はわかっている。だからこそ、彼女はアブリルの包帯を交換しながら、ナルという男の無事を祈っていた。

⁘

グラミア王国と神聖スーザ帝国が戦いを再開させた。

グラミアは、戦う相手を元に戻した。

どちらの言い方が正しいかなど誰にもわからない。ただ、グラミア王国は戦い続けていて、その勢いは大陸西方諸国の注目に値している。そして、もしかしたら、グラミアが帝国を倒すのではないかという、野次馬的好奇心に駆られた応援が、実を伴うことのない励ましだけで行われる。

「グラミア、頑張れ」

こう言う彼らであるが、武器を送ったり、金を送ったり、いや、兵や食糧なども全く送らない。声援が戦いを有利に運ぶことが、もしかしたらあるかもしれないが、戦っている者達に届かない、遠く離れた地での「頑張って欲しい」という声など、何の効果も生まないのである。

しかしともかく、大勢はグラミアを応援したい心情にあり、それほど神聖スーザ帝国という国は、周辺国から嫌われていたと言えるだろう。それは、大きな国が無遠慮に他国を狩り取っていたこれまでが、そうさせていると見てほぼ間違いないのではないか。

ここで複雑な心境であるのは、神聖スーザ帝国と誼を通じる国々、権力者達である。だが、この男はそうではないが、厳しい表情であった。

ドラガンだ。

ウラム公爵軍一五〇〇を指揮する彼は、北上しトラスベリア選帝公のグレイグ公領を狙う動きを取っているが、実は違う目的があった。

ドラガンの目的とは、彼が現状のグラミアに不満であるから定められている。彼は今のグラミア王国の体制では、ウラム公爵家は先細りしてしまう未来を見ていた。王と片腕による諸侯排除の動きは、彼の望むところではない。ルブリンやロッシといった大貴族を重宝しているようで、しかし諸侯の相続に口を出そうという王家の在り方に疑惑を抱くドラガンは、将来、王家の意向で諸侯は取り潰されることになると危機感を覚えている。

イシュリーンによる相続法改正は、ドラガンの視点で見れば、危険なものであるのだ。これは、諸侯で相続が発生した場合、相続人は国に相続税を支払うことで継承の許可を求める。これに対し、王家は相続人に問題がなければ――反乱、脱税、他国との密通が確認されなければ、相続を認めることになっている。後ろめたいことがなければ問題ないだろうというイシュリーンの論法は、ドラガンにとって詐欺師を信じろというものに近い。さらにいえば、ドラガンはこの改正はウラム公爵家を潰す為にされたのではないか、と疑っていた。この起点で考えてみれば、ドラガンに北伐をさせたいイシュリーンは、彼をこき使いながら、死んでくれたらもっと良いと考えているに違いないとなる。これだけでも十分に、ドラガンにとっては忌々しい改正であるが、起案者があの憎たらしい小男(ナル)によるものだとドラガンは決めつけているから、補佐官をこのままにさせてはおけないという考えがさらに強まったのだ。

そう、ドラガンの狙いは、ナルである。ただし、殺してしまおうというものではない。彼を殺せば、収まらないとドラガンは知っている。ゆえに落とし所は、ウラム公爵家の復権をナルの手によってさせるというものだった。

しかし、ドラガンの本心はナルを殺したい、である。しかるに彼は、不機嫌な表情でアズレトに言う。

「あの男、帝国領に攻め入ったそうだ。頭のネジが飛んでいるな」

「たしかに……しかし届く情報では、効果があったと言うしかありません」

山者達(ガラー)の齎す情報により、ドラガンとアズレトは帝国の被った甚大な被害を知っている。それは単純に、兵力的な被害だけではなかった。

「食糧は……高騰しているでしょうし、ザンクト・ドルトムント周辺にはもう大軍を養う物資など残っておりませんでしょう。それこそ、民に飢えろという覚悟があれば別ですが」

アズレトの言葉に、ドラガンは苦笑を返す。

「いや、もうとっくに民が飢えるほどの物資をかき集めただろうさ。それを全て駄目にされて、途方に暮れているに違いないが……それでも聖戦を発動させた手前、攻めてくるだろう」

でなければ俺が困ると、ドラガンは薄気味悪い笑みを浮かべた。そしてゴラン高原にある国軍が設置していた砦を遠目に眺める。この砦は現在、機能を停止している。ウラム公爵の動きを探る為であったが、イシュリーンにより砦は空にされていて、それはドラガンが平身低頭で頼みこんだからであった。

「アズレト、あれを越えてクローシュ渓谷に迫れば、さすがにイシュリーンも俺の動きに気付く。ついて来るか？」

腹心は、気負いなく頷いた。

「よかろう。では、命じておく。俺に何かあった場合、お前はイシュリーンに降れ」

「……閣下」

「お前は使える奴だ。俺がいなくなった時、ウラム公爵が押さえていた土地を支配するにも、お前は必要とされるだろう。懸命に止めたが、俺が暴走したと訴えればいい。実際、俺は暴走しているからな」

蛇目を歪めて笑う主に、アズレトは一礼で応えることしかできなかった。

「リュゼに行く」

ドラガンが言葉に出す。

彼は、危機に陥った時のナルが、どんな顔をするのかとほくそ笑んだ。

「あの時のように、腰でも抜かしてろ、小男」

ドラガンは南西を睨んだ。

ウラム公爵ドラガンに嫌われているナルは、突然の大雨に空を見上げていた。

雷鳴が轟いた瞬間、黒く重い雲が滴を吐きだした。その量は凄まじく、地上のあらゆるものを洗い流そうという天の意思であるのかもしれない。大地はたちまち地表を水浸しにして、浅い湖が突然にできたかのようであった。

ザンクト・ドルトムント南東ニデールで集合していたグラミア人達は、大雨の中、慌てて幕舎を組み立て始めたが、間に合わないと諦めてしまう。火薬を守れと士官達が怒鳴り、兵達は自分のマントを脱いで火薬の詰まった樽へとかけたが、半分ほどが役立たずになったという報告をせねばならない惨状に天を仰ぎ、悪態をついた。

「閣下、火薬がほぼ駄目です」

ルナイスの報告に、ナルは頭を抱える。

「くそったれ！　予報士は何をしていた？　これを予期できずして何が予報士だ！」

「突発的なものだと！」

「くそ！」

二人は怒鳴りあっているが、でなければ聞こえないほど雨音が激しい。

二人の髪も顔も、衣服も全てずぶ濡れで、口を開けば口内に水が入るから喋る度に唾を飛ばしているように見える。

「斥候は帰ってきたか⁉」

「この雨では動けませんでしょう！」

「ハンニバル卿と会う！」

ナルが身を翻し、ルナイスも続く。二人の顔は焦りと苛立ちで強張っており、雨のせいで予定が狂った現実への不満がありありと表れていた。稲光が走り、二人はパっと立ち止まって中腰となる。

爆発したかのような落雷は、遠くの空と山を光の柱で繋げた。

ルナイスが驚く。

「大きいですね！」

「スーザ神が怒り狂ってるのさ！」

「え⁉　何です⁉」

「スーザ神が！　怒ってるって言ったんだよ！」

「ああ……でも雷は雷神でしょ!?」

「馬鹿！　そりゃ俺達の神だろ！」

「ああ！　ああ！　そりゃそうですね！」

「おい！　おい！　馬！」

ナルが怒鳴り、兵士は大袈裟な身振りで馬を寄越せと近くの同僚に示す。二頭の空馬が引かれてきたが、落雷と豪雨で脅えていて使い物にならなかった。

しかし落雷と豪雨の中、数騎の騎影がナルへと接近してきて、それを見た彼は相手の方から来てくれたと安堵する。

オデッサ公爵ハンニバルと、家老のアルシャビン、そしてプレドヤクが護衛達を引き連れてナルを訪ねたのは、ザンクト・ドルトムント北西方向からこちらへと向かう帝国軍の動きを斥候が掴んだからである。その数は大軍だという報告を受けて、これはいよいよシュケル率いる本軍到着かと彼等は思い、ナルへとそれを伝えに来たのだった。

雨の勢いが弱まった。

空を覆い隠していた黒い雲の膜は、あちこちに穴をあけたように青空を覗かせ始める。晴れたところと、雨が降っているところが、同時に存在するという不思議な天候は、あり得ない、はないということを自然が示した例かもしれなかった。

リュゼ子爵連隊の馬は落雷に脅えて動けなくなったが、オデッサ公爵軍の馬はおかまいなしであった事実にナルとルナイスは羨む。速く走る、長く走るだけが馬の価値を決めないと教えられたようで、二人は感嘆とともにハンニバル達を迎えた。

オデッサ公爵が、雨に濡れた金髪を手で撫で拭いながら口を開く。

「ナル殿、ザンクト・ドルトムント北西の方向から敵の大軍が接近中だ。一万は優に超える」

「本隊でしょうか？」

ナルは、ハンニバルが馬からひらりと飛び降りた隣に立った。二人を中心に、アルシャビン、ルナイス、プレドヤクが固まり、その周囲に伝令、斥候、士官達が集まり始める。

「……だと思う。あれだけの数が別働隊であるとは思えないが……斥候が接近できなかったことから敵の警戒は厳しい……ゆえに本隊であろう。シュケルとやらではないかな？」

ハンニバルは、シュケル・クラニツァールと直接、剣を交えたことはない。しかしその名前は知っていて、その実績も知っているから、オデッサ公爵軍の斥候が接近できないほどの警戒となると、ぬるい指揮官に率いられているわけではないと思い、ならばシュケルだろうという推測になった。

「シュケル君到着であれば、寡兵で、しかもこんな場所では勝てない。移動する」

ナルの決定は素早い。それは事前に、入念に考え抜いているからであったが、火薬が駄目になるという状況は予想しておらず、それが不安の原因となった。

ナルは手持ちの火薬が減った事実に、頭の中で修正に忙しい。ただ、橋や街道の破壊をこれ以上はする余裕がないと知らせたオデッサ公の報告もあって、諦めはついていた。

ハンニバルが発言する。

「俺が帝国軍の指揮官なら……アラゴラ西部方面とリュゼに軍を分ける。理由はふたつ。奇襲を受けて被害は大なれど大軍である。分けても兵力差で後れを取らない利点は……だが欠点でもある。糧食確保を要する為、アラゴラ西部で略奪をする。もう一軍はリュゼに入り、我々がアラゴラ西部に入った帝国軍を叩けないように牽制するが、実行力のある牽制だ。二方向から攻められては、苦しい」

炎王（イフリル）はここで顔をぬぐい、滴を飛ばし払ってから続きを口にする。

「もうひとつの理由は、こちらの動きを縛ること。アラゴラ西部に入った軍はそのままグルラダを狙う動きを取る。すると、グルラダを奪われたくない我々としては、リュゼ地方とグルラダに兵を割く必要があり……兵力差でさらに後れを取る」

「もうひとつ、懸念がある」

アルシャビンが続く。

「連戦で疲れた諸侯が、この動きでさらに連戦激戦となり申す。グラミアの多くの中小貴族にとって、これまでの戦費だけでも大変であった。グルラダを守る、リュゼを守る為に、また戦だとなると、今でさえ反発を覚える者がおるでしょうに、ますます強くなりましょうな」

ナルはルナイスを見る。

副官は、戸惑いつつも口を開いた。

「オデッサ公のご家老様が申されたこと、ありますね。これまでは、ルブリン、ロッシ両公の目が届いておりましたけれども、お二人はそれぞれにお忙しい。抜けが出るのではありますまいか」

彼の意見にはナルへの配慮がたっぷりと含まれていた。それはされた本人が一番わかっていたので、彼は副官に笑みを向けている。

「気を遣わせて悪いな。はっきり言うと、中小貴族が陛下に、というよりも俺への反発を高めるというものだろう。彼等にしてみれば、どこの誰かもわからない男が、偶然にも陛下を助けたことで気に入られ、重用されるようになった。そして、そんな男にあれこれと命じられて、グルラダ南では死ぬ思いまでした。いや、友人は死んだ。仲のよかった彼もあいつも死んでいった……あいつめ！　気に入らない！　俺達を犠牲にしてあいつが出世してやがる！　という気持ちは……人として当然のものだろう。これを、帝国は利用するに決まっている」

どんなに理由をつけたところで、結局はこういうものが原因だとするナルは、だから自分が死ぬか消えるかしたところで、彼等は新たな対象を見つけて反発するものだと続けた。そして、予想はしていたからアブリルに対応を頼んでいると説明する。

「俺はこう思われることがわかっているし、予期していたから、中小貴族への対処はアブリルさんに頼んでいる」

ハンニバルの問うような顔に、ナルは微妙な笑みで答えた。

「……彼女はグルラダに入って、帝国騎士の動きを追っています。ここは彼女に任せて、我々はシュケル君をどう止めるかに集中したほうがいいでしょう」

信頼する彼女に、任せていれば問題ないという意図が発言に含まれている。

彼等の会話を、姿を隠した状態で聞いているサビネは、自然と頬を緩ませていた。彼女は、アブリルにナルが言ったことを聞かせてやりたいと思う。そこで気配を消すことを疎かにしてしまった自分に気付いて苦笑を浮かべたが、突然に明るくなった空に意識を奪われた。

雲の切れ目から、陽光が零れ落ちてきた。

濡れた地上が、輝き始める。

サビネの視線の先では、ナルが濡れた髪を手で撫でながら、東を見て口を開いた。

「移動する。リュゼとアラゴラ西部の境で待機。シュケルがいるほうの軍を狙う」

彼は、説明した。

今回の対帝国戦でグラミアが勝つには、敵が戦闘継続は不可能だと判断するだけの被害が必要で、それは兵力的なものではない。対グラミアの象徴である指揮官の戦死こそ、帝国の戦意をどん底に突き落とすに値するだろう。

「シュケルを狙う。この場合、あちらには二方面作戦を取って欲しかった……軍を分けてくれることを祈りますよ。幾通りも敵の行動を考えましたが、やはり分けてくれたほうがいい」

「シュケルの首……か」

ハンニバルが呟き、ナルは頷き口を開く。

「結局……我々(グラミア)はあいつを倒さないと先に進めない」

ナルは言い終え、歩きだした。杖をもう必要としないまで回復していたが、ひょこひょことした歩みは痛々しい。

ルナイスが急いで彼の後を追い、ハンニバル達は馬に乗って自軍へと駆け戻る。

リュゼ師団が、行動を再開させようとしている。

ナルは、ルナイスが肩を貸してくれたので少し速く歩けた。

「すまないな」

「閣下の副官ですから」

「弱い上官で悪いな」

「いえいえ、強いですよ」

ルナイスが笑う。彼は、頭でっかちの参謀連中とは違うナルの為なら、どれだけでも肩を貸すと言ってみせた。

今度はナルが笑う。

大軍師だとか、智神の化身だとか言われている自分に対する嘲りであった。それは、一人では戦えないくせに偉そうな呼ばれ方だと、改めて感じていたからである。


その日の夜。

ナルは、夜営地の中心に設けられた幕舎の中にいた。

一人で、いた。

彼は、卓上の地図をじっと眺めていたが、重い瞼に抗えず目を瞑った。ここ数日、ろくに眠れていないと思ったところで、夢が始まる。

ナルには、夢だという自覚があった。

彼は着替えている。見慣れない部屋だが、自宅だという認識があった。そして、ここは日本のどこかだという理解がある。時間は、朝だ。

ナルがスーツの上着に腕を通したところで、声が聞こえた。

「ナル！　ネクタイを出しておいたからね」

「ああ、ありがと」

ナルは、当然のように答えた。そして、部屋を出て、廊下を進み、ダイニングに入ると、彼女はいた。

イシュリーンが、エプロン姿で微笑んでいる。

「今日は会議なんでしょ？　遅くなるね」

「うん……」

ナルは答えながら、なんで自分はこんな夢を見ているのだろうかと不思議に感じる。

「明日は、早く帰って来てね」

明日？　とナルは首を傾げる。

「明日……何の日か覚えてないの？」

不満げな彼女の問いに、ナルは壁に貼られたカレンダーを見た。だが、それはぼやけている。

「……えっと」

言い淀むナルは、目の前に立ったイシュリーンに抱きしめられていた。

彼女は、彼の耳元で口を開く。

「結婚記念日でしょ？　一〇回目の……マキも塾を休んで、皆で食事に行くって約束したじゃない。

お店、予約しちゃったよ、大丈夫？」

一〇回目？　マキ？

ナルがイシュリーンを見た。

彼女は、白い歯を見せて笑う。

夢の中のナルは謝ろうとしたが、できなかった。

ガバっと、起き上がるように覚醒していたからだ。

現実のナルは、落ちるように眠っていた自分に不安を覚えながら、頭痛を和らげようとこめかみを揉む。そして、卓上に広げられたままの地図を無視して、宙を睨み続けた。


　ナルが幕舎で過ごす夜と同時刻。離れた場所では、シュケルがスジャンナの幕舎で、彼女といた。聖女（ハイトゲーテ）の頼みに応じるのが聖騎士（ハイリッター）であるという役回りの為、彼は渋々と、彼女のお喋り相手として過ごしている。だが、相槌程度しか返すことのできない自分では彼女も退屈だろうと、エリザに替わろうと申し出たがスジャンナは断った。では、ミヒャイルはどうかと、彼は彼女に申し出てみた。

「考え事をしたい。ミヒャイルならば、そなたの望む相手になろうと思うが」

「ああ、あの人は駄目です。あの人は苦手」

　スジャンナの即答に、シュケルは苦笑する。

「珍しいことを言う。彼は俺よりも女性の扱いが上手いぞ」

「わたし、自分はモテますって人、苦手なんですよぉ。シュケル様がいいんですよぉ」

ヘラヘラと笑うスジャンナは、葡萄酒を飲み、昼間に見た景色に関してのお喋りを再開させた。

シュケルは「ああ」とか、「ふぅん」とか、相槌を挟みながら苦役に耐える心境となるが、頭の中はグラミアをどう倒すかで一杯である。

シュケルは軍を分けると判断した。

それは、現状の戦力を維持するだけの物資が不足しているからで、アラゴラ西部で補うつもりであるが、仮にこれを、グラミアが望んでいたならばと予想する。

帝国の兵力を分散させることを目的としたザンクト・ドルトムント急襲であったならば、まんまと敵の狙い通りの動きを取ることになるが、抗いようがない判断である。というのも、軍を分けるとシュケルが決めた理由に起因している。つまり、ナルは相手がそうせざるを得ない状況を作っていて、シュケルは、限られた選択肢の中で判断を下す現状に追いやられてしまっている。

シュケルはこう理解したゆえ、主導権を奪われていることへの苛立ちに舌打ちを発した。

「あ？　退屈でした？　じゃ、話題を変えまぁす」

勘違いしたスジャンナが、話題を身の上話へと転じる。

シュケルは聞き流しながら、思考を続けた。

彼はグラミアが今、されて最も困ることは何かを考える。一手で主導権を奪い返すことができるものは何かと悩む。

思案する彼の耳に、スジャンナの声が届き続けていた。

「――なんですよぉ。で、わたしは言ったんです。かくれんぼの極意は、見えているのに見えてないことだって」

「ん？　かくれんぼ？」

シュケルは思わず訊き返していた。

「はい。かくれんぼの名人と言われた話です。ちゃんと聞いてました？」

「もう一度、頼む」

スジャンナがぴょんと椅子から飛び上がり、満面の笑みでシュケルの膝に座る。驚く彼を無視した陽気な美女は、相手の注意を引けたことに機嫌よく喋り始めた。

「えっへん！　あのですね！　わたし、かくれんぼで見つかったことがないんですね！　で、その極意は、見えているのに見えてないってことなんです！」

「わかった。降りてくれ」

「こうしてあげたら、蛸坊主は喜んでたのに、シュケル様は嬉しくないですか？」

「相手による」

「……失礼しました」

しょんぼりとして椅子に戻ったスジャンナは、シュケルに続きを促されて口を開いた。

「あの……隠れていても、それが周囲とズレたものだった場合、見つかったらすぐにばれちゃいます。でも、わたしはここにいて、鬼役がわたしを見ていても、それを風景だと感じたら、見えてないんですよ」

「具体的に、どういうことだ？」

「たとえば……男の人が歩いていたら、そのすぐ後ろで、その人の子供のように振る舞って鬼をやりすごしたり、立ち話をしてる人達がいたら、その誰かの子供を装って、大人達の会話に退屈しているように演じてみたりですね」

「スジャンナ」

「はい？」

シュケルは立ちあがっていて、スジャンナは自然と彼を見上げる。すると、彼がぽつりと言葉を溢す。

「スジャンナ……お前はイイ子だ」

「え？」

イイ子と言われて目を丸くしたスジャンナは、立ち去るシュケルの背を見つめた。

「あ！　シュケル様……じゃなかった。シュケル！　まだ話は終わっていません！　……よ」

まだまだ喋り足りないスジャンナを幕舎に残して外に出た聖騎士(ハイリッター)は、大声をあげて伝令を呼ぶ。

「聖女(ハイトゲーテ)が神の啓示をお与えくだされた。総長、副官連中を集めろ」

「は！」

走り去る伝令を見送るシュケルは、頬の傷痕を撫でながら薄く笑っていた。

ナルが一人で夜を過ごし、シュケルがスジャンナのおかげで閃きを得た翌日の昼過ぎ。

リュゼ師団はアラゴラ西部とリュゼ地方の狭間に到達した。ここでナルは斥候から新たな情報を得る。

「敵、軍をふたつに分けております。ひとつはリュゼ方面、もうひとつはアラゴラ西部」

「規模はそれぞれどの程度だ？」

「リュゼ方面、一万ほど。アラゴラ方面一万五千から二万」

「わかった」

斥候が馬首を巡らし離れていく。

ナルは、隣のエフロヴィネを見た。彼女も、予想通りになったという笑みを返す。

二人は並んで食事中だが、口にするものは干し葡萄で、食事というより腹に詰め込む作業といえる。

ナルは干し葡萄が苦手だったが、戦場で好き嫌いを言っていられないとばかりに頬張ると味わわず飲み込み、すぐに喋った。

「よかった。まずは安心しておこうか……」

「補佐官、ザンクト・ドルトムントを襲った目的のひとつがこれであると、誰も思いもしないだろう。普通はあのまま、敵地を占領したり、周辺を略奪したりを目的とするだろうからな」

彼女は目の前にいる、強くもなく、魔法も使えない男が、現在を操っていることに呆れていた。そして、どうすればこのようなことを思いつくのかとまた呆れる。

「望む場所に、望む数を誘導する。それを思いがけない一撃で倒す……言うのは簡単なんだ、いつも」

ナルは言い、馬上で地図を広げて眺める。刻々と変化する敵の動きが、報告時刻と共に地図上には記されていて、帝国軍の行軍速度と規模が時系列で追える。そこに、ナルは新たな情報を加えるべく筆を手にした。ルナイスがインクの壺を片手に、ナルの脇に馬を寄せて尋ねる。

「で、どっちの敵を先にやりますか？」

「シュケル君がいるほうで変わらない」

ナルは筆にインクをつけながら答え、書き記してからまた喋る。

「俺なら、アラゴラ西部に入る軍を率いて、リュゼ方面は囮に使うが、彼はグラミアへのこだわりがある。そして味方の軍を敵に戦わせておいてから、味方を襲う敵の背後に進出するという手も考える。前回、そうだった」

「今回は違うのでは？」

エフロヴィネの指摘に、ナルは頷くも口にしたのは否定だった。

「うん、ひとつだけなら半々だろう。でも、グラミアへのこだわりと彼の癖……こちらの嫌がることをしようとする癖の三つを考えると、彼はリュゼだ。それに帝国がリュゼを取ることができた場合、帝国領から近く、侵攻作戦を継続できる兵站の構築が早い。これが最も嫌なんだ……ザンクト・ドルトムントの回復、リュゼの占領、これで敵兵站が繋がり、我々は一年前と同じように、受けて一方だ」

「たしかに、リュゼを取られるのは嫌ですね」

ルナイスの言は、リュゼ子爵の武官だからではない。グラミアにとってルマニア地方やグルラダの都市も大事である現在であっても、リュゼは同列に論じるに値するほど重要だった。というのも、喉元に剣を突きつけられるような感覚に襲われてしまうからだ。それは昨年、帝国軍侵攻に晒されていたグラミア人達の記憶が今も鮮明であるからである。

またただ、また同じ結果だ、と戦意を削がれるのだ。

だからこれをシュケルは狙うだろうと、ナルは推測していた。

「補佐官、まさか国軍本隊を敵の一軍にぶつけることで分断しておいて、敵指揮官を急襲して仕留めようなど、これもまともな者なら考えないぞ」

エフロヴィネが言い、ナルは無表情のまま流し目を彼女に向ける。

「いや、アルメニアの元帥閣下を倒した男がした策だ。ダリウスさんの分まで、仇を取ってあげたくてね。自分の作戦で死ねるんだ……シュケル君も本望だろう」

言いながら彼は、そうはならないのではないかと考えていた。

ナルは、自分達がシュケルを狙うことを、彼自身が誰よりも知っているだろうと読んでいる。ゆえに、ぶつかるまでは腹の探り合いが続くだろうと予感し、久しぶりの晴れ空を見上げた。

同時刻。

軍列の中ほどでシュケルは報告を受ける。

「敵、発見できません。しかしアラゴラ西部に侵入したのは間違いありません」

「よし、各軍にそのままと伝えよ」

シュケルは頬の傷を指で撫でながら言い、別働隊を率いて出発するエリザを見た。

「むごい指示を出すが、許してくれ。スジャンナのことは、必ず守る。家のことも任せろ」

「……ありがとうございます」

姉は、シュケルのことを喜々として話す妹を脳裏に描き、家の為に利用した自分を許してくれと胸中で呟く。そして、グラミア人への復讐を許可された興奮に抗わず、頬を紅潮させると一礼した。

シュケルは、出発しようと馬上となった彼女を見送る。その彼の背後に聖炎騎士団（オルディーン・ハイトフラメー）総長シュテファン・キースリングが立った。

「俺は予定通り、リュゼ攻撃でよろしいか？」

「ああ……頼む。お前がリュゼを封じてくれねば、こちらの背後が危うくなるからな」

シュケルは答え、彼を伴いエリザの別働隊から離れた。

歩く二人は、囁くような声量で言葉を交わす。

「グラミア人はこれで、後手となる。決戦になれば、俺達の勝機が濃い」

シュケルの言葉に、シュテファンは白い息を吐きだした。気温が低いと感じた彼は、聖騎士（ハイリッター）の横顔を見て口を開く。

「決戦であれば、勝ちは間違いないだろうに」

「いや、戦いに絶対はない。数が優位性を発揮できる状況を作った上で、敵の予想を裏切る急襲で一気に決める。物資が足りぬ……腹立たしいが、補佐官（ヒモ）のザンクト・ドルトムント急襲はそうとうに痛い……」

「聖女を戦場に出すのも、それでだな？」

「士気が高くなる。グラミア人ども……魔女に率いられた時は恐ろしく強い。それは個人の武勇が増すという意味ではない。粘り、勇気、そういうものが備わる。それに対抗するのに聖女は必要だ。条件が五分ならば、数が多いほうが勝つ確率が高い……七割、いや、六割でいい」

「敵は貴公の首を狙うぞ。あまり派手に動かないほうがいいと思うが？」

「わかっている。だが、俺は自分で勝ちたいのだ。グラミアに」

そこでシュケルが歩みを止めて、シュテファンを凝視した。

された聖炎騎士団総長も自然と立ち止まり、相手を見つめ返す。

「俺は……」

シュケルは、隠すことなく言う。

「……奴らに勝たねば先に進めぬ。仮に生き延びても、それは死人だ。俺は、死人にはなりたくない」

「こうまでグラミアにこだわるのは、やはり昨年の……あの撤退か？」

「それもあるが……正直なところ……」

シュケルが歩きだした。

シュテファンは、彼のやや後方に続き、聖騎士の声を聞く。

「……俺は負けたままでいたくないのだ。春、本気で戦い、負けた。あれは、言い訳のしようがない負けだった。読みで上回られ、戦いでも押し切られた。それはあの時、俺は次があると勘違いをしていたからだ……次はない。戦いに負ければ、次はない。負けて、知ったのだ」

シュケルは歩きながら正面を見据えて目を細める。彼の脳裏に、黒い人影が描かれる。

それはまだ顔を知らない好敵手、ナル・サトウだった。

「俺は奴に勝ち、堂々と国に帰る。そして、臆することなく引退するさ」

「最後のは冗談だろ？　枢機卿も狙えるぞ」

「いや、父親になりたい。俺は、その為に一度、全てを捨てて出直している」

シュケルの目は残酷な色に染まっていた。


「報告！　帝国軍アラゴラ西部方面軍が渡河を完了！　アラゴラに入りました！」

斥候の情報にナルは頷きを返す。

「警戒を維持！　我々は北上する」

彼の指示に、ルナイスが伝令を走らせる。

川と森、沼と丘が混在するリュゼ地方へと向かうグラミア人達は、帝国軍がまんまと軍を二つに分けたことに安堵している。しかし敵本隊を意味する聖女の旗が、リュゼ方面軍にもアラゴラ方面軍にも見当たらないことに悩んだ。

「聖女（ビッチ）のいるところにシュケルもいる」

ハンニバルの意見だった。

「わざわざ聖女（ビッチ）を戦場に出す意味がわからない」

アルシャビンの発言である。

「そうしないと、士気を維持できないのであろう」

これはナルで、彼はテュルクのサビネを呼ぶ。彼女はどこからか現れ、首脳部が顔を突き合わせる輪のやや後方に片膝をついた。

「シュケルは、聖女の騎士になっているな?」

「は……聖騎士という立場で、全軍を統率していると掴んでおりますが……帝国内の諜報網が弱体化しており信頼できるものでは……敵がわざと流した情報かもしれません」

「その前提で考える」

ナルは答え、サビネは再び姿を隠す。

彼らがいる場所は、アラゴラ西部とリュゼ地方の境目で、木々が乱立する広大な林である。起伏はさほどない。川がいくつも流れているが、流れは穏やかで深さも人の腰ほどである。この土地の北側はレムルダード湿地帯と呼ばれる湿原で、そこから流れ出る小川がアラゴラ西部北側の土壌を豊かなものにしているが、戦争で大規模な開発は行われていなかった。

ナルは、せっせと地図を作り続けるコズンに感謝しながら、最新の図面を手に悩む。

「シュケルがアラゴラに入ったというなら話が変わるな……国軍と連携を取って、この軍を挟撃してしまうのがいいかもしれないが……リュゼはどうするべきか」

「囮に使って、万が一の時は逃げ出すように伝えておけば如何ですか?」

ルナイスの問いに、ナルは頷く。

「都市を奪うのは大変だ。前回は奇襲で奪還したが、同じ手が何度も通じる相手じゃない。リュゼは防衛に専念させよう。そうすることで、敵の一軍を牽制できる」

ナルは、説明を付け加えたほうがいいと思った。

帝国軍がリュゼを取らず東進した場合、彼らは背後に敵の拠点を残したままになる。無視できない拠点なのだ。

「グルラダを取るにも、ルマニア地方に進出するにも、彼らはリュゼを押さえておかねばならない。兵站の苦労は我々以上だ」

ここで馬蹄の轟きが大きくなった。

ハンニバルが視線を走らせ、接近する斥候を睨む。

「報告！　馬上から失礼つかまつる！」

「申せ！」

「敵！　偵察部隊を軍から切り離しております！　威力偵察と思われます！　部隊数は複数！　周辺の警戒を強めている模様！　リュゼ方面、アラゴラ西部方面ともに、近付くことが困難！」

斥候が報告を終えて、再び離れていった。

そこに伝令が入れ替わる。

「報告！　陛下から国軍北上開始との由！　補佐官閣下におかれましては、国軍の動きを気にすることなく存分になされませとのこと！」

「承知つかまつったと返答！」

ナルの怒鳴り声。

ルナイスが叫ぶ。

「全軍！　移動を再開！　閣下」

「なんだ？」

「空模様が……」

ナルは、ルナイスに誘われるように北を眺めた。

青い空の向こうに、黒い雲の連なりが窺える。風は北から南へと吹いていて、その重々しい雲達が、リュゼやアラゴラ西部を覆うだろうと予想できた。

「荒れてくれたほうがやりやすい」

ハンニバルが危険な笑みを浮かべたが、接近してくる馬蹄の轟きに視線を転じて表情を消す。彼にそうさせた伝令は、北から駆けてきていた。

「リュゼ……からですな」

アルシャビンが腕を組む。

伝令は、軍装であったが青を被っていなかった。マントもなく、相当に慌てたのだと一同にはわかる。

「報告！　報告！」

伝令が叫ぶ。

ナルが手をあげて応えた。

「報告！　ウラム公軍がリュゼに！」

ナル、ハンニバルは、意味がわからないという顔となる。ルナイスは呆けた表情で、アルシャビンとプレドヤクはお互いを見合った。

伝令は、自分の報告がまずかったと勘違いして言い直す。

「ウラム公ドラガン卿！　軍勢を率いてリュゼに接近！　昨夜のことでございます！　リューディアどのが、某(それがし)を閣下のもとに！」

「馬鹿野郎！」

ナルは叫ぶと、自分の頬を拳で殴る。驚く周囲を無視して、彼は伝令に怒鳴った。

「休め！　手を考える」

「どういうことだ？　ドラガンがどうしてリュゼだ？」

ハンニバルの問いは、自らに向けられたもので、彼はすぐに答えを見つけた。

「裏切りか……」

「いや……」

ナルだ。

「裏切るというよりも、俺への嫌がらせだ。あいつ……グレイグ公攻めや離反した諸侯攻めを理由に軍を堂々と編制できたから……」

「どうして発見が遅れたんでしょうか？」

ルナイスの疑問に、ナルは舌打ちを発する。

「ちっ！　西ばかり見ていた失敗だ。起きたものはいい。リュゼに迫る蜥蜴の狙いは明白だ。リュゼに向かう」

「待て」

　ハンニバルが、ナルに意見する。

「ドラガンに任せてはどうか？　リュゼを」

「蜥蜴に？」

「そうだ。あいつ、頼もしい留守役になるぞ」

　オデッサ公は自らの推測と考えを一同に説明した。

　ドラガンがこの時期にリュゼへと入った理由は、嫌がらせ、あるいは野心であっても、彼が狙うのはリュゼで間違いがない。それは、帝国軍を前にナルはリュゼで防衛戦の指揮を執るだろうという前提の行動であろうと言った。

「普通はこうだ。ナル殿が普通ではないのだ」

　ハンニバルのからかいにルナイスが笑い、アルシャビンも苦笑いをする。

「ドラガンは、リュゼにいるはずのナル殿に用があった。しかしナル殿はここにいる。奴は、リュゼに入るだろう……放置しておいて、帝国軍からリュゼを守ってもらおう」

「リュゼから出て、都市を空にしないだろうか？　奴には守る理由がない」

　ナルの懸念に、ハンニバルは頷く。

「それも考えられるが、それならば我々は軍を分けて、アルシャビンの一軍でリュゼを取り戻し、本隊は今のままだ……問題はリュゼの兵のことだ。リューディアどのは、ルブリン公のご息女だったな？　心配だ」

ナルは難しい顔を作った。ドラガンならばリューディアに乱暴はしないだろうという変な信頼をしていたが、兵達にとっては困ったことになったと項垂れる。リュゼには一個中隊と民兵五〇〇が残っていて、防衛準備や領民避難の最中だったからだ。

「ナル殿」

プレドヤクが遠慮がちに口を開く。

「……全てを救うことなどできませんよ。戦争であれば、死ぬ者がうまれます」

プレドヤクの意図に、ナルは瞼を閉じて囁くように言った。

「わかった……それが俺の道だ」

彼は目を開き、ハンニバルに言う。

「帝国に集中する。ドラガンがリュゼを出れば、公の案でいきましょう」

「了解」

炎王（イフリル）が戦意漲る表情で応えた。

∴∵

グラミア王国暦一一六年終年月の六日。

オルビアンのグラミア軍が動いた。

イシュリーン率いる軍勢七〇〇〇が、大陸縦断公道（グランミジュベル）を北へと急ぐ。彼女は白い甲冑で、白いマントであった。これは王女時代に使っていた軍装で、当時と違うのは、マントの背に王旗が描かれていることだけであった。白馬の首を撫でる王は、手綱から伝わる馬の進みたい気持ちに苦笑する。

お前も、早くナルのところに行きたいのか？

胸中で馬に問う彼女の表情は柔らかで、隣に並ぶダリウスが思わず尋ねた。

「どうされました？　まるで勝ったあとですよ」

「……今度も勝つ。私は今度も皆に勝たせてもらう」

美しい笑みは、女神のようだとダリウスに思わせる。そんな女性を悩ませている友人を、彼は脳裏に描いて首を傾げた。どれだけ間違えれば、この女性とあの友人が恋人になれるのだろうかと可笑しくなる。されども、現実は認めるしかないと彼は頬を引き締め、伝令の接近へと意識を切り変えた。

「報告！」

「許す！」

ダリウスの野太い声に、伝令が馬を減速させながら叫んだ。

「アラゴラの諸侯領の通過ができませぬ！」

「何故だ？」

鋭い問いはイシュリーンだった。

「何度も使者を送っておりますが……本国（グラミア）とアラゴラにある諸侯の領地を国軍が通過することに、同意致しませせぬ」

伝令の言に、イシュリーンは眉を跳ね上げている。

彼女はダリウスを見て、彼も王を見ていた。

二人は、同時に同じ答えを見つけている。しかしそれを口にしていいものかと沈黙した。

ここで、彼等の後ろに続くジグルドが加わる。

「軍の通過を認めぬだけか？　自軍を動かしてはいないか？」

「軍を動かしておりませぬ。ルブリン公爵閣下が、諸侯の説得に動こうとされておりますれば時間を要します。直轄領のみを通過くださいますよう……」

伝令が馬上で頭(こうべ)を垂れた。

イシュリーンは銀色の髪を手で弄ぶ。思考がまとまらず、苛立ちを声に含ませた。

「協力せぬ諸侯を言え」

「は……フォルク伯、キリヤ伯、イグニーズ伯、ロイタール伯、ヨーグ伯、ルタ伯……が現在、国軍の領地通過に反対しております」

「ルブリン公とルマニア公の下に名を連ねる者達か……」

ジグルドは言い、王を見た。

彼女は、アラゴラ、そしてオルビアン相手に激戦を重ねた諸侯達であると認め、しかし彼等が主体的にこれをしているとは思えなかった。

「帝国がいるな……ナルを襲った奴だな？」

イシュリーンの声は、恐ろしく冷めていた。

ダリウスが伝令に下がれと命じ、新たな伝令を呼ぶ。

王の周囲が騒がしくなった。

誰もが移動しながら、指示を出し、受ける。

ダリウスが命令を出していく。

「ルブリン公に伝令。諸侯への対応を一任いたす」

「ルマニア公に伝令。後方支援に集中願いたい」

「レニアス卿に伝令。グルラダで合流後、すぐに出発できるよう手はずを頼む」

「都のアルキーム卿に伝令。兵站の再構築を最速で願う」

伝令が指示を受けた順に離れていく。

彼は最後に、王に伺う。

「騎兵一個連隊にて先行してよろしいでしょうか？　反抗的な貴族達の様子を確かめとうございまして」

「行け」

イシュリーンの短い指示に、雷神（トールアン）は馬を加速させることで応えた。疾風となった彼が吠える。

「騎兵第二連隊は俺について来い！　貴族達の領地を牽制する。兵を集めているようなら蹴散らす」

グラミア国軍の軍列が蠢き、伝令、斥候、そして騎兵二〇〇がぞろぞろと軍列から離れる。そして将軍を追うべく加速を始めた。馬蹄の連打が大地を揺らし、青い甲冑で統一された騎兵の一団がダリウスを先頭に進む。

イシュリーンは離れて行くダリウスを見送ると、ジグルドを手招く。彼は進み、王の横に馬を寄せた。

「どう思う？」

「は……帝国によるものと断定してまず間違いございませんでしょうが……痛いのは諸侯の叛旗よりも兵站の乱れです。物資の集積所などが襲われていたら……」

王は素早く暗算し、備蓄した物資が全て駄目になった場合の被害額にうんざりとした。

「私は……国の危機に己可愛さで叛意露わとするような者どもは許さぬ……」

彼女はそこで言葉を止めて、前方を眺める。

澄み渡った青い空ははるか彼方まで広がっていて、雲ひとつない快晴であった。このような空模様の日にと、王は唇を結び、言葉を飲み込む。

「陛下、現在の装備では、一戦すれば終わりです」

ジグルドの言葉で、彼女は閉じていた口を開いた。

「だが、アラゴラ、リュゼへと入らねばナルとハンニバルが危ない。このまま進む。士官達には状況を説明せよ。兵には、士官から伝えるように」

「兵にも……ですか？」

イシュリーンは流し目をジグルドに向けた。

隻腕の将軍は、叱られたように感じて恐縮する。

「ジグルド、理由もわからず矢を節約しろと言われて戦えるか？　現場で戦う兵達に隠し事はするな」

「申し訳ありません。ご指示通りに致します」

王の傍からジグルドが離れる。

彼は仕官達を集めるように伝令に叫び、自らは側近達を集めた。その彼等を背に、王は近衛連隊に囲まれて軍列から離れて、だが同じ方向に平行する。彼女は馬の背で少し頬を歪めた。それは諸侯の忠誠に揺らぎを感じてのものではない。

彼等を利用するしかない帝国への嘲りであった。

イシュリーンは艶のある唇をかすかに開く。

「いよいよ……追い詰められてこの手に出たか……スーザ人」

「は?」

アビダルが、聞き取れず王を窺うも、彼女は首を左右に払ったのみである。しかし、問いには応じる。

「何でもない……何でもないが、こう思えることが奇跡に等しいのかもしれないな」

「……諸侯の……ことでございますか?」

「そうだ。ま、面倒であるが、構う暇もなし。鼠がいくら騒ごうが、船は進むものだ」

イシュリーンの言い様は、アビダルには妙であったが為に、彼はぎこちない笑みを浮かべる。理解などしていないが、生じた疑問を王に尋ねるまでもないという無意識の仕草であった。

軽やかな馬蹄を響かせる一団は北西へと進む。

グラミア国軍は、中小貴族の不服従にも行軍速度を落とさなかった。

幾日かの遅れでこれを知ったハインリヒは、不機嫌な顔であったと言われている。

⁘

時間は、ザンクト・ドルトムントがまだ健在である頃まで遡る。

場所はアルメニア王国。

王の叔父であり、国軍元帥の男が死んだ。

元老院は臨時国会で、王が推薦した剣聖アリストロを、新しい国軍元帥にすることで可決したが、本人が辞退したが為に小さな混乱が生まれている。

ベルベットが、フォンテルンブローに転送魔法で帰還したのは、そういう時期であった。

彼女は自邸の地下室に現れたが、素っ裸である。着ている衣服までは転送できないからだ。

ベルベットはヒタヒタと暗い地下室を歩き、こういう時の為に、地下室に用意していた着替えの下着と赤いローブを身に着ける。そして、地下から地上へと続く階段を上った。

母親から独立したいと、王宮の内宮北端にある庭に建てた家の食堂に出た彼女は、留守にしていても掃除がされていると感じて、視線を彷徨わせる。すると、食卓の上に紙切れが置かれていて、友人のレミールのものだと字でわかり、掃除をしてくれていたのは彼であったと察する。

『帰ってきたら、訪ねて来て欲しい。動物達の世話は僕が見ていたけど、首相閣下がどこかに送るといって檻に閉じこめてしまった。止められなかった。すまない』

ベルベットは紙切れをローブの衣嚢に押し込み、玄関から外に出る。

森のようだと形容すべき庭を前に、彼女は随分と長い間、ここを離れていたように感じた。いや、ここにいた頃の自分と、今の自分には明確な違いがあるがゆえに、彼女はこう思うのだと改める。そしてレミールを訪ねるべく、玄関に戻り、靴を履いて歩きだした。

赤い髪が激しく揺れるのは、彼女が小走りだからである。

こうまで焦ることがあったかと、ベルベットは戸惑う。しかし、時間が惜しいと思う自分を否定できない。ここでこうしている間にも、ナルが戦を始めてしまうと急いだ。

内宮が森の向こうに見える。白く輝く巨大な建築物は、ドーム状の主塔を中心に立方体の居館が囲んでいる。そして外宮や行政府へと回廊で繋がっていた。

王宮警備連隊の兵士が、走る彼女を見つけて驚く。

「ベルベット様！」

「悪い！　急ぐのだ！」

走る彼女は止まらない。

兵士は、ベルベットに「悪い」と言われたことにまた驚いていた。

彼女が内宮に飛び込み、居合わせた者達を驚かせるも無視して階段を目指す。そして、王の身辺を守る近衛連隊魔導士分隊詰所の扉を勢いよく押し開いた。

魔導士達が目を丸くする。その奥に、黒いローブで顔を隠した友人がいた。

「レミール！」

「ベル！」

椅子から腰を浮かしたレミールが、飛びついてきた少女を受け止める。

「話したいことがいっぱいあるのだ！　でも、今はそれよりも急ぐのだ！　陛下は⁉」

「陛下？」

レミールは性急なベルベットを床へと立たせ、まじまじと相手を眺めた。そこで、彼のほうも話したいことが山のようにあると思うも、歩きながらでいいかと感じた。

「行こう。陛下、ゴーダ騎士団領国の総長閣下と、お会いになられている」

ベルベットは、激しく動揺した。

その理由がわからないレミールであったが、王に会いたがっている彼女を誘う。

ベルベットは、王と会っている隣国の総長の前に立ちたくないと思った。それは彼女の複雑な親子関係が理由であるが、ナルとの約束を守りたいという彼女の気持ちが、彼女に一歩を踏み出させる。

レミールは、不思議な反応を見せる少女を伴い、通路へと出る。

その場に居合わせた魔導士達は、突然のことに表情を無にしたまま、閉じられた扉を眺め続けた。

「僕、戦争の途中、具合、悪くなった。持って行っていた薬、なくなって……ロゼニアから、王都に、帰らされた。殿下が、そうお決めに。だから殿下を、お守りすること、できなかった」

レミールは、王のいる場所へとベルベットを案内しながら、彼の話したいことを口にする。ベルベットは、グラミアで聞いていたカミュルの死は本当なのだと、今さらのように実感する。彼女にとってカミュルは、話せる大人という評価で、それは当時の、生意気だった彼女の中では上位に位置するものであり、そのような人物でさえ死んでしまう戦争というものを改めて意識せざるをえない。

彼女は遠く離れた場所で、大国相手に危険な戦いを挑むナルを案じるあまり目を充血させる。歩きながら、レミールの話を聞きながらも、ベルベットの頭の中はナルへの祈りにも似た願いであった。

貴方に再び会わせてください。

私はまだ、貴方にお礼をできていない。

レミールは、そんな彼女の隣で、話を聞いていないとわかっていながら喋り続ける。独特の、ぶつぶつと途切れる口調で懸命にこれまでのことを説明しながら少女の様子を窺った。

不意に、ベルベットがレミールの視線を感じて彼を見上げ、二人は目が合う。

彼女は見上げる角度であるから覗くことができたレミールの顔を見て、状態はよくないとわかった。

「レミール、具合、悪いのか？」

「ベルの薬、少なくなって、一回の量、減らして飲んでる」

「作るのだ……レミール、ごめんなさい。私が、我儘で離れたから……」

「……ベル、何か、あった？」

「何か？　……そうだな。あった」

ベルベットは悲しげに微笑み、レミールはフードの奥で目を見開いた。彼に歩みを止めさせた彼女は、少女らしい仕草で髪を梳くと、王に会う前の身支度を素早く整える。化粧などする暇はなかったが、跳ねていた髪は落ちつきを取り戻していた。

「ベル、見つけたのか？」

レミールの問い。

彼は、ベルベットが探していたものが、あったのだと悟っていた。そうでなければ、目の前の少女の変貌に理由が見つからないと思う。そして、その見つけ出したものは、決して、彼女が望むものではなかったとも理解するがゆえに、彼は彼女を労る。

「ベル、少しだけ、大人、なれた」

「う……うるさいのだ。さ、行くのだ」

赤面したベルベットが歩き出し、レミールが続く。彼は彼女に、「つきあたり、右の部屋」と伝えた。そして、付け加える。

「まだ駄目だ。終わって、出て来られたところ、会う」

「……しかたないのだ」

ベルベットが従い、通路の壁に背中を預けた。そこには侍女や使用人、官僚達がいて、誰もが現れたベルベットを見ては驚き、囁きあった。これまでどこに行っていたのか、何をしていたのかと、ベルベットにも聞こえてしまうほどの声量で話し合う彼らは、それだけ戸惑っていたからであるが、噂されている本人はいい気がしない。彼女は彼らをひと睨みして黙らせると、レミールに言う。

「私、グラミアにいるのだ」

「グラミア……どこ？」

「帝国の東だ」

「海、ある？」

「ある……あ、いや、なかったような……前は」

実際には、オルビアン征服前でもオデッサ公領のみが黒洋海に面していたが、ベルベットは知らない。

「……海がない国、僕、知らない」

ベルベットが苦笑し、光る文字で宙に地図を描く。アルメニア、帝国、そしてグラミアと描いた彼女は、そのグラミアの為に帰ってきたとレミールに話す。

「私は今、グラミアの補佐官殿に協力している」

「……なんで？」

「……話せば、長くなるのだ」

「待つ時間、ある」

「話せない内容もあるのだ」

「話せる内容、聞く」

ベルベットは逡巡したが、友人の為に口を開いた。

「グラミア王国のナル殿に会ったことで、私の世界は一変したのだ……」

レミールは、相槌も挟まず彼女の話を聞いた。そして、そのナルという男と衝突し、和解したことで、今の彼女があるのだと察する。ゆえに彼は、ナルという男が、ベルベットの探していたものを持っているのだと惜しい勘違いをした。

「君のこと、期待しない、言った彼、きっと、君と一緒」

レミールの感想に、ベルベットは瞬きを繰り返した。

「ベル、彼もきっと、過度な期待、晒されて、苦しんだ……いや、そう思いこんで、自分、追い込んでいた……彼、自分が、誰かから言ってほしかったこと、君に言った」

「……私が、ナル殿と、一緒？」

「一緒。似ている、思う」

ベルベットが質問すべく口を開きかけた瞬間、王が客と会っている室の扉が開いた。

ゴーダ騎士団の騎士と、アルメニア王国外人連隊の士官が現れ、通路に立つベルベットとレミールを見た。彼らはそこで、二人がいることに疑問を覚えたが、後ろに控えている要人の為に歩を進める。

ベルベットは、優雅に一礼し片膝をつく。その隣で、レミールも同じく辞儀をして見せた。

顔を少しあげた彼女は、ゴーダ騎士団総長の顔を窺う。幼い頃の記憶に残る面影より、相手は老(ふ)けていた。母の隣にいた男は当時より、柔和になったと感じた。

ベルベットにそう思わせた黒髪に黒い目をした男は、彼女を見るなり瞳を赤色に変色させる。彼は、興奮すると瞳が赤くなる奇病を患っているのである。

ゴーダ騎士団総長は、赤い瞳で少女を捉えることで保っていた笑みを消した。そして内心の動揺を消すように振り返ると、ヨハンに一礼する。

「では、お元気で。拝謁できたこと、感謝いたします、陛下」

「貴公も……ベルベット！」

アルメニア王ヨハンは、ゴーダ騎士団総長越しに見つけた少女に驚いた。

ベルベットが、再び一礼し口を開く。

「陛下、留守にしていましたことをお詫び申し上げますと共に、グラミア王イシュリーン陛下の親書を賜って参りました。親書は私の頭の中です。ぜひ、お時間を」

「グラミア？　イシュリーン？　ベルベット、お前は突然にいなくなり、いきなり現れておかしなことを言う。レニンが怒り狂っていたが、やはりお前はアルメニアを捨てたのだな？」

「捨てたわけではございません。一個人として、グラミア王イシュリーン陛下と、補佐官閣下に協力をしているまででございます」

ヨハンは不機嫌を隠さない表情で顎を逸らす。その横で、ゴーダ騎士団総長は去りたい気持ちで一色であった。

彼はベルベットと会いたくなかったのである。それは彼にとって、ベルベットは会ってはならない相手であるからだが、その理由はレニンとベルベット、そしてこの男の他には知る者は少なく、表にでることではない。

ゴーダ騎士団総長は、ヨハンとの別れの挨拶が中断されたままの現在、このまま己の都合だけで立ち去るのは非礼だという理由で、なんとか留まっている。その横で、ヨハンは感情露わに怒鳴った。

「ベルベット！　……お前の処分はレニンが決める。誰ぞ！　魔封具を持ってこい！」

魔封具とは魔導士の魔法を使えなくする拘束具で、ヨハンの言は、ベルベットの訴えを無視するものであった。

　レミールは、それでも反抗しないベルベットの為に、彼女に味方すると決めて王に述べる。

「陛下、何とぞ……彼女の言を聞いて、ください。それを、聞いてからでも、遅く、ありません」

「レミール、よいか？　魔導士として優れているから……研究者として優れているから、何をしてもいいという法は我が国にはないのだ。厳しい内戦を生き抜いた人々が、子供達の為に作った現在の法は、ベルベットの我儘を許す為にあるわけではない！」

　ヨハンの怒りは、単純にベルベットの無責任な行動を責めているからのものではなく、国家の要職にあった彼女が起こした失踪の責任を追及するもので、レミールも、そこに居合わせた者達も、誰もがベルベットの処遇は変わりがないと感じた。

「陛下……」

　遠慮がちな声は、ゴーダ騎士団総長の口から発せられていた。

　彼は、赤い瞳をゆっくりと黒に戻しつつ、少女を眺めながら、囁くような声でヨハンに言う。

「……彼女が本当に、グラミアからの親書を預かっているならば、陛下はそれを聞かねばなりませんでしょう……グラミアは、弟殿下の花嫁の国」

「しかし、ギューン……」

　親しみを込めて相手の名を言ったヨハンに、言われたほうは微笑みで返す。

「ヨハン殿、ご立派になられて……今の言は王たるお立場でしょうが、貴方個人は、彼女を罰して終わりにはしたくないとお思いでしょう？」

ゴーダ騎士団総長の問いに、ヨハンと名前で呼ばれた王は複雑な表情となる。それでも、それは好ましい感情からのもので、ここでそういう呼び方をしてくれるなという照れがあったゆえに、王は無言で抗議した。その彼に、ゴーダ騎士団総長が語りかける。

「時に、そういう個人の感情が、良い方向に物事を動かすこともあります。私はそれを、貴国の内戦に関わるなかで知ることができましたので……無粋な真似を致しました……ベルベット」

ゴーダ騎士団総長に、呼び捨てられたベルベットは揺れる瞳に彼を映した。

「そなたの行い、信念はあるか？」

「……わかりません。ですが、私はグラミア……というより、ナル殿を助けたいと願っています」

「うん……その人を助けたいという思いは、俺も昔……陛下」

ゴーダ騎士団総長は、思いを途中で止めてヨハンに言った。

「私からもお願いしましょう。愚かな若者の失敗は、年長者が挽回するものです。それだけの価値が、この子にはあると思いますので……ヨハン殿、聞いてやってください」

ヨハンは、周囲に仕方ないという表情を見せてやり、ベルベットを室に招く。

「レミールは駄目だ。ベルベット、一人だけ許そう」

「ありがとうございます」

ベルベットは、一礼し王に続き室へと入る。

その瞬間、彼女はちらりとゴーダ騎士団総長を見た。

彼はだが、彼女を見ない。

二人は、無言ですれ違った。

「ギューン殿を知っていたのか？」

室に入り扉が閉じられたところで、ヨハンがベルベットに尋ねる。彼からして、ベルベットを助けたゴーダ騎士団総長と彼女の間には、何かがあると感じるに足りるものがあった。

「母経由で……」

ベルベットは、かなり遠回りな表現で答えた。

しかし、ゴーダ人であり、ゴーダ騎士団領国からアルメニアに移住したレニン・シェスターが、ゴーダ騎士団総長と知り合いであったというのはヨハンでも納得できるものであったから、王は自然と頷いていた。

ヨハンは長椅子に腰かけ、対面をベルベットに勧めたが、彼女は床に両膝をつく。それを見た王は、この我儘少女に何があったのかといぶかしんだが、親書とやらを聞けばわかるかもしれないと思って、彼女に話せと手を払う動作で促す。

「申し上げます。グラミア王イシュリーン陛下におかれましては、アルメニア王ヨハン陛下に、ふたつの依頼がございます。ひとつは、正規の方法で行政府に届くものと思われますが、申し上げますと、オルビアンの再開発への出資要請と共同統治でございます。そしてそれをする為にも、神聖スーザ帝国との和平のご調整をお願いしたいというお考えがございまして、これがふたつ目でございます」

ガタリ、と音を立てたのは、ヨハンが動いたせいで長椅子が微かに動いたからだ。重い長椅子を動かすほどの動揺がヨハンにはあったとベルベットは受け取るも、無理はないと感じた。彼女自身、ナルからこれを聞かされた時、驚いて椅子から飛び上がったほどであったのだから。

「わ……和平？　グラミアが帝国と？」

ヨハンはベルベットがこのような冗談を言うような少女ではないと知っていたし、このような使者を引き受けることがないと思っていたので、二重の驚きで狼狽露わで立ちあがり、言葉を探して見つからず、よろめいて再び長椅子に座る。

ベルベットは、こくりと頷き、一礼後、艶やかな唇を開いた。

「はい……現在、グラミア王国は連戦連勝でございますが、戦など勝ち続けるのは不可能でございます。いずれどこかで負けるもの……で、あればこそ、グラミア王イシュリーン陛下は、今のうちに戦を止めておきたいとお考えなのです」

ヨハンは困惑するも、わからぬ話ではないとも思う。それは、やはり神聖スーザ帝国という大国に比べて、グラミア王国は勝っているとはいっても余力がないのだと考えたからだ。しかし、両国の和平を、どうしてアルメニアがしなくてはならないという思考が彼にはあり、それは口から出た。

「ベルベット、その調整を予が……我々アルメニアがする利がない。確かにグラミアの妹君は弟の妻になるが……これは頼まれてしたことだ。また今度も頼みごとか？」

「利はございます」

ベルベットは、ナルから説明されている内容を、彼女の言葉で、ヨハンに伝える。

「神聖スーザ帝国との戦争に敗れ、カミュル殿下……」

彼女は、自然と苦渋の表情となる。

「……が戦死なされたアルメニアが、戦争をすることなく国威を回復させる利点がございます。大陸西方諸国が注目する両国の戦争を、アルメニア王国が間に入り収めたとあれば、各国はアルメニアの影響力を無視できぬようになりますでしょう。また、グラミアの味方をすることで、姫君の母国を助けた慈悲深い国であると、これまで我が国を敵視していた国々も評価を改める可能性がございます。そして何よりも、今後数十年間、大陸西方の調整役として君臨できる機会がここにございます」

「……それは誰の言だ？　イシュリーンか？」

「……イシュリーン陛下の側近である補佐官閣下でございます。ナル……サトウ殿です」

「ナル……ナル、ナル、ナルだ。今、その名を知らぬ者は赤子くらいであろう。その男が、わざわざアルメニアに頼むほど、グラミアは困っているのだな？」

「ナル殿は……」

だったら助けぬというヨハンの腹であったが、ベルベットは迷いなく答える。

彼女がナルという名を口にした時、彼女が彼に向ける想いがそこに混じった。その違和感にヨハンは興味を覚える。

「……グラミアのことだけを考えて、これを私に話したわけではありません」

「ありがたいことに、我々のことも考えてくれたとでも？」

ヨハンは皮肉めいた笑みでベルベットを眺めている。

「いえ、彼は、この大陸西方諸国全体のことを考えて、アルメニアこそが平和の中心であるべきと私に申されました」

「わかりやすく言え」

「歴史あり、大国でもあるアルメニアが、大陸西方の平和に積極性をもつことこそ、これからの大陸西方の安定に繋がると彼は考えています。内戦ばかりのトラスベリアには無理です。神聖スーザ帝国も、侵略された国々の恨みを買っているので不可能です。ゴーダ騎士団領国は強国ではありますが、権威でアルメニアに及びませぬ。コーレイト、南部都市国家連合のどちらも、大陸西方の中での位置が悪く難しい。もちろん、グラミアであってもこの役回りは務まりません。つまり、大国で、権威があり、王制ではなく民に主権がある国家……アルメニア王国が大陸西方諸国の中で主導権を持つことが、グラミアを守り、帝国を抑え、各国に平穏を齎すのです」

ヨハンは腕を組む。

彼のこの動作は、考えるという意思の表れで、ベルベットは口を閉じた後は沈黙を保った。そうしながら、ナルという男は、悪い男だと思う。というのも、ナルは、アルメニア王国の王には大国であることを崇めつつ、主権を国民に返した英断を褒める論調で述べれば、通じるだろうとベルベットに言ったからだ。

「ベルベット」

名前を呼ばれた少女は、ヨハンを窺うように見上げた。

彼は、機嫌が悪いという表情で彼女を見ている。

「お前にそれを話したナルという男……優秀な魔導士か？」

「……違いますが？」

少女が、ヨハンはどうしてこのような質問をするのかという疑問を、首を傾げる所作で示した。そんな彼女を見て、彼は苛立ちを増した口ぶりで問いを重ねる。

「では、予よりも美形か？」

「……いいえ、陛下に御顔で勝てる男性はこの世におりませんでしょう」

誰もが認める美男子であるヨハンを、ベルベットもそう認めていて、世辞でも嘘でもなく、事実をそのまま伝えただけである。

「では、どうしてお前は、ナルという男に惹かれている？」

「……は？」

「お前がその者の名を口にした時の声……乙女のようだったぞ。いつもは生意気な声なのに！」

ベルベットは顔を真っ赤にして俯いた。

彼女の後頭部に、ヨハンの声が放たれる。

「元老院で話せ。我々（アルメニア）は予が決めて動く国ではない。民が選んだ議員が国の行く末を決める。彼らの決定は民が決めたことである。ゆえに予は、元老院で可決されれば、交渉役でもなんでもやろう……ただし、条件がある」

「……はい」

「ナルとかいう男を呼ぶ時の声で、予を呼んでみろ」

「……陛下」

「違う……もっと可愛らしかった……ああ！　お前は！　もう少し大人になってからと思っていたのに！　くそ！　元老院には言っておくが！　レニンには自分で言え！」

　ヨハンは、怒りの大きさを立ち去る歩みの速さで示した。

　ベルベットは、鼓動を早めたまま立ち上がり、胸を手で押さえていた。その場で、顔の火照りを冷まそうと俯き、ヨハンへの感謝と、彼がした仕返しに複雑な表情をする。

　母親に自分で言えという王の言葉。

　ベルベットは、ナルの頼みでなければ逃げ出せたのにと、溜め息をついて項垂れてしまった。

∴

　グラミアで、一部の諸侯が国軍に協力をしないという方針を採った。

　これをキアフで知ったアルキームは、すぐさま側近達を呼び集め、物資の運搬に使う街道の変更や、現在の物資集積所を他所へと急いで移す、などの指示を出しつつ、自らも馬車に乗り込む。都と現場は離れていて、この時間差が致命傷となることを予感した彼の判断は、自らの身体の事情を無視した果断なものであった。

　動かない右足を呪いつつ、馬車に乗り込んだ彼は、一個連隊の護衛のみに守られて王都を出た。と同時に、父であるミローシュと、弟であるマルームに使者を発して、ミローシュがキアフの留守役となるように頼んでいる。

そしてさらに、国内で運搬を請け負う商会へは、ルマニア地方のブレストが納入先になったと変更指示を出した。

「突然の予定変更では値交渉される……値上げ分は言う事をきかぬ諸侯に負担させてやるからな！」

アルキームの怒りは、ただでさえ節約せねばならない時であるのに、予想外の、諸侯に原因があることでの出費が発生したためだ。

その彼が馬車でブレストに入った時、弟のマルームはすでに西へと向かった後で、都へと出発準備をするミローシュが待つだけであった。

父は一年ぶりに会う長男を前に、問題を起こした諸侯の中に、ルマニア公爵幕下のキリヤ伯爵がいることを告げる。

「どこまで本気かわからんが、激戦の連続で、タガが外れたのじゃろ」

「父上、タガが外れたと言って終わらせることはできませぬ。幕下の不始末は、当家によって処されるべきと考えますが、お館様が軍兵を率いてすでに出発した後……一〇〇〇に満たぬ兵しか残っておらぬ現在、領内のこともあり軍を別方向へと新たに向けるのは困難です。何かお知恵はございませんか？」

「珍しい。お前でも知恵が出て来ぬことがあるか？」

「あるものをやりくりするのは得意ですが、ないものはどうにもできませせぬゆえ」

親子はブレストの城、書斎で向かい合っていた。

明日にはキアフに発つ予定のミローシュは、都を空にしてでもブレストに入ったアルキームの考えを読む。この諸侯の叛旗、反乱とまではいえないかもしれないが、混乱の元となっている現状が齎す変化は、グラミア軍にとって些細なものではない。兵站が乱れることは、戦闘の継続が困難になるからだ。例えば、敵と味方が向かいあって一戦して短時間で勝敗が決するのであれば、武器糧食は昔のように一戦に耐えうる量があれば良い。しかし現在、戦闘は数日間にわたって行われるのが一般的で、それは規模、軍備、戦術などの変化によるものである。

「昔のように、正面からぶつかりあって個人の武と、兵の数だけがものを言う戦闘であれば、お前も頭を抱える必要はなかったのにな」

ミローシュの皮肉に、アルキームは苦笑する。そしてシングルモルトを勧められ、舐めるように飲んだ。息子が酒に口をつけたのを見て、ミローシュも飲む。その父の耳に、息子の声が届く。

「ナル殿が、ザンクト・ドルトムントを襲ったことはもうお耳に？」

「当然。彼はきっと、ルヒティの爺のような年寄りになるぞ……人がされたら困ることをしよる」

アルキームが微笑み、ナルが喜ぶだろうと呟いて自身の考えを述べる。

「お互いに、後方を乱したというところです」

「お互いに？」

「ナル殿は、軍勢をもって敵の泣き所を奇襲した。敵は、暗躍することでこちらの後方を脅かしている。前者の狙いは、敵の戦意を削ぐ、物資を攻撃する、思考を縛ることにあるとすれば、後者……帝国側の狙いも、物流を乱すことで兵站を脅かし、我々に疑心暗鬼を与えて団結力を奪うことと見ます」

「陛下であれば……そのあたりは読んでおられるじゃろう」

「……でしょうけども、問題は、陛下がおわかりになっていても、愚かな者達がわかっておらねば意味がないところで……」

「従わぬ諸侯の数が増えると？」

「……解決手段を誤れば……長期化する恐れもございます。現実問題として、新法は諸侯にとって歓迎すべきものではございませんゆえ……もちろん、本音を申せば、私もそうです」

アルキームの本音は、叛意がないゆえに出た言葉で、彼はそれでも王を助けるつもりである。それは彼が、王とナルとダリウスにそそのかされてここまで来たこれまでを、肯定的に受け止めているからである。また、イシュリーンは一度信頼した臣下を、疑うようなことはしなかった。そして、一地方の、さらに当主の臣下扱いであった自分が伯爵となることを認め、政務卿にまで取り立ててくれていると感謝しているのだ。

「ところが……陛下からの褒美、感謝、労いに対して、足らぬと思う者達は当然おりまして……そういう者達は、今回の……腰の軽い奴らの騒動に乗じる恐れがありましょう。彼等は騒動によって、陛下からさらに多くの褒美を得ようと企むか……不満を晴らす為に暴れるか……人それぞれでしょうが、いかなる時も、己の欲、感情に負ける者はおり、そうでなくとも……」

アルキームが口を噤んだのは、父が黙っているからだ。

ミローシュは、息子の意見を耳にしながら、今回の騒動の裏に帝国がいたならば、これで変は終わりだろうかと悩んでいた。しかし自分の頭ではわかりもしないと諦めて、息子に懸念を伝えることで、アルキームに考えさせると決めた。

「アルキーム、儂が案じているのは、この騒動が帝国の目的ではない場合……だ」

「……と仰いますと?」

「この騒動は、過程に過ぎぬのではないか?　と悩む。根拠はない。しかし、あの帝国の……シュケルだぞ」

ミローシュの声は、アルキームをドキリとさせるだけの効果があった。

父は、息子に続けた。

「忘れてはならないのは、シュケルという男にこれまで勝てたのは、王家も諸侯も一枚岩であったからだ。その前は……陛下が帝国に勝つ前はどうだった?　国軍だけが戦っておった……その時、グラミアは帝国に勝てていたか?」

「……しかし今回は、陛下が全権を……」

アルキームは言葉を止める。彼は、帝国に普通に勝てるとどこかで思っていた自分を認めたからだ。そして、シュケル・クラニツァールという男が、同じ敵に何度も負け続けるだろうかとも悩み、彼が噂通りの男ならば、勝てる準備をもって挑んでくるのではないかと繋げた。

ミローシュが酒を飲み、熱い息と声を吐きだす。

「シュケルという男はこれまで……軍勢の指揮官であった。しかし……もう二年以上も前になるか……リヒシュテク公国併合を成した時と、今は同じ状況だ。シュケルが全権を握っている……軍の指揮には止まらない範囲での決定権を彼が握っているのではないかと、これまでの情報で、儂は考えたゆえに気がかりだ。あの男は、敵後方を脅かすだけを目的にするか？　大きな餌を釣ろうという魂胆ではあるまいか？」

「……それに関しては、こちらも対抗手段があります。東方異民族のひとつで、オデッサ公の庇護を受けているテュルク族が、今はナルの指揮下で動いており、帝国諜報には彼女らが当たります。素早く終わらせることが、何よりも良い解決となりましょう」

ミローシュはしかめっ面を作り、いくつもの疑問を覚えたが口にしたのはひとつであった。

「彼女ら？」

「あ……女が戦うのです、テュルクは」

「男はどうしておる？　女に戦わせて、寝ているのか？」

「……さぁ？」

「仮にそうなら……くだらん奴らだ。頼りになるのか？」

アルキームは喉を鳴らして笑うと、空となった父親の杯に酒を注いだ。高価なシングルモルトは香り高く、二人は同時に微笑む。

「父上のご心配には至りません。彼女らがいるから、ナルはこれまで勝てたようなものだと理解してますよ」

「……お前が言うなら、ま、信じよう」

親子は同時に酒を飲み干し、それぞれに動き出す。

アルキームは職務、ミローシュは出発準備、にである。

一年ぶりの再会は、短い時間であった。

∴∵

アラゴラ地方中央部には、グラミア諸侯の領地が点在している。エレアという地名の荘園もそうで、アラゴラ諸侯の領地であったが、現在はキリヤ伯爵サヒンの土地である。

彼は今、荘園の屋敷で療養中と称して休暇を取っているが、切り落とされた指はともかくとして、歩きまわることも、食べることも、喋ることもできている。

その主を守る為に、キリヤ伯爵連隊も荘園に留まっている。グルラダ南の激戦で数が減ったとはいえ、三〇〇人もの兵がいる状況に荘園の人々は戦争がまた始まるのかと緊張を解けない。

実際、グラミア国軍の軍装をした騎兵達が、当主に面会を求めて何度も荘園内を通過している。

人々は、穏やかではない日々が近いのではないかと噂し合った。

これを、ブリジットから聞いていたサヒンは、対面する客人に伺う。

「民が怖がっておりますので、軍装で我が領地に入るのはご遠慮頂きたいと陛下にお伝え頂けますでしょうか？」

「自分でお願い申し上げた上で、叛意がない旨を説明すればよいだろう」

「私の説明など、お求めにはなっておられますまい……」

サヒンの言葉は、本音を隠す曖昧な響きがあった。

客人であるアルウィンは、複雑な笑みを返すのみに止める。彼は、高名な画家であるガリブ・バンクシによる絵を土産に、サヒンを訪ねて来ていたのである。国軍からの使者はことごとく追い返したサヒンであっても、中小貴族の血が流れるがゆえに、アルウィンには同じ態度を取ることができなかった。また、直臣ではない自分を真っ先に尋ねてきた相手への配慮もある。

サヒンは、土産の絵を眺めながら口を開く。

「もう十分に、陛下への忠誠は示したはずです、閣下」

アルウィンは視線を窓へと転じた。

晴れている。

彼は、外ほどにこの室内も過ごしやすければという愚痴を飲み込んだ。そして、給使役というよりも護衛として室内に残っている女性の視線に苦笑した。そうと気付いたサヒンが、彼女に注意する。

「ブリジット、閣下に失礼があってはいけない」

「……申し訳ありません」

「いや、いいのだ」

アルウィンは努めて笑い、サヒンという男の顔を眺める。

疲れたというより、勝手にしてくれという表情だなと読んだアルウィンは、回復したとはいっても痛々しい痣が残るサヒンを労わった。

「貴公がそう思う事情はわからぬでもない……しかし、陛下は、例外を認めぬ方だ。このようなことをして、平時になってから謝罪をしても許されるわけがなかろう?」

「例外？　例外ならあるではありませんか」

サヒンが薄ら笑い、口端を捻じ曲げて抗弁する。

「我々が前線で敵と味方の血を浴びて戦っていた時、あの男はどこにいました？　後からやって来て、自分の作戦がうまくいったと誇っておりましたか？　我らはあの高貴な御方に会うこともままならぬので知りませんがね」

サヒンが言う高貴な御方とは、ナルのことであるとアルウィンは理解する。

「彼は、オデッサ公領で異民族と戦っていたのだ」

「はは……戦っていたのではありますまい。戦わせていたのを眺めていたのでしょう？　閣下、あの男がどうして、陛下をクローシュ渓谷で助けることができたか、本当に話通りであると信じられているので？」

「……貴公は、気に入らぬ相手が不利になることなら、嘘を本当だと信じる心理になっているのだな？」

「何とでも……しかし、あの男がスーザ人であるから、あの渓谷を、陛下を連れて抜けることができたという説も、嘘と決めつけることはできませせぬ」

「それは、誰から聞いた？」

「聞いたわけではありません。いろいろと出ている話から、こうではないかという推測を集めてまとめた結果、こう読み取れるというものです」

アルウィンは唸り、中小貴族達の不満は王にではなく、ナルという男に向けられているのだと知った。そして考えてみれば、無理はないかと思ってしまう。そして彼は、自分はナルと接する機会が多かったがゆえに、彼を認める機会を得たのだが、そうではない者達にとっては、突然に現れた男が、自分達の上に立って、偉そうに命令を出していることになると繋げてげんなりとする。

馬鹿なことを本気で考え信じ込みおって、という呆れであった。

「閣下……何をお考えかはわかりませぬが、あえて申し上げます。俺は記憶喪失の男が偉そうにしていることに不満であるから、国軍に非協力……というわけでもないのです。俺は十分に、王家に対して忠誠を示してきたつもりです。にもかかわらず、相続法改正などの新法は、悉く我々のような力を持たない諸侯の力を削ぐものです。また連戦……激戦の前線で、消耗を強いられた後、渡されるのは金……金ですよ、それも大した額ではない……減った分を補う程度の……この指は、金では買えません。部下達は、いくらで生き返りますか？」

「戦は兵が死ぬものだ。ゆえに避けねばならぬが、やるからには勝たねばならぬ。大変だからこそ、褒美も大きい。ここの荘園は陛下から賜ったものであろう？　新しい領地を得た……貴公一代で、旧領と同じ広さの新領を得たのは誉れであろう？」

「飛び地……しかもこの領地の与え方は……いずれグラミアにある俺の領地を取り上げて、こちらに移そうという魂胆なのは見え透いたことです」

「考え過ぎだ……」

「そうさせるのは、陛下や貴方達ですよ、閣下」

サヒンは席を立つ。彼は猫背をさらに丸めて歩くと、ドアの傍に立った。そして、アルウィンに一礼しドアを開く。

帰れという意味だと受け取ったアルウィンは、重い腰をあげた。

「閣下、絵はお持ち帰りください」

アルウィンは首を左右に振ると、無言で室を出た。

ルブリン公爵がキリヤ伯爵の荘園屋敷を出ると、家老であるキシナーク伯爵コントラが一礼で主を迎えた。

「ご苦労様です、して？」

家老の問いに、アルウィンは渋面を作った。それでコントラには伝わる。

「左様ですか……閣下、よくない報せがもうひとつ……届きました」

「まだ何かあるのか……？　まさかナル殿が負けたか？」

「いえ、そちらに関しての続報はありませんが、リュゼが……」

「リュゼが？」

アルウィンは馬へと歩み寄りながら肩越しに家老を見た。

コントラは、精一杯の努力で感情と焦りを封じ込めて報告する。

「ウラム公が……リュゼに入ったと……」

「……はぁ？」

アルウィンの間抜けな返答は、家老の言っていることを理解できないからであった。

「お嬢様が……多勢に無勢とみて開城し、守備兵の命を守ったと伝令が……」

「……リューディアはまだリュゼにいるのか？」

「おそらく……民を避難させ、最後にガラツィへと発つ予定だと聞いておりました。途中で、ルマニア公と合流して打ち合わせもすると伺っておりました……」

アルウィンは従者に、馬を寄越せと喚いた。

「閣下！　お館様！　まさか！」

コントラは、当主はリュゼに行くつもりではないかと驚き慌てたが、そうではなかった。勘違いされたと知ったアルウィンは、軽はずみな行いをする男と思われた苛立ちと、娘を案じる焦りで怒鳴り返す。

「馬鹿者！　アラゴラは諸侯の面倒！　リュゼはドラガンの面倒！　これも計算内であればいいが、そうでないならナルが危ない！　さっさと諸侯を片付ける方針に変える！　陛下はこちらに向かっておられるのであろう？　ご到着された時、軍勢を独断で集めたお叱りは受けるとして、すぐに集める！　グルラダにはお前が残れ！　いいな!?　さっさと片付ければ、リューディアも無事だ！」

「は！　はは！」

ルブリン公爵アルウィンは、従者の手から手綱を奪うようにして持つと馬上となる。そして護衛達の一人を睨みつけるにして見ると命じた。

「王陛下に、伝令。諸侯が仮に軍勢を動かそうとしても合流できないように街道を封鎖する予定であるとお伝えせよ」

命令を下された一騎の護衛が、勢いよく馬首を巡らしたのは、アルウィンが馬に鞭を入れたのとほぼ同時であった。

⁘

グラミア王国暦一一六年、終年月現在。

グラミア統治下であるアラゴラ北部、中央、東部、南部は大戦直後であるのに平穏であった。東部都市国家連合の軍勢が侵入したことで齎された混乱も、彼等が短期間で追い払われていることで被害は抑えられている。最小ではなくマシだという類であるが、アラゴラ人達全体でみれば、一部の被害者は気の毒だったという憐れみを向けることで終わりであった。そして、改めてグラミア王国に属していれば大丈夫だという民意が形成されていく。

そのような空気であるから、グラミアを良く思わないアラゴラ人達は肩身が狭い。彼等はアラゴラ王家で重役にあった者であるとか、利権で繁盛していた商人達であるとか、グラミア人が嫌いだという単純な理由を持つ者達で構成されている。

彼等は、密告を推奨したグラミア側のせいで、息をひそめるしかできなかったが、グラミア諸侯の一部がグラミア王と国軍に非協力となったことを、スーザ人経由で知り、気持ちを高ぶらせていた。その中でも調子の良い者は、グラミア諸侯と協力してグラミア王に対抗できないかと考えており、スーザ人側の親玉としてグルラダに入っているハインリヒは、勝手なことをするなと彼等を制しているのだが、これが余計な動きとなって、グラミア側の網に引っ掛かってしまったのである。

グルラダ市内のスーザ人達を追っていたテュルク族と、尾行に気付いた帝国騎士の間で、小さな戦闘が発生したのは、明け方のことであった。双方ともに捕虜と死者を出したが、死体はいつの間にか消えていた為、アラゴラ総督府警備連隊は事態を把握できていない。

ハインリヒは、捕えた女を拷問にかけようとした。ゆえに、喋らせるために猿轡を外したが、彼女はその瞬間を利用して舌を噛み千切り、悶絶して死んでいった。その凄まじさに、聖皇騎士団総長（ハイトバプスト・オルディーン）でさえ、相手の覚悟に畏怖を覚えたが、死体は晒すことにした。オルビアンの時のように、敵が仲間を探しているのではないかと期待したからである。

どうであったか。

アブリルは、戻らなかった部下が死体となって晒されたと聞かされても、動かなかった。

彼女はテュルクの神に祈り、仇を取ると誓う。そして、部下達が捕えた騎士の前に立つことを優先した。

男は、両手を鎖で縛られて天井から宙吊りにされている。通風孔があるのみの部屋は、グルラダ城の地下室で、食物を保管する為の空間であった。表向きは保存食が保管されていることになっているが、実際にはテュルク族がグルラダで活動する際の拠点であった。ルブリン公爵アルウィンによって、アラゴラ王家に関する予算が大幅に縮小されていることから、総督府として使われている一部の箇所を除き、グルラダの城は空き部屋だらけなのである。

「道具を用意しなさい」

アブリルが部下に命じる。

彼女は、鎖に繋がれて宙吊りとなっているスーザ人を眺め、ニカーヴから覗く両目だけを細めて見せた。

「殺さないでくれ。話す……助けてくれるなら話す」

スーザ人は、スーザ語で懇願する。

アブリルは、彼の背後へと回り込むと、右拳を相手の脇腹へと放つ。男は肉と骨と肝臓に衝撃を受けて、苦悶の声と表情で助命の懇願を繰り返す。

「話す！　故郷に家族がいる」

「それはお互い様だ」

スーザ語で返したアブリルは、同じ場所を同じ力で殴る。二度、三度と、一定の間隔で、彼女は男を痛めつけた。男は右脇腹を守るように身体を捻じらせ、脂汗で上半身は水浴びをしたかのようであった。彼は、質問をしようとしない相手に、演技ではなく本当の命乞いをする。

「助けてくれ、助けてください」

「お前の神は、裏切りを許さぬのではないか？」

「死にたくない。死にたくない……」

騎士は、扉が開かれたと同時に慄いた。運ばれてきた道具を見て、自分がこれから何をされるのか悟ったからだ。彼は、わざと捕まり、嘘の情報を敵に掴ませろとハインリヒから命じられていて、それだけの信仰心と忠誠心を持っていた人物だったが、生きながら皮を剥がれ、身体を切り刻まれるとあっては全てが吹き飛ぶ。それに、質問を全くしないまま拷問を始めようとする相手に、底知れぬ恐怖もある。順番が違うと、筋違いな訴えをしたくなるのも無理はないだろう。

「待ってくれ……待って……違う……違うのだ」

「何が違う？」

アブリルが再び、男の脇腹を殴った。もう何度も同じ箇所を殴られ続けた男の脇腹は青ざめていて、触っただけでも痛いであろう有り様である。皮膚の上からでも、内部で異常が発生していると理解できるほど、色は青黒く、男の呼吸は荒い。

アブリルは、部下から道具のひとつ、先端が鉤状の金具を受け取ったが、新たに現れた女の声で動きを止めた。

「報告！　死体となって見つかりました」

女は、すでにわかっていることを、あえて今、報告した。それは囚われの騎士に聞かせるためである。

アブリルは、初めて知ったかのように頷き、道具も男も放置して、室を出た。

残ったのは女二人で、彼女らは頭（かしら）がいなくなり手持無沙汰となったように会話を始める。

それはグラミア語であった。

「サヒンという男を狙うそうね」

「ええ、他の諸侯よりも、規模が大きいみたい」

男は、自分がグラミア語を理解しないと思い込まれていると感じる。

大事なことを軽々しく話す二人は、何故か、同時に外に出た。

男は一人、取り残される。彼は逃れようともがいた。すると、手を縛っていた鎖が弛まっていることに気づく。あの顔を隠した女に何度も殴られていたせいで、緩まったのだと神に感謝した。そして周囲を見ると、拷問用の道具は、近くに置かれたままである。

彼は、逃げねばと脚を動かし、道具を載せた台を懸命に手繰り寄せた。彼は、血の混じった唾を床に吐くと、会心の笑みを作る。

総長閣下に報告せねばと、彼は痛む身体に鞭打ち、必死にもがいた。

しばらく後、グルラダ城の地下室から、スーザ人がこっそりと地上に出た。

それを、暗闇から見守っていたのはアブリルとテュルクの女達である。

彼女は、背後の部下に命じる。

「これで、白い奴が出てくる……守衛にあいつが捕まらないように気を配ってやりなさい」

部下は一礼し、仲間と共に離れた。

⁂

リュゼ。

神聖スーザ帝国軍襲来に備えていた都市は、思わぬ方向である東からの軍勢接近に驚き、それがウラム公爵軍であることに不審がり、どうすべきかと迷っているうちに相手は乗り込んで来てしまった。

リュゼと、領主代理として残っていたリューディアにとっての幸運は、ウラム公爵ドラガンという男が意外なことに殺戮を嫌う人物であることだろう。

彼は、リューディアが抵抗を諦めて武器を捨てた判断を認め、彼女と守備兵達を手にかけることなく丁重に扱っている。しかし、城門は全て閉じた。これは籠城する為ではなく、彼もまた困ってしまったので考える時間を稼ぎたかったというものだ。闇雲に移動するには情報が足りないという判断もあった。というのも、ドラガンはナルと会いたかったのである。

いや、捕まえたかった。

城の一室で、捕えたリューディアを前にドラガンは鶏の肉を頬張っている。炙っただけの簡単なものに岩塩をパラパラとふりかけて食べ、またふりかけて食べを繰り返しながら、リューディアへの質問を挟んでいた。

「では、お前も小男がどこにいるのか知らないというのか?」

リューディアは手を縛られているが、痛くないようにと緩めてもらえていることから、目の前の男への恐怖はなかった。そして今は、それよりも興味のほうが強い。それは、ドラガンがどうしてナルと会いたがっているのかわからないからだ。

彼女は、蛇目(サベルアイ)をぎょろりと動かした相手を正面から見据えて答える。

「全く……存じませぬ」

嘘である。

「知らぬ存ぜぬでは困るぞ……だいたい、帝国が迫っているというのに城と都市を捨ててどこに行ったのだ？　お前の主は……どういうつもりだ……ったく！　普通は籠城だろうが」

「……情報は入っておりませぬか？　子爵閣下はザンクト・ドルトムントを攻めました」

「知っているよ。あれで打撃を与えておいて、リュゼで王軍を待つというのが常識だろう……いや、普通は攻めたりもしないわけだが……ああ、うるさい、お前は黙ってろ」

「は？」

「いや、こっちの話だ、すまんね」

ドラガンは、頭の中で自分に話しかけてくる例の声に苛立っていた。その声はしきりに、この城の地下に用があると繰り返しているのである。

「うるさい、行きたいなら勝手に行け！　俺は行かない」

リューディアは、目の前の男が誰に向かって話しているのか全くわからず、この人はどうかしていると同情した。大変なことの連続で、おかしくなったと感じたのだ。ゆえに彼女は、相手を気の毒な人を見る目で眺めていたが、ドラガンは独り言と食事を交互に行い、現れたアズレトからおかわりを差し出されて、満面の笑顔を作った。物凄い食欲だとリューディアが呆れた頃、食べることに忙しかったドラガンが肉汁のついた指を舐めながら彼女を眺めて、うんざりとした声で言う。

「それにしても……あいつはいつも女の後ろに隠れる奴だ。しかも……よりにもよって今度はお前みたいなお嬢ちゃんかよ」

彼の悪態に、リューディアは彼が言う「お嬢ちゃん」は自分のことであると察して憤る。

「無礼な！」

「無礼？　ただの官僚が公爵に向かって無礼も何もなかろう……おかしなことを言う奴だ」

「閣下……」

控えめな声は、ウラム公爵家の家老アズレトのもので、彼はリューディアの素性を知っていた。過去、といってもそう遠くない過去であるが、アズレトは当時の当主であるバザールに従って王城に入ったことが幾度かあり、宴などにも出席したことがある。そこでリューディアを見て、覚えていたのである。

アズレトはドラガンに耳打ちする。

蛇目（サベルアイ）の公爵は、鶏の肉に岩塩をふりかけながら目を丸くした。それが余計に、彼の瞳の特殊さを強調していて、リューディアは気味悪いと感じたが、内心を複雑な笑みで誤魔化していた。その彼女に、不気味な目をした男が問う。

「本当か？　……お前……いや、そなたはルブリン公のご息女か？」

「人質としての価値はありますでしょうね」

「……どうして、小男に仕えている？　そなたがあいつを使う側なら理解できるが……いやいや、そもそも、どうして領地にいない？　どうして官僚のようなことを？」

「話せば解放してくれますか？」

「……小男の居場所を言えば解放する」

「だから！　知らぬと申しております」

「そなたは、例えば罪人が罪を犯していないと訴えた場合、そうかそうか悪かったと解放するのか？

しないだろ？　だから俺も、領主からここを預かっていたそなたが、主の居場所を知らないと訴えたところで信じることなどできないわけだ」

「私どもは、貴方が来なければとっくにリュゼを離れる予定でした。戦う者達以外は、残らない予定だったのです。つまり、ナル閣下がどこにいらっしゃるかなど知る必要がないのです。ゆえに、教えられておりませんからお答えなどできませぬ。これは、無駄な連絡を取る手間を省く為です。おわかりですか？」

　嘘である。

「おわかりではないのだ、すまんね」

ドラガンは嘲るような表情で背もたれに身体を預け、アズレトに向けて手の平をヒラヒラとさせた。それで腹心が一礼し、リューディアを立たせると室から連れ出す。

「さ、しばらくはご容赦ください。室にお連れしますゆえ」

アズレトの言葉に、リューディアは顎を反らして言い返す。

「許しましょう！　ただし！　手枷は解いてください。逃げることなど不可能だとわかっておりますから」

「承知しました」

「兵士達に乱暴な真似はしないでください」

「抵抗しなければしませんよ、ささ」

　こうしてリューディアは、リュゼの城の一室に監禁されたのである。

だが、彼女など求めていなかったドラガンは、鶏肉を味わいながら悩む。

あの不思議なお嬢様を人質にしたところであまり意味はなく、ルブリン公から敵意は向けられるだけで旨味はないと感じていた。彼の目的は、王との交渉材料を得ることであり、それはナルの他にはあり得ないと断じているのである。逆に言えば、あのナルという男だけが、グラミア王イシュリーンを御せる鍵だと思っていた。それは、彼がいなくてはグラミアの今日はなく、これからもないという事実と予測からの読みである。

「知恵が回ろうと、あいつ個人は玉無しだ。ちょろい……が、しかし困った……ったく！　チビめ」

ドラガンは不機嫌のあまり、鶏の骨ごと肉を噛み砕いたが、骨が口の中で裂け、口内を傷つけることになる。

「ああ!!　っくそ！」

肉と骨と血を吐きだした彼は、全てをナルのせいにして喚いた。

「チビめ！　くそ！」

⁛

蛇目(サベルアイ)の男にチビ呼ばわりされたナルは、リュゼ地方南端の森林地帯にいた。彼は斥候が齎す情報をもとに、神聖スーザ帝国軍本隊の居場所を突き止めようとしていたが、帝国はアラゴラ西部方面軍、リュゼ方面軍のどちらにも、聖女の旗が掲げられておらず見分けがつかない。そして、敵がこれをしていることがナルをまた苛立たせるのである。それは彼の狙いを、シュケルは読んでいるから聖女の居場所を隠そうとしていることが明白であるからだ。

「シュケル君は、お見通しか……しかし行軍速度が遅いのはどういう意図だろう……」

「長期化すればするほど、有利だと考えているのかな？」

ナルの言葉に、ハンニバルが反応した。

二人は夜営地の中央に設置された幕舎で向かい合っていて、少し離れたところにテュルク族のサビネが控えている。正規の斥候では敵に接近できないからと、テュルク族を頼ったナルであったが、向かった者達が未だ一人も帰らないとサビネから報告を受けた直後なのである。

ただ、彼女はひとつ、不思議な報告をしていた。

ナルは地図を眺めながら、それについてを口にする。

「敵は、威力偵察規模の部隊を定期的に本隊から切り離しているが……どこに向かっているのか？全く掴めていない？」

サビネは力無く首を左右に振ると、謝罪と報告を述べる。

「申し訳ございません。ただ、双方の方面軍ともに、それで連絡を取り合っているわけでもない様子……遊撃のような扱いなのかもしれません」

「俺達を捜しているのではないか？」

ハンニバルの問いに、ナルは腕を組んだ。

自分であれば、どうするかを考える。

グラミアによるザンクト・ドルトムント急襲は、帝国にとって二重の意味で痛かった。物資はもちろん、精神的な被害がある。これまで他国へと侵略するというのが彼等の戦争で、侵攻されるなど全く考えたことがなかった。ゆえに計画は、全軍で敵支配地域へと入ることを前提に立てられているが、今度ばかりはそうもいかない。後ろも気になるのだ。ここで、この状況を一転させるにはどうするかであるが、ナルは二つの方法を思いつく。

ひとつは、現在の敵が取っている行動だ。ふたつの方面軍によりグラミアが帝国領へと回り込めない動きを取る。

もうひとつは、軍を分けるのは一緒であるが、それぞれの役割が違う。一方を囮にして、本命の軍で戦闘地域であるリュゼとアラゴラ西部を一気に通過し、グラミアの腹部へと食い込む。この場合、囮はリュゼ方面軍だろう。現在のグラミアは、ルマニア地方とアラゴラ中央部がへそにあたるがゆえに、ここを敵に突かれると、南北に分断される格好となることから非常にまずいのである。

ただ、あえて攻めず体勢を立て直すという方法もナルは考えたが、聖女の効果が抜群な今をシュケルは逃したくないだろうと推測することで除外した。聖女は帝国にとって、時間制限のある劇薬なのだ。兵や民が熱狂している今、決めてしまわねばすぐに冷めてしまう。鉄は熱いうちに打てというが、シュケルにとって、それは今をおいて他にないのである。

思案するナルに、炎王(イフリル)が口を開く。

「意見があるのだが」

「お願いします」

「俺であれば、両軍を囮にして騎兵連隊で一気に敵後方に回り込む」

「……リュゼも、グルラダも、無視ですか？」

「そうだ。駆けに駆けて、一気にベオルードを狙う。これをされて難しいのは、急変に対応できる者がベオルードにはおらぬことだ。レニアス卿も国軍に合流されるし、主だった指揮官は陛下と共にいるからな」

「それは……されると痛いです」

ナルはハンニバルの意見に感心し、自分では思いつかない手だと認めた。騎兵運用に慣れた歴戦の将ならではの果敢な手の効果は、騎兵が全滅したとしても、敵に与える損害が巨大であることに尽きる。

「万が一ということもある……ナル殿、対処すべきだと思う」

「では、教えてください。ハンニバル卿であれば、この手を実行する際に、敵に取られて嫌な対処は何です？」

炎王（イフリル）は苦笑し、腕を組んだ。長身の彼が直立すると、姿勢の良さが目立つ。

「騎兵は……効果を発揮できる地形を選ぶからな……丘陵地帯や平野部を駆け抜けたいと思うが、そこに軍勢を展開されると駄目だ。渓谷や山岳地帯は馬が弱る……肝心な時に使えなくなっては駄目だ。つまり、この手は敵が気付かないうちにさっさとやってしまわねば失敗する。ナル殿、我々は騎兵でここを警戒すべきだ。万が一、ということもあるゆえ……」

ハンニバルが指差したのは、リュゼの南東、ルマニアの西方に位置する丘陵地帯だった。そこは現在、スーザ人の墓場と呼ばれている。

春に、ナルがシュケルを翻弄した、あの丘陵地帯である。

∴∵

神聖スーザ帝国軍騎兵連隊を率いるのは、エリザ・グロスクロイスだった。

彼女は帝国の軍旗も、スーザ神の神旗も掲げず、各軍からかき集めた精鋭のみを騎兵として率いると、森林地帯を慎重に抜けて、一気に東進する腹積もりであった。

ここにいるぞ、と大軍を敵に見せることで、グラミア人達はリュゼ方面軍やアラゴラ西部方面軍に気を取られる。その隙に、敵後方へと一気に進出する。

エリザはシュケルから、この動きをする部隊の指揮官に任じられていたのだ。

彼女の連隊がベオルードを突けば、キアフの喉元に剣を突きつけるに等しく、現在のグラミア王国にあって、要所たるルマニア地方やアラゴラ地方ばかりに目がいく周囲を出し抜くことと、グラミア人達の心胆を震え上がらせるだろう。

グラミア人達が、ベオルードを狙われて慌てたところで、リュゼ方面軍はリュゼを攻撃し、アラゴラ方面軍はグルラダを狙う動きをするゆえ、グラミアは右往左往するしかなくなるのである。

ただ、彼も彼女も、これで勝てるとは思っていない。しかし、失敗しても効果絶大な小手先の策だとは思っていて、ふたつの理由がある。

ひとつめは、兵数で劣るグラミア側に、この動きによって、後方へと兵力を割かせる。

ふたつめは、この騎兵部隊そのものが、敵の目を後ろに向ける役目を負うことで、聖女(ハイトゲーテ)とシュケルが率いる部隊を隠すのである。

エリザはだが、見つかる前提で連隊を動かしてはいない。彼女は憎いグラミア人をできるだけ多く殺したいし、ベオルードを急襲してグラミア人達を畜えあがらせたいのだ。

彼女は、前方左手にリュゼの城壁を見つける。かなり遠く、森林地帯のはずれを駆ければ発見はされないだろうと目論んだ。実際、この時のリュゼはドラガンの手中にあり、外に斥候を放っていなかったのである。自称から公称となったウラム公爵は、帝国軍が騎兵だけで突き進んでくるなど思ってもおらず、リュゼ近郊の警戒は敵軍接近後で良いと思っていたのである。

「丘陵地帯に入る前に一度休む」

エリザは一度、丘陵地帯に入る直前に休憩を取り、一刻半後に行軍を再開した。本来であれば、休みなど取る暇がないはずであるが、戦えないまま目的地に到着したところで意味はないと考えていた。斥候すら放たず、粛々と進む騎兵連隊は、午後から夕刻にかけての頃合いで丘陵地帯に入った。ここはもう完全にグラミア本国で、エリザは一年前を思い出す。

渓谷で無惨に殺されていった同胞の怒りを、彼女は忘れることができないと唇を舐めた。

「隊長！」

騎士の声で、エリザは思考を中断される。だが素早く頭を切り替え、視線も転じて東を見た。そこには、ルマニア公爵旗をかかげた一軍が、なにやら作業を中断して慌てる光景があった。

「グラミア人!? あれはルマニア公！」

ルマニア公爵軍の存在を知ったエリザは、逡巡し、突っ込むと決めた。敵もおそらく、偶然の出会いに驚いているに違いないと読み、ならば突っ切ると決めたのだ。

一方のルマニア公爵軍は、マルームが指揮する一軍で、帝国軍と戦う国軍後方の兵站整備を目的に出張ってきていた一五〇〇だった。

ゆえに彼らは、まさか敵がここまで出てきているとは思っていなかった。

マルームは、兵士達が敵だと騒ぐ声に驚く。

「敵!? ここはリュゼよりも東だぞ！ 味方を見間違えているのではないか!? 合図を出せ！」

鏑矢が空に放たれるが、返事は騎兵の接近によって為された。

「敵だ！ 戦闘準備！」

マルームが怒鳴る。

陣形も何もない状態で、帝国騎兵の突撃を受ければ粉砕されるのは必定であったから、彼は伝令達を叱り飛ばし、士官達に怒鳴り散らして、歩兵の盾を素早く構築しようと試みた。

そこに、エリザを先頭に帝国騎兵一個連隊が突っ込む。

「蛆虫(グラミアン)！ 踏みつぶしてやる！」

エリザの狂気が怒声となった直後、騎兵がルマニア公爵軍にぶつかった。一瞬で数十人のグラミア人達が吹き飛び、絶叫が沸き上がる。それを音色にエリザは笑った。

「突き抜けろ！」

彼女の意欲は強く、準備ができていなかったルマニア公爵軍は突き崩された。しかし戦歴豊かな彼らは、連戦の中で奮闘してきた経験から、苦戦の中でも抗う気持ちを捨てない。味方の死を眼前にしても、盾を連ねて敵に向かい、弓矢を構えて懸命に戦う。

マルームは弩に発射を命じた。

慌てた射撃は発射音を乱したが、騎兵の速度を落とすことはできた。

「踏ん張れ！　敵の推進力を奪え！」

ルマニア公爵の声は裏返り、彼は目の前まで迫る敵騎兵を見ても退かなかった。その彼を守るべく、ルマニア兵達が人の壁を帝国騎兵の前に作る。肉と骨が潰され砕け、血と絶叫が吐きだされる戦場の中で、狂気じみた行いも正常に映る。

マルームは、兵達の頑張りに叫んだ。

「我らの後ろはルマニアだ！　言い訳は聞かぬ！　防ぐのだ！」

彼自身も、弓を手に矢をつがえた。

ここでエリザは一度、離脱を選んだ。

速度が落ちては威力がないと判断したのだ。

「これで我々の存在は敵にばれたが、ルマニア公を討てば意味はある！」

彼女は、敵軍中にルマニア公爵がいることを軍旗で知った。

イシュリーンを王女時代から支え、今日まで偉業を支えた諸侯の柱たるルマニア公マルームを倒せば、それはひとつの都市を潰したに匹敵する効果があると断じていた。

半円を描くように駆けた帝国騎兵が、再び槍先を揃えてルマニア公爵軍へと接近する。

ようやく、マルームも陣形を整える余裕を得ていたが、騎兵の進入角度はルマニア公爵軍の側面を突く動きで、彼は敵の機動性を恨んだ。兵站整備が目的であったから、金と手間のかかる騎兵の数を揃えていなかった彼は、こんな未来を誰が予測できたかと嘆きつつ騒ぐ。

「迎え撃て！　ひるむな！」

激しい衝撃を伴う衝突。

人馬一体となった帝国騎士の突撃で、ルマニア公爵軍は再び翻弄される。

しかし、マルームは貴重な時間を敵から奪うことに成功していた。これは、彼自身、気付いていなかったが、全てを見通せる者であれば、わかったことだろう。

この時、この丘陵地帯に接近する別の軍勢がいたのだ。

それは、帝国軍によるグラミア陣営後方進出を危惧し、対応すべく動いたハンニバルだった。

オデッサ公爵軍騎兵三〇〇は、ルマニア公爵マルームが偶然にも稼いだ時間のおかげで、エリザの騎兵連隊を捕捉したのである。

∴∵

ハンニバルという青年は、運が良かった人物であると後の世で評価されている。とはいえ、彼個人の力量に疑いを向けるというものではなく、能力があり、運が良かったのだ。

運が良いとされる理由は三つある。

ひとつは、オデッサ伯爵家が公爵家となり、王家に奪われていた領地が返ってきたことだ。通常であれば、大罪人とされた祖父のせいで、御家取り潰しとなっていてもおかしくなかったところを、イシュリーンが庇った。彼女は彼の能力と国情、そしてルヒティとの関係性でそう判断しているのだが、詳しく知ることができない後の世の人々からすれば、運が良かったとなるのである。

ふたつ目にあげる理由は、先に述べたものに付随する。イシュリーン治世下のグラミアにあって、彼と彼の兵達が求められる状況であったことだ。平時であれば危険視されてもおかしくないほどの軍事力をオデッサ公爵家は抱えていたわけだが、この時は、それがグラミアにとって利するものであった。

そしてみっつ目は、対帝国戦の重要局面において——それそのものは、進行中の時系列ではさほど重要という認識はなかったし、いくつもあった動きの中のひとつという意味を超えるものではなかったが、後に省みると、大きな分岐点だったと言える。

ハンニバルはその局面において、活躍したのである。

スーザ人の墓場と、グラミアの地図に記されるようになった丘陵地帯は狭くはない。起伏もある。谷間を流れる川もある。しかし他の経路に比べてという意味では、素早く部隊を動かせる地形といえた。ゆえにハンニバルは、自分の予想が外れていることを祈りながら、まずは斥候を先行させてこの一帯を見張らしたところ、戦闘が発生しているとの報告を得た。

ハンニバルは迷うことなく騎兵を加速させる。

こうして彼は、騎兵連隊三〇〇を率いて、スーザ人の墓場で、ルマニア公爵軍を翻弄する神聖スーザ帝国軍騎兵一個連隊の背後に、問答無用で突っ込んだのだ。

エリザは、騎士の叫びを聞く。

「敵！　新手！　後方！」

「距離は!?」

咄嗟に反応した彼女は同時に、長剣の一閃で一人のグラミア人を斬り殺していた。

「距離は……！　もう来ます！」

騎士が叫んだと同時に、その轟音が炸裂した。

火薬を爆発させた時にも似た爆発音が、一斉に、連続して、戦場を揺るがす。

ハンニバルが、騎兵に火砲を発砲させたのである。これは、敵を撃ち殺すという以上に、帝国軍騎兵の馬を駄目にした。そしてもちろん、人も驚きと恐怖で戦いどころではなくなる。そこに、ハンニバルが指揮する赤い騎兵連隊が、切っ先を揃えて突っ込んだ。彼らの一撃は、帝国軍騎兵連隊の背中を貫いていた。

ルマニア公爵軍とオデッサ公爵軍に挟撃される格好となった帝国軍騎兵連隊は、優勢が一転しての危機に対応が遅れた。それは騎兵達個々も然り、エリザも然りであった。

彼女は新たな指示を出す暇すら与えられず、一方的な暴虐に晒された被害者のようにのたうち回る騎兵達の中で喘ぐ。つい先程まで、自分達が敵を斬り刻んでいたのにと、頭の中は真っ白になった。

その目に、赤い騎兵が映る。

スーザ神が、邪悪だと示す悪魔のように彼女には思えた。

ドスンという衝撃で、エリザは馬から転がり落ちる。それは、隙だらけとなった彼女を、ルマニア公爵軍兵が槍で突いたからであった。

彼女は脇腹の激しい痛みに涙を流し、視界を遮る黒い影を見上げた。

「！」

叫ぶ間もなかった。

エリザは、オデッサ公爵軍騎兵の馬蹄に頭を踏み砕かれた。

果実を潰した時の、内部から実と汁が外へと飛び散るような光景がそこにはあった。しかし甘酸っぱい匂いではなく、臭く重くおぞましいに尽きる悪臭を撒き散らした。

帝国軍騎兵連隊を一蹴したオデッサ公爵軍騎兵連隊は、ルマニア公爵軍を守るような旋回運動を取ると、バラバラに逃げ散る敵騎兵の追撃を命じる。そして自らは、ルマニア軍中に駆け、マルームを見つけた。

「マルーム殿！　間に合って良かった」

「おお……ハンニバル卿か。助かった」

マルームは冑を脱ぎ、汗を手で拭いながら命の恩人を迎える。

ハンニバルがひらりと地に降り立ち、マルームは感謝を述べながら彼に歩み寄った。二人は握手をして短い挨拶を済ませると、すぐに話題を転じた。

「ここにハンニバル卿がいるということは、ナルも近くに？」

マルームの問いに、オデッサ公爵はにやりとする。

「いや、彼は俺に騎兵のみを率いて先行するようにと言った。彼はリュゼとアラゴラ西部の境界近くだ……補給を受けたい。物資のほうは？」

「なんとか。道を確保して。集積所も配置を変えて……ただ、まだまだ足りぬ。突然の混乱で後ろもガタついていてな。地図を持って来い！」

マルームの指示で、側近が地図を二人に差し出した。そこには、新たな兵站が記されていて、物資を集めていた集積所の配置も一新されているとわかる。ハンニバルはこの時、まだ中小貴族による国軍への非協力を知らないゆえ、変更の理由がわからなかった。

「どうして兵站が変更に？」

ハンニバルの問いに、マルームは「ああ」と声を漏らし、続けた。

「ああ、情報がまだ届いていないか？　諸侯の一部が領地の通過に応じぬとあって、兵站は再構築だ。アルウィン卿が対応しているが……陛下は、事が一時的に収まっても終わりにせぬであろうな……」

マルームの語尾が沈んだのは、昨年から続く戦いに疲弊している諸侯の不満も理解できる一方で、これまでと同じ論理でこれからも渡り切ろうとする中小貴族らの変わらぬ姿勢に、グラミア諸侯凋落の一端を見ているからであった。それは彼もまた貴族社会に生まれ、今は国を代表する諸侯の一人であることから出た憐れみで、いくつかの諸侯が取り潰しを受けるだろうという予想から寂しさを覚えているせいでもある。

激動の中で、疲れたまではまだ理解できるが、とマルームはさらに続ける。

「陛下は強力な中央集権体制への移行をお考えである。それは新法によってそう理解できる。つまり我々もまた、それに合わせるしかないのだ。陛下を批判するのではない。国難になって、それが最も効率的だから陛下はそうされるのだと理解できるからだが……いずれまた、地方分権へと舵が切り替わる時代が来るであろうに……目先の不利益で物事を捉えると、将来の機会も手放すだろうな」

「マルーム殿の言、よくわかるが、俺にはまた非協力を決めた諸侯の気持ちもわかる」

ハンニバルはここで、ルマニア公爵軍兵から差し出された水筒を受け取り、口内を湿らせて続ける。

「百年以上も、これでやってきたのだ……変化を嫌うのはよくわかるし、自分の代は平穏無事に過ごしたいのも理解できる。それが子孫にツケを払わせることになろうという想像の欠如からのものだとしても、現在の当主には通じぬものだろう。後で、あの時の当主が下手をしたからと批判されたくないだろうしな……時代を見誤ったことでの判断違いだという批判と、先見性があったと賞賛されることは紙一重だ。俺も爺様を見て育ったゆえ、こう語れるのかもしれぬが……」

「ハンニバル卿は、では陛下のなされようとしていることには異議ありか？」

ハンニバルは顎鬚を指で撫でながら笑った。

「まさか……時代は国だ。諸侯が、領地や権勢を競い合う時代は終わろうとしていると思う。陛下がよく、グラミアの為に……グラミア人という言葉を使われるが、俺もまたグラミア人として、異国人がこの土地を蹂躙するのは我慢ならないという気持ちがある。実はこれこそ大事だろう。俺達が嫌がることは、異国の人々も嫌なのだ……その相互理解が、戦を減らしてくれるのではないかと思いたいが、今は戦おう。俺は、戦う為にグラミアに生まれたと思っているし、爺様に誓ったのだ。陛下と、この国を支えるとね」

「貴公が孫殿で、ルヒティ卿も誇らしいだろう」

マルームが笑い、まだ元気だった頃のルヒティを脳裏に描く。するとそれは、彼が杖でナルを殴りつけた光景であった。

にやにやと笑うマルームを、ハンニバルが不思議がる。

「どうされた？」

「いや、今、ルヒティ卿を思い出したのだが……くく……ナルが杖で叩かれた瞬間を思い出してしまってな」

「そんなことが？」

「ああ……くく……くくく……はははは！」

大口を開けて笑うマルーム。

彼に釣られて、ハンニバルも笑った。

オデッサ公爵となったルヒティの孫は、笑いながら脳裏に描いた祖父を見る。

祖父もまた、笑っていた。

Smiling face

第三章

Episode/03

Legend of Ishlean

アルメニア王国の王都フォンテルンブローにリニティア姫一行が到着した。外交官のコルジフは、グラミア大使館準備室の長として彼女を迎える。彼は姫君から、長旅で積み重なった苛々をぶつけられることを覚悟していたが、彼女は負の感情を大都市の華やかさで吹き飛ばされていて、上機嫌と言って差し支えない表情と声で迎えの者達を労った。これにコルジフは安堵したのだが、部下からの耳打ちでしかめっ面となる。

「首相閣下は、ベルベット殿と会おうとなされないのか……」

「ええ……門前払いの連続らしいです、はい。ベルベット殿から、もう少し時間をくれと頼まれまして……」

コルジフは頷き、リニティアの為に用意した屋敷へと彼女を誘う。姫君は、輿入れまでの半年間、この屋敷でアルメニア王家の作法などを学ぶのである。その彼女に付き従ってフォンテルンブロー入りをしていたドゥドラは、茶色の髪を指で弄りながらコルジフに挨拶をした。

「ナル様のところで武官の任を賜っておりますドゥドラ・エザトラヒでございます。護衛と案内役の責任者を務めておりましたが、ここでお役御免になり申した。それでは、床屋に行ってきます」

「は?」

「旅で伸びまして……」

「それはわかるが、補佐官閣下からの文では、ベルベット殿と一緒に交渉にあたると……その杖は?」

コルジフは、ドゥドラが大事そうに抱える杖を見て首を傾げる。というのも、コルジフから見て、相手は杖を必要としないような屈強な男であったからだが、不思議がられる男は真面目に取り合わない。

「王宮に入るに、不作法な髪ですので。では」

「……はぁ」

コルジフは、さっさと歩きだしたドゥドラの背に溜息をつく。

「……とにかく、文書の作成はやっておけ。合意した直後、すぐに動けるように！」

コルジフの指示に、部下が慌ただしくその場を離れる。そこに、リニティアの声が届いた。

「茶が飲みたいのぉ！　茶をこれぇ！　茶を早ぅ！」

「はい！　ただいま！」

コルジフは叫んだ。


散髪をしたドゥドラが、ビスケットの包みと、布に包まれた杖を抱えて王宮に入ったのは、到着した日の夜であった。

広大な敷地には王家の居住区である内宮を中心に、王族が公務にあたる外宮の他、国の行政機関が集中している。元帥府、立法府、行政府、最高裁判所、議事堂、国土院、王立図書館、元老院府、法務院、財務院などなど、あげればきりがない。つまり王宮といっても城があるだけではなく、国の重要施設の集合体を差して王宮と呼んでいるわけである。よって王宮内の移動には、入宮監視門で借りる馬や、敷地内を周回する馬車を使う。

彼は馬を借りた。

首相であるレニン・シェスターがいるのは、行政府だ。そこに行けばベルベットもいるだろうと、彼は迷いなく向かう。

案の定、行政府三階の通路で、彼は彼女を見つけた。

首相執務室の外、入室の順番までを待機する人達が使う椅子のひとつに、彼女は腰かけている。夜ということもあって人が少なく、ベルベットの他、初老の男が一人だけであった。

首相執務室の扉が開き、首相秘書官が人を呼んだ。

「ロジェ・レミ殿、お会いになるそうです」

ベルベットよりも、順番では後の席順であった初老の男が腰をあげて、彼女に会釈をして中へと入っていった。

少女は、ポツンと座ったままである。

ドゥドラは、散髪という名目で街に出て、実際に散髪はしたが、他の目的であるビスケットの調達もしており、それはベルベットの為であった。

「ベル様」

声をかけた彼に、少女が顔をあげる。

ドゥドラは、ベルベットの好物であるビスケットを包みから取り出す。そして杖を彼女に差し出したが、ベルベットは首を左右に振った。

「杖は持っていてくれ。必要な時は言う……道中、何事もなかったか?」

リニティアのことを訊かれているのだろうと理解したドゥドラは、頷きを返すと同時にビスケットを差し出す。彼女は微笑み、菓子を摘むと口に運んだ。

「甘い……のだ」

「どうです？　首相閣下はお忙しいので、まだ待ちますか？」

「ずっと会ってくれないのだ」

「これまでの我儘が、現在ですよ、ベル様」

「……お前、痛いことを言うのだ」

ドゥドラは微笑み、謝罪を口にすると包みごと彼女に差し出した。少女が受け取ったのを見て、彼は首相執務室の扉を眺める。

「ベル様、そこでビスケットを召し上がっていてください」

「ん？」

首を傾げた少女は、ドゥドラがツカツカと執務室の扉に近づくのを見て驚く。

彼は、扉を押し開いて中に入ると、驚く首相秘書官を無視して進んだ。先程の客と、その対面に座るレニンを見据える。

「無礼者。出て行け」

首相の声をドゥドラは無視した。

「閣下、お時間は取らせませぬ」

「……ドゥドラ」

レニンは、娘の身辺を守っていた傭兵の名前と顔を知っていた。その腕前も存知であったが、このようなことをする男とは知らなかった。

「ベルベットには、会いたければ待てと言ったはずだ」

「それは、いつまで待てばよろしいので？」

「順番がくるまでだ」

「ベル様の前には、あと何人おりますので？」

ドゥドラは、首相から秘書官へと視線を転じる。

秘書官は狼狽えるばかりであった。それは、彼はレニンからベルベットを入れるなと命じられているからである。そうと気付いたドゥドラが口を開く。

「首相閣下は、ベル様と会うべきです。なぜなら、それがお二人の為になりますし、国の為になります」

「お前ごときが口を出すことではないのだよ」

レニンが唇を歪めて、不快さを露わにする。彼女とすれば、傭兵風情が立ち入ってくるなという反感であり、ダリウスといいこの男といい、娘の味方ばかりをするという苛立ちであった。

「あの閣下……私はまた改めますので……」

居心地の悪さに、レミという名の男がこそこそと室を後にした。

直後、ドゥドラとレニンは同時に声を出している。

「ベル様を中に」

「ベルベットを入れるな」

二人に言われた秘書官は、どうしたものかと迷ったが首相に従った。彼はレニンの秘書であり、またそうであるからベルベットのことも知っていて、両者の関係は聞かされるまでもない。

これまで秘書官は、親子喧嘩の域を超えた争い——端的に言えば魔導士同士の決闘を幾度も見てきたがゆえに、二人を会わせてはならないと思う。しかし一方で、執務室の外で、許可が出るまで待ち続けるベルベットの様子に、変化を感じ取っていた。それで彼は、レニンに従いつつもベルベットに同情を向けている。

そういうものは、レニンに伝わるものだ。

だから彼女は、冷たい声でドゥドラに言う。

「今ここで、俺の魔法を浴びたいか？　跡形もなく消し去られた後でも、お前はベルベットに会えと俺に言えるかな？」

ドゥドラは、相手の警告が本気であると受け取った。

レニンの声、表情、目の強い輝きが、彼にこれ以上は駄目だと悟らせる。

ドゥドラは、諦めたように肩の力を抜いた。

「閣下、申し訳ございません。しかしながら、これだけは申し上げます。ベル様がしたことは、貴女が彼女にしたことです。貴女がベル様を作ったから……ベル様はグラミアで……」

彼は、脳裏にナルを描いていた。

そして、彼に抱きつくベルベットを蘇らせた。

少女の犯した間違いで人生を狂わされた男は、それでも相手を許そうとしている。それに比べて、子を許さぬ親はどれだけ狭量なのかという責めをレニンに覚えたドゥドラだったが、レニンから発せられる殺気が強まる中、退室せざるをえないと一礼する。

無言で室を出た彼は、ビスケットを齧るベルベットの前に片膝をついた。

「駄目でした。申し訳ございません」

「いいのだ、ドゥドラ。これは、私がしないといけないことなのだ。ドゥドラは、コルジフ殿達を手伝ってくれ。元老院議長、外務主席担当官に、コルジフ殿を紹介して欲しいのだ。ヨハン陛下が彼らに話はしてくれているはずだから、会って話はできるはずなのだ」

「……陛下から、首相閣下に言ってくだされば早かったのですがね」

「……」

ベルベットは赤面し、「にゃははは」と笑うとドゥドラを不思議がらせる。こんな表情と笑い方をする人だったかと目を丸くする彼に、彼女は早く行けと言って追い払った。

レニンはしばらく執務室で仕事にあたっていた。

時刻は深夜になっている。

秘書官を先に帰らせたのは、聞かせたくない会話をすることが目的である。

彼女は、誰もいなくなったはずの室内で、口を開いた。

「で、グラミアが申し込んできた内容は？」

レニンの魔法で作り出された光球が照らす室内。それでも光が届かない暗がりから、返答が発せられる。

「オルビアンの共同開発と支配、そして帝国との和平を仲介せよというものです」

声の主が、一歩踏み出し姿を現す。オレンジ色の髪を後頭部でひとつに縛っている彼女は、女性らしい肢体を黒い服で隠しているが、魅惑的な膨らみとくびれは隠しきれていない。

フランソワ・ジダンは、アルメニア王国諜報部のひとつである『草』と呼ばれる集団の幹部であるが、彼女の経歴は立派なもので、その彼女がどうして影のような仕事を好むのかは長い話がある。要点だけをまとめれば、父親の仇であるカミュルとダリウスを殺したいからであるが、ひとつが帝国によって成された今、残りのひとつに執着していた。

フランソワは無表情で口を開く。まさに唇だけを動かしているといった顔だ。

「閣下、放置すればよろしいと存じますが」

「お前はダリウスを殺したいからそのようなことを言う。しかし、俺は彼に死なれたくない」

「傭兵が一人、減ったところで世の中は変わりませぬよ」

「お前の父親が死んだのは、世の中にとって大きな損失だった。しかし、だからといってダリウスが死んでもいいとはならない。これは世の中云々ではなく、俺が嫌だからだ、わかるか?」

レニンはフランソワにソファを勧め、自らは執務机の棚を引き開けると、ブランデーが入っているスキットルを手にする。

「飲むか?」

「結構です」

「グラミアはそれだけ苦しいのか？」

「国力での不利を、戦略と策謀で補っておりますが、戦い続けることができる帝国と限界があるグラミアでは、最終的な決着はどのようなものであるか予想は難しくありません。帝国も苦しいのは同じですが、戦争というものだけを見ると、戦い続けることができる帝国は時間をかけさえすれば、グラミアに勝つでしょう」

「そうなる前に、終わらせたいわけか」

「王陛下は……」

フランソワは、ベルベットと会ったヨハンが、和平交渉に前向きであることを告げる。

「弟殿下は、グラミアの姫君を迎えるにあたって、彼女の実家たる国が難である状況に心を痛められるでしょう。弟殿下は、何よりも戦をお嫌いであられますゆえ」

「俺も嫌いだ……戦争は。人的被害、経済損失……莫大だ。ゆえに戦争を解決手段にしたくはないのだ。このあたりの違いが、俺とカミュルの違いであったが……話せばわかる相手は限られるという現実を知らぬ者達の主張と、俺が戦争を回避したがる理由を一緒にされるのは腹立たしかった……グラミアと帝国の和平……アルメニアが仲介する意味はわかるが、それにどうしてベルベットが協力している？」

フランソワは、室の扉へと視線を転じる。ベルベットがまだ、外でレニンを待っていることを彼女は知っているからだ。

「ベルベット様は、グラミアに入りました。詳しい経緯はわかりませぬが、グラミア王補佐官殿と親交を持ちました」

「ナル……サトウか。ナル、ナル、ナルだ。最近、世の中の面倒はあいつのせいではないかという冗談があちこちで言われているが、その男とベルがどうして仲良くしているのかがわからん。そのナルは、優秀な魔導士か？」

「いえ、魔導士ではありません……というより、剣すら扱えぬ男です」

「……少しばかりずる賢いだけでは、ベルの関心を得ないであろう……？」

「ご本人から伺ってみては如何ですか？」

「……お前までそのようなことを俺に言うか？」

「グラミアを放置してくれぬのであれば、閣下の味方は致しませんので」

フランソワはツンとして言い、苦笑するレニンに会釈をすると立ち上がる。そして、扉を眺めて言った。

「外にまだ、いらっしゃいますよ」

「嘘だろ」

「いいえ、いらっしゃいますよ」

レニンは考える。

彼女が知る娘（ベルベット）とは、こういう時、扉を蹴破って入ってくる娘であった。そして魔法を発動させて室内を滅茶苦茶にした後、話を聞けと主張する相手である。その彼女が、どうして外で大人しく待つようになったのかと、レニンは親として興味をもった。そしてそこに、ナルという魔導士でもない相手と親交をもったことが関係しているのなら、どう繋がっているのか知りたいという欲求を覚えていた。

「ここ数日、らしくないほどに大人しくしている。ただ待ち続けるなど、変わり様には驚かされる……フランソワ、ベルベットを呼べ」

「……ご自分でなされませ。では、失礼します」

グラミアを放置しないというレニンに対する仕返しを、フランソワはしたのである。


「ベルベット」

自分の名前を呼ぶ声に、少女は瞬きをした。それで眠気を払おうとしたが、瞼は重い。

「ベルベット、風邪を引くぞ」

「新薬が効くかを試せるのだぁ……むにゃ」

「起きろ」

ベルベットは、母親の声だと気付いて飛び起きる。それで彼女が座っていた椅子がガタガタと揺れた。

彼女の目の前には、赤いローブをまとったレニンがいた。厳しい目だが、少しだけ微笑んでいるように少女には感じられた。

「中に入れ」

レニンが先に室へと消える。

ベルベットは、手の平で頬をパンパンと叩いて頭を払う。そして、拳を握って中へと入った。執務室の中は明るく、薄暗い通路と対照となっており、少女は目を細めて慣れるまで少し苦労した。

「俺に会いたかったのは、グラミアのことで、だな？」

ソファに腰掛けたレニンの言葉。

ベルベットは、おずおずと母親へと歩み寄り、眼前に両膝をつく。それに驚く親を無視して、子は口を開いた。

「母上……私は、とんでもないことをしてしまいました」

「とんでもないこと……」

レニンの脳裏には、これまで娘がしでかしてきたあれこれが浮かんでいて、それらを反省しなかったベルベットが言う、とんでもないこととはどれだけの大事だろうかと目が眩む思いとなった。無意識にこめかみを揉んだレニンは、続けて発せられた娘の言葉に茫然となる。

「過去から、古代人を召喚してしまいました」

ベルベットの告白に、レニンはらしくないほど頭の中を空白にさせていた。呆気にとられる母親を無視して、娘が言葉を続ける。

「召喚魔法と、転送魔法を組み合わせることで、過去から人を、現代に呼び出すことに成功してしまっていたのです。ですが……事故のようなもので、解は合っていたが過程は間違っていて、たまたま問題を解いていたという状態なのです」

レニンは、混乱のあまり話すことができない。

それが、ベルベットにとっては叱られる一歩前のように感じられる。

「ごめんなさい、母上……ごめんなさい。私は、とんでもないことをしてしまいました」

レニンは黙ったままだ。

ベルベットは、母親から目を離さない。

ナルから、レニンには自分のことを話してもいいと言われていたベルベットは、そこに、ナルが考える『ベルベットが謝罪せねばならない相手』が他にいることを理解した。親に、子として、過ちの告白をするように、と言われているのだと納得した。それを彼女は、ナルから課せられた罰だと受け取っている。ベルベットは、彼から許されたいと願うだけでは叶わないと理解し、己の罪を、誰よりも親に告げて謝罪せねばならないのだと諦めた。ゆえに今の彼女は、親に叱られる前の子供そのもので、彼女の表情も心情も、それに相応しいものであった。

レニンは、だが叱らなかった。

もちろん、激昂もしなかった。

彼女は、ベルベットの母親としてではなく、研究者として問うたのである。このあたりが、この母子をおかしくしている原因であるが、レニンもベルベットもわかってはいない。

「証明できるのか？　お前がいう古代人が、古代人であるということを」

「彼の発言が信頼に足る証言となることが前提です。ですが、その人は、こんな嘘をつく人ではありません。彼の……悔しさ……」

ベルベットは、脳裏にナルを描く。

実験の成功を喜ぶベルベットを、彼は殴った。その時のナルを、彼女は今、思い出していた。

「……怒り、悲しみ……嘘ではないと感じます。その彼の頼みだから、私は母上の前に立つことを受け入れました。これまでの自分を反省できる機会を……彼から与えられましたから」

レニンは腕を組み、娘を眺める。

彼女は研究者として、ベルベットの主張は推測と思い込みを根拠にしたものに過ぎないと気付いている。それでも馬鹿げた話だと無視できないのは、娘は自分の失敗を誤魔化すための嘘をつかないと誰よりも知っているからだ。そうであるからベルベットは、他人に対して厳しく、逃げることを許さない強情さがあったと母親は理解していた。そして、そこから生じた弱者への強い姿勢は、皆の反発の原因になっていたと知っている。しかるにレニンは溜息を飲み込み、ベルベットは確かに変わったと認めた。それはきっと、娘が言う古代人とはナル・サトウであろうと推測し、そうであるから、目の前の少女の変貌があるのだと瞼を閉じる。と同時に、グラミアの躍進が彼の手によるものである現実に唸る。また、彼が記憶喪失であったところをイシュリーンが拾ったという噂を思い出し、古代人を、そうと知らずとしても、迎え入れたイシュリーンの懐の深さ、人としての温かさを感じ取った。

首相は、助けたイシュリーンと、助けられたナル・サトウが、ベルベットに出会ったから、今の娘がいるのかと微笑んだ。レニンは、二人がベルベットを助けたと察していたが、それにしても、と苦笑に変える。

「わかった。しかしお前は、つきあいで国の大事を決めろと迫っている自覚はあるか？　お前は私の子だから、利用されている自覚もあるか？」

「あります。ですけど、私は彼の助けになるなら、母上の子供で良かったと思える今があります」

両者の視線が重なる。

「母上、全ては繋がっていると思います。私が母上の子供として生を受け、彼を呼びだし、彼と出会った……これは、必然だったと思います」

「お前の論調は情緒的すぎる」

「わかっています。でも……私はナル殿を助けたい！」

ベルベットは叫んでいた。

これまで腹の底にたまっていた我慢が、口から吐き出されたように、彼女は解放された気分となって紅潮していた。

「私は……ナル殿を助けたい！　私のことを救ってくれた彼の役に立ちたい！　彼と会わなければ！　私はずっと自分勝手な研究ばかりをしていた！　魔法、歴史……医療……それらを自分の為に利用しようとしていたの！　それはきっと……古代文明を滅ぼした研究者達の欲望と一緒！　私、気付かせてくれたナル殿を助けたい！　母上……お願いします」

「……ベルベット」

レニンが手を娘に伸ばす。それは優しくベルベットの頬に触れて、こぼれていた涙を拭っていた。

「お前が……研究や動物以外のことで、こうまで言うのは初めてだ」

「母上……お願いします」

ベルベットはそこで口を閉じると、床に額をつけた。

レニンは、条件をつけた。

「臨時国会で決める。皆の前で、私の代わりに話せ」

ベルベットが、母親を見上げる。

レニンは厳しい表情を作り、口を開いた。

「お前の気持ちは正しくもあり、間違いでもある。人は、究極を言えば、己の為に成したい生き物である。だが、お前が言う……そういう気持ちは、立ち止まりかけた時の推進材にはなり得る。必要な想い……気付きだ。その気付きをお前に齎した男に免じて、機会をベルベット、お前に与える。元老院議員達の同意を取り付けるのは、私ではない。お前だ……お前の仕事だ……帝国と、グラミアの戦争に関わったお前の責任なのだ」

母は、まっすぐに自分を見上げる娘から目を逸らさない。

娘は、母の表情に、少しだけ柔らかなものを感じ取る。

レニンはここで、ふっと息を漏らすとベルベットに言う。

「お前が、そのナル・サトウとやらが古代人だと証明できる日がくることを祈ってるよ」

母から掛けられた言葉で、娘は再び涙を流した。

ベルベットは、母を憎みながらも愛されたいと願っている自分を、改めて自覚したのである。それは、これまでずっと否定してきた願望であり、反発の根本であった。

彼女は、執務机に戻る母親を見る。何と言えば、母親との関係を改善できるかと懸命に考えた。

しかし……。

「もう行け。俺は忙しい」

レニンは椅子に腰掛けながら、ベルベットを見もせずに言い放った。

「は……母上」

娘の声は動揺で激しく震える。

「ベルベット、お前はグラミアの使者だ。それを忘れてはならない」

突然に突き放されたような感覚に、ベルベットは唇を噛む。

少女は、らしくないほどに疲れた表情で母親の室を辞した。

⁘

オデッサ公爵ハンニバルの騎兵連隊が、スーザ人の墓場と呼ばれる丘陵地帯で、敵騎兵連隊を撃退したという報は、すぐさまイシュリーンに届いた。

彼女はこれを、グルラダの城で受けている。明日には西へと軍を率いて発つという日の、夜のことである。

湯煙の中で、侍女達に身体を洗われる彼女は、近衛連隊の女性士官が、風呂の外から大音声でした報告を聞き、安堵と共にナルの無事を祈った。

「わかった！　オデッサ公には、公であれば当たり前のことをいちいち褒めぬと伝えよ」

「承知しました」

女性士官がさがった直後、王の身体を洗う侍女が困ったような声を出す。

「陛下……月のものが始まっておりましたのに、構わず移動されておられたのですか？」

「……気付かなかった。余裕がないゆえな、今は」

「お身体は大丈夫ですか？　お熱は？」

「問題ない。いや、少し重いかもしれぬが……いずれは収まる。今はこんな事で休んでおれぬ」

侍女達の溜め息が王の周囲で発生し、イシュリーンは照れた笑みを返した。

「陛下、馬車での移動に替えてくださいませ」

「……わかった」

イシュリーンは承諾した。

侍女達に着替えを手伝わせ、浴室から出た彼女は文官や武官が行列を作っている光景に瞬きをする。

王が留守、軍務卿、政務卿も不在とあって、決済が止まってしまっているのだ。

「お前達の判断にゆだねる。問題があった時は、予が主神（オルヒディン）にお詫び申し上げるゆえ案じるな」

イシュリーンは発言で行列を解散させると、慌ただしく近寄ってくるダリウスを見た。彼は騎兵を率いて先行し、アラゴラ内の中小貴族が有する領地を警戒していたので、その報告があるのだろうと
イシュリーンは手招く。

ダリウスはイシュリーンの前で一礼し、彼女の後ろに回り、立った。

「報告！　ルブリン公が諸侯討伐を決定いたしましたゆえ、国軍の一部を公に」

「……許す。だが回す部隊はないゆえ、近衛連隊の一部を公に預ける。アビダルには私から言う」

「……それでは、王陛下が危のうございます」

ダリウスの反論に、イシュリーンは笑った。

女傑だと、雷神（トールアン）が評する笑みであった。

「ハッハ！　戦場に安全な場所などない。帝国を討てば、諸侯の態度も一変する」

「は」

ダリウスは歩みを止めないまま一礼した。

歩く王が、振り返らずに口を開く。

「敵騎兵が、クローシュ渓谷南を抜ける動きをしたのを聞いたな？」

「ええ……なかなか、味な真似をする相手です。大軍同士がぶつかる直前の、腹の探り合いを逆手に取った急襲策……成功されていれば、かなり痛かったですな」

「マルームはよく我慢してくれた。それに、さすがはハンニバルだ。これを防いでくれたことはとてつもなく大きい。また敵騎兵が痛手を被ったのも大きい。心理的に優位に立てるのもありがたい」

「ザンクト・ドルトムントは壊滅、逆襲の一手も防がれた……俺であれば、グルラダを抜くことに集中します」

「私もそうする。ゆえに、我が軍が敵を止めねばならない。リーベグ荒野が想定戦場だが、おそらくそこになるだろう。これはナルも、伝令で進言してきたことだ」

「は……ですが、シュケルのことです。馬鹿正直な動きはしませんでしょう」

「……私も彼と同じくらいひねくれているから、馬鹿正直に敵の正面に立つような真似はせぬ。それに、ナルはもっとひねくれているからな」

ダリウスはうすら笑った。

二人は同じ速度で、同じ方向へと進みながら会話を続ける。

「レニアス卿とジグルド卿がいれば、陛下のお近くは問題ございませんでしょうから、遊軍を率いさせて頂けませんでしょうか？」

「何か考えがあるか？」

「決戦となると、両軍が取っ組み合いを始めるわけですが、こういう時、伏兵や遊軍による急襲というのは思ったよりも効果がありますゆえ……あと、戦況によっては局面に介入することも可能です」

イシュリーンは、ダリウスは自由にやらせたほうが力を発揮するだろうと認める。また彼も、そう自己評価しているから許可を求めてきたのだと、彼女は理解した。

ダリウスはさらに続ける。

「外人連隊を預かっていた時の俺が、周囲から褒められていたのは、本軍とは離れて別行動を取りつつ、本軍と連動して敵の泣き所をちくちくと突いてやっていたからです。陛下やナルの戦い方は、離れていてもわかりますゆえ、どうか」

「わかった。規模は？」

「……騎兵一個連隊三〇〇」

「許す。ただ条件がある」

「伺います」

「全てにおいて、お前の判断を徹底するように」

「……承知しました。では、不敬ですがお先に……」

彼の足取りは、力強く、頼もしいものだとイシュリーンには感じられた。

⁘

イシュリーンが率いるグラミア国軍本隊一二〇〇〇は、物資に不安を残しつつもグルラダを発った。ただ、物資が不足しているのは一時的なもので、兵站が再構築されれば解決されるはずだ。しかし、それを待つ時間は許されていない現実がある。

王国暦一一六年、終年月中旬で、正確な日付は残されていない。これは書記官すら多忙を極め、記録は後で書けばいいと思ったのだが、後日、あれはいつだったかと思い出せず、周囲に尋ねても、誰もが別々の日付を口にするものだから、困ったすえに『中旬』とだけ記したのである。

それほどにグラミア国軍にとって多忙極まる日々の出発点は、グラミア本国に比べて温かいアラゴラ地方であっても雪がちらつき、空気は張りつめた、そんな朝であった。

馬車で移動するイシュリーンを最後列に、青い甲冑の軍列は整然と行進した。騎兵達の出入りが激しいのは、伝令と斥候の動きが休みなく行われているからである。馬蹄の轟きは絶えず、行軍中の兵士達も、いよいよだという興奮で目を輝かせている。

彼らも、神聖スーザ帝国と戦いたいのである。

国軍の兵士達こそ、帝国に勝ちたいのだ。

彼らは、諸侯の勢力争いによる国情不安定が、外敵の侵攻を容易くしたと記憶している。体験もしている。そして、その中で苦労する王女を見ていた。その王女が、苦労の末に王となり、帝国と戦う為に国内を統一し、アラゴラと東部都市国家連合に膝をつかせた後の今日(こんにち)、三度(みたび)、帝国と戦おうとしている。それも、これまでよりも規模の大きな、決戦と呼べる大きな戦闘が予感される。そして、その戦いを前に、グラミア王補佐官でありリュゼ子爵である男が、ザンクト・ドルトムントを壊滅させた報が、兵士達の士気を凄まじく高めており、中小貴族の非協力など彼らにとってはクソ喰らえの心情が近い。これは、貴族の論理に苦労していた過去があるからで、ここにきてまた保身で動くかという憤りと、相容れない価値観に対する呆れと諦めがある。

「矢が足りないらしいが、剣でぶち殺せばいいんだ」

ある兵士が言う。

「ああ、矢がもったいない。溝鼠(スージリアン)に刺さっては矢も気の毒だ」

他の兵士が冗談で返した。

「奴ら、アラゴラ西部で略奪を激しくしているらしい。補佐官殿に食い物を焼かれて、それをアラゴラ人から取り戻そうという魂胆らしい。相変わらず、奪うしか能のない馬鹿共だな……」

ある兵士が、聞き知る帝国軍の情報を口にした。それを皮切りに、兵達が次々と喋り始める。

「ああ……物乞いのほうがまだマシだ。頼み込むばかりだから」

「溝鼠(スージリアン)は、物がもらえないと噛みつくからな。しかも黴菌まみれの口だ。噛まれたら、おかしな呪文ばかり唱える病気になるらしいぞ。スーザ、スーザ、スーザ、スーザ……気色悪い」

「早く始まらないかな……ぶち殺してやる」

「おお。俺は親友を前回、殺された。溝鼠を十四、始末してやると天上の友に誓った」

「そんな供物、親友は喜びゃしないよ、馬鹿だね」

彼らのお喋りは声量が大きくなっていて、上官が怒鳴る。

「おい！　騒がしい！　静かにせぬなら戦闘時に後方に取り残してやるぞ！」

兵士達は苦笑を連ねて、口に指を立てて黙った。

⁘

ドラガンは迷っていた。

ナルを探すも行方を掴めず、リュゼで過ごしているうちに帝国軍が接近をしてきて、離脱するにも一戦交えねばならないほどの距離となっていたからだ。城壁の外には、帝国軍の威力偵察部隊が頻繁に現れ、アズレトは決断をと当主を急かす。

ドラガンとて、帝国軍と戦うつもりはないからさっさとここを離れたい。しかし、ナルを捕まえることができず、帝国軍を前に尻尾を巻いて逃げ出せば、後々、あいつは何がしたかったのだとグラミア内で笑われるに違いなく、悩むのである。

ドラガンはそもそもの目標は、グラミア国内での復権であることを強く自らに言い聞かせ、この状況を利用するしかないという方向での思考を展開した。

「……となれば、自主的に帝国軍と戦うべく参上したと陛下に勘違いしてもらおう」

「……あの陛下が、されますでしょうか？」

アズレトの心配そうな表情に、ドラガンは口を閉じて腕を組む。

「リューディアどのをこれに」

「は……」

こうして、リューディアは再びドラガンの前に立つことになった。前回と違うのは、枷をされていないことである。

「お呼びでしょうか……？」

生意気な目付きと口調の少女を前に、蛇目（サベルアイ）をギョロリと動かしたドラガンは無理に笑みを作った。

「配下の者どもも、リュゼの外に出られるがよい。お父上には、宜しくとお伝えくだされ」

「……わたしを解放したところで、貴方の叛意が誤魔化せるわけではありませんでしょうに」

リューディアの反撃に、ドラガンは本気で笑った。

「ハッハ！　まあ、そう言わずに。俺は別に陛下に対してどうこうではなく、ちょこっと、リュゼ子爵との確執のケリをつけたかったまでだ。しかし奴はいない……帝国の奴らは迫って来ている。奴は現れない。そこで、そなた達には逃げて頂き、俺が代わりにここを守ってあげようというのだ。これでリュゼ子爵に貸しを作っておきたいわけだ……それに、そなたは口ではいろいろと言うが、内心では、お父上や補佐官に迷惑をかけたくないであろう？」

リューディアがビクリと反応する。彼女は、懸命に隠していた泣き所がばれていたことに動揺を隠せない。

ドラガンはわざと、優しく微笑んでやった。しかし、蛇目(サベルアイ)のせいで不気味である。

「俺はそなたを辱めたいわけではなく、人質にしたいわけでもない。主人の留守をよく守ったと思っている。我々の急襲を受けて、即座に開城を判断したことで人的被害を避けた。我々も、無駄に兵を死なせずに済んだ。よって、そのお礼くらいはせねばならないと思ったわけだ。堂々とお父上……主人の元に帰られるがよかろう」

ドラガンの言葉が終わるや否やというところで扉が叩かれたが、彼は構わず言い終えて、それから入室を許可する。兵が一人、入り口で直立すると報告をする。

「聖炎騎士団(オルディーン・ハイトフラメー)総長から使者です。追い返しますか?」

「いや、会おう。時間稼ぎにはなる。リューディア殿、さっさと逃げろ。今なら、無事に行けるはずだ」

ドラガンの言葉に、リューディアは強張った笑みのまま感謝を述べる。

「……ともかくは、礼を申し上げます。すぐに……離れます。本当に兵や官僚を連れ出してもよろしいのですか?」

「籠城になる。その時に、不安要素を抱えておきたくない。さっさと行くがいい」

「……ありがとうございます」

リューディアは、言われた通りにさっさとドラガンの前を辞した。彼女は、ウラム公にどのような意図があれども、結果としてリュゼで敵を足止めしてくれるならば文句はないと考えると共に、自分を人質にしてナルや父親にあれこれと要求を突きつける事態は回避できたと安堵もする。後半は、ドラガンの指摘通りであったわけだ。そんな彼女を送り出したドラガンは、スーザ人達の使者を迎えるべく執務室から出る。

「何と言ってくるかな?」

ドラガンの後ろに続くアズレトが答える。

「開城でしょう」

「ここを、俺が押さえていることを帝国の奴らは把握しているかな?」

「だからこその使者でしょう……斥候や偵察の動きが激しいですし」

「そうか……ならば、王陛下にも伝令を送る」

「は……は?」

思わず立ち止まったアズレト。

ドラガンが、肩越しに腹心を眺めて笑う。

「おかしな事ではないだろう?　俺はあの女の臣下なのだぞ」

「開城せよと命じられれば如何いたしますか?」

「その時はするさ、堂々とな。だが、戦いが一段落してからの命令だろうさ。ここは陛下に恩を売って、此度のちょっかいはお許し頂きたい……その為にも、こちらから伝令を出す必要がある」

「その旨、申し上げるので?」

「おう。あの女は、ペコペコすればちょろい。犬のように腹を見せてやっていればいいのだ。問題はチビのほうだ」

ドラガンは、ここでナルにも使者を出すべきだと思い立ち、歩みを止めた。その背中に、アズレトがぶつかる。

「おい！　気を付けろ！」

「すみませぬ」

「リューディアどのを呼び戻せ。補佐官への伝言を持たせる。留守とは知らずお邪魔して悪かった。お詫びにリュゼは守ってやるゆえ、存分にやられよ。戦闘が終われば、リュゼはお返しすると」

「は？　……しかし、彼女は補佐官殿の居場所を知らぬと……」

「おいおい……お前はお人よしか？　嘘に決まっているだろうが」

ドラガンの呆れ顔で、アズレトは赤面した。彼はまさか、あの少女が嘘を堂々とつけるような子ではないと思いこんでいたのだ。

蛇目(サペルアイ)をギョロリと動かした当主が、家老を笑う。

「ま、そういうお前だから、俺にくっついてここにいるんだろうがな」

ドラガンが笑みのまま、重ねてリューディアを呼べと命じたので、アズレトは赤面したままくるりと反転し、逃げ出すように駆け出したのだった。

アルメニア新暦一四年、一〇月二〇日（十二月中旬）と記録されている日。

フォンテルンブローの中心地にある王宮は、ある種の緊張に包まれていた。それは三日前から議論が続く件に関して、当事者が元老院議員達を前に発言をするのが今日だからである。

三日前から続く議論とは、グラミア王国と神聖スーザ帝国の間で繰り広げられている戦争への介入である。

両国に和平を結ばせようというのだ。

神聖スーザ帝国に敗れたばかりのアルメニアにとって、ここでこの和平を固めれば傷ついた権威を取り戻せるだけでなく、大陸西方諸国が注視するグラミアと帝国の戦争を平和的に解決した立ち位置が、これからのアルメニアをさらに強くするとも見ることができる。一方で、言ってしまえば関係のない戦争にわざわざ関わるのかという意見も多く、これを機に帝国との戦争状態へと突入してしまうのではないかという危惧があった。ロゼニア半島で帝国と戦うのは、アルメニアにとって理由がある。

しかし、グラミアの為に戦う理由は、どこをどう探しても見当たらないのだ。ただ、アルメニア王ヨハンの弟であるジャン・ロベール大公が、グラミアの姫を妻にする予定であるから、こじつけ程度のものは存在するかもしれない。

「グラミアの現行法では、他国に嫁いだ王族の王位継承権は消えてしまうが、グラミアが無くなれば別だ。大陸法にのっとり、グラミアを奪った帝国に対して、弟殿下とグラミア王の妹君の間にできた子供の王位継承権を利用し、王権を主張することができるぞ」

このような悪巧みをする一部の議員もいた。彼らは元諸侯で、そういう争いを現在も覚えているからこその着想であったが、この辺りは諸侯出身の議員を束ねるアルフレッド・ミラが制した。

「貴公らの発言は興味深いが、それをすれば帝国との戦いになる。グラミアを掌握した帝国に勝てるか？　大帝ルイでも不可能であろうよ」

歴史上の偉人を出して意見したアルフレッドは、過去、内戦時には諸侯であり、ベルーズド公爵陣営に与し軍勢を率いて渦中にあった人物であるから、野心がないわけではない。しかし、野心に踊らされるような軽率な人物でもなかった。

元老院議事堂の本会議室には、元老院議員のうち、外交審議会に属する者達が続々と集まっている。ざわざわとする会議室は広いが、一〇〇名近くの人が入れば息苦しい。

アルフレッドは自分の名札が置かれた席に着き、後ろの席の青年を見た。

「おや、珍しい。今日はちゃんと来たな？」

ドログバと書かれた席に腰掛けている金髪の青年は、母親譲りの美しい顔立ちであるが、目の下の隈が濃くやつれて見えた。どうやら、この会議の為に選挙区での仕事を切り上げて急ぎ駆け付けて来たようである。

「眠いです」

「会議中に寝るなよ」

「ベルーズドからだと遠い……彼女のように、魔法で移動できたらと思いますね」

青年の視線は、会議室上座後方に向けられていた。国務大臣席の隣で、緊張するベルベット・シェスターがいる。

「あの子が、持ちこんだらしい。陛下は我々に判断を委ねられて……俺もお前もここにいるというわけだ」

アルフレッドは言い終えて、首相のレニンではなく、国務大臣のクロエ・ドログバが入室し着席するまでを目で追った。彼女の夫は剣聖と呼ばれる武人で、彼と夫婦になったことで、クロエは家名をブローから、現在のものに望んで替えている。複雑な過去が彼女にそうさせていた。

そのクロエの夫の兄を父親に持つ青年議員は欠伸をまたして、早く始まってくれと愚痴った。そんな彼をアルフレッドは笑い、国務大臣を見ながら尋ねる。

「おい、お前はちゃんと叔母上に挨拶を済ませたか？　ひさしぶりの都だろうが」

今にも眠りそうな青年は、欠伸をしながら首を左右に振った。

「叔母様は行政側ですから。ただでさえ疑われるのでね」

「懸命な判――」

「諸卿！　ご起立願います！」

議長の声で、アルフレッドは口を閉じて立つ。

「アルメニア国歌斉唱」

下座の隅に控えていた楽団が、楽器の演奏を始める。

アルフレッドは、国歌を歌うベルベットを初めて見た。

それは、彼だけの驚きではなく、議員達の多くが彼女に意識を奪われる。彼らの視線を浴びる彼女は、演奏が終わったところで、自分はちゃんと歌えていただろうかと心配になった。

「ベル」

少女は、隣のクロエに声をかけられた。

「はい」

「上手だったわよ」

ベルベットは赤面する。

「ベルベット・シェスター、登壇するように」

議長の声で、ベルベットは背筋を伸ばすと、スクッと立ち上がった。

いつもの深紅のローブではなく、青いローブ姿の彼女は、胸に描かれる六連の黄星を誇るように進み、錫杖を抱えて壇上にあがる。その錫杖は、ナルの杖を譲ってもらって黄色く塗ったものだった。

それだけでは簡素なので、彼女は飾りをつけている。

向日葵を模した飾りであった。

ベルベットは、アブリルとナルを救った杖を握り、壇上で議員達の視線を浴びた。

口を開くが、声がでない。

心臓が飛び出しそうだと、一度、大きく深呼吸をした。そして杖を力強く握り、二人を助けたように、自分にもそうして欲しいと祈る。

彼女をよく思わない議員達の数名が、野次るようにわざと失笑する。だがそれが、ベルベットの緊張を少しだけ解してくれた。彼女はそれで、自分がどのような立場であったかを思いだせたのである。

「……このような機会を賜り感謝申し上げます。王陛下、首相閣下、ありがとうございます。また、集まってくださった皆様……国務大臣閣下、議長閣下……ご列席の元老院議員諸卿の皆様、行政府の皆様に、心から御礼を申し上げます」

目を伏せて話し始めた彼女。

話しかけられる側の一人であるアルフレッドは、冒頭の挨拶だけで、ベルベットという少女に何があったのかと目を見開く。以前の彼女であれば、忙しいのに来てやったから話を聞けという挨拶から始まっただろう。

その感想は彼だけのものではなく、その場にいた大人達の九割以上が持つものであった。ゆえに会議室は、おかしな静寂に包まれる。その中で、ベルベットの声は、穏やかに響いた。

「私は、ゴーダ人を親に持ち、アルメニアで生まれました。その中で、ゴーダとアルメニアの対立の歴史が、個人の関係をもおかしくする現実を知りながら育ちました。しかしながら、アルメニアという国は、巨視感では、他者に寛容であります。これに気付くことができたのは最近のことですが、私のような人間が、この国で、役職を得て、好きな研究を好きなだけできた事実は、この国と、皆様の許しがあったからこそでありましょう。恥ずかしながら、離れて初めて知ることができた私は、己の愚かさにつくづく嫌気が差したものです」

ベルベットは、水差しの水を杯に注ぐ。そして、少しだけ飲み、続けた。

その間、誰も一言も発しない。

「私は、旅をしました。調査目的でした……改めてお詫び申し上げます」

ベルベットは、行政府の人間達が並ぶ方向へと深くお辞儀をし、議員達に向き直り発言を続ける。

「グラミアという国に行きました。そこで、グラミア王イシュリーン陛下と、補佐官であるナル・サトゥエ閣下と会いました」

アルメニア語でサトウという音を大きく発音すると、サトゥエになるのである。

「そして、周囲の方々とも会いました……もともとは、古代遺跡の調査許可を求めて面会を申し込んだ私でしたが、彼らは戦争の真っ最中で……振りかかる火の粉を払おうと忙しかったのです。それでも、会ってくださり、調査を許してくださったイシュリーン陛下には、本当に感謝しています。ここで、私は彼らと関わるのですが、皆様が危惧されているようなことはございませんでした。彼らは、私に魔法を使って戦えとか、アルメニアを捨ててグラミアに来いといったことを、要求しなかったのです。誘いすら、されておりません」

「では！　どうしてグラミアの手先となって帰ったのだ!?」

「そうだ！　そうだ！」

議員達の野次。

「静粛に！」

議長の制止。

「自主的なものです」

ベルベットの返答。

会議室がざわつく。そして、どよめいた。

「反逆ではないか⁉」

「アルメニアを裏切っているではないか⁉」

「静粛に！」

「首相は関与しているのか⁉」

「親子揃って、他国と内通しているのか⁉」

「静粛に！」

議長が怒鳴る。

「私は！　友人を見捨てることができませぬ」

ベルベットの言葉は、強かった。

「私は……私と仲良くしてくれる人が、不幸になるのは辛いです。友人が困っている時！　苦しんで……何とかしようと懸命に頑張っているなら、私は手助けしたいです！　私ですら、思うのです——

——」

会議場がざわついたが、ベルベットは構わず続ける。

「——ここで、不思議なことに、私はグラミアという国に対して何も思うところなどないのに、彼らを案じる気持ちは強いということです。つまり、グラミアとは顔の見えない記号のような存在でしかないが、そこで暮らす人達と接すれば、対国家というより、個人と個人という関係が、私に活力と、正義感と、後ろめたさを与えるのです。これは、彼らに限ってのものではないでしょう。現実……私はアルメニアという国に感謝する以上に、こうして顔の見える議員皆様や、行政府の方々への感謝を今は強く抱いておりますから」

ベルベットは、はらりと落ちた前髪を手で払いあげながら続ける。

「私は、ゆえにこう疑います。帝国という国は、憎らしい仇のような国家であり、信仰を統治に利用する不埒な組織ですが……そこで暮らす人達と接した時、同じ感想を抱くだろうか？ ……私達と同じ人間が、家族、友人と生活を紡いでいるのではないか……しかし、一部の暴走、目論見が、人々個々の意思を無視する形で、情勢を作り出しているのではないか……ならば私は、彼らとも会い、人々……人民にとって良い決着とは何かを考えなければならないのではないか……そして、それを考え行動に移せるのは、国民が主権を持つ我が国の他にないのではないか……」

彼女は深呼吸をひとつ挟んだ。

「……大陸の覇権を握る……結構なことです。しかしそれは、武力的手段だけが方法ではないでしょう。平和的解決の手段を実行することが、アルメニアをアルメニアたらんとするのではないでしょうか。一部の権力者の都合に振り回された過去を乗り越え、民が未来を創ろうとするこの国だからこそ、できる手段があると信じたがゆえに、私はイシュリーン陛下とナル殿の頼みを受け止め、今は受け入れ、心から皆様に申し上げています。そして、この方法こそ、実は神聖スーザ帝国の人民にとっても益のある方法であろうと思っております。改めて皆様に申し上げます。神聖スーザ帝国とグラミア王国の休戦協定を我が国が働きかけ、結ばせ、長引く戦争を終わらせる役目をお負いくださいませ。それはきっと、これからのアルメニアがどのような国を目指していくか……に繋がるものと確信しております ゆえ」

ベルベットは、静まった会議室の中で深く一礼をし、壇上を辞した。

⁘

「本当か？」

イシュリーンは思わず訊き返していた。彼女は馬車の窓へと視線を転じている。

外からの報告が、彼女にそうさせたのだ。

「は……アラゴラ方面を東進していたはずの帝国軍が、進路を変更。北上しております。リュゼに向かう模様」

伝令の声に、王は唸った。

ここにきて、進路を変えてリュゼを狙う悪手を、シュケルが取る意味がわからないのだ。物資や時間を犠牲にしてまで、リュゼに執着する理由はないはずである。帝国とすれば、グラミア軍後方に進出する手が潰えた今、グルラダを抜くしか局面を好転させる手はないように思える。

彼女はレニアスとジグルドを呼べと、伝令に命じた。

彼らが到着するまで、彼女は思考を巡らす。

現在、リュゼはウラム公爵ドラガンが押さえている。何をどう考えたかなどイシュリーンには不明であるが、ドラガンはリュゼを急襲した後、不思議なことに彼女の元へと使者を遣わせて来た。そして、対帝国戦において、リュゼの防衛は受け持つと言って来ている。おそらく、当初の目論見がはずれた結果、国軍に協力せざるを得ない状況との判断によるもので、彼にしてみれば仕方なしという類であろうとイシュリーンは断じたが、非協力のままである一部諸侯に比べればマシだという感想を覚えていた。

「あいつは喰えない男だが、犬のように腹を見せている時は信用してもいいか……？　計算で動くゆえに、予想がつくと思えば可愛げがあるか。問題は、敵の転進の意味だな」

彼女は侍女に命じて地図を取らせた。王の馬車は寝室の他、食事を取ったり、人に会ったりに使う空間があり、そこには書棚もある。今は本ではなく、地図が収められていて、侍女はリュゼ地方の地図を取り、王に差し出した。

イシュリーンは寝台の上に広げた。

リュゼにも、帝国軍の一軍が迫っていて、もしかしたら、現在は既にリュゼに肉薄しているかもしれない。その数はおおよそ一万で、これは少なく見積もった場合だ。アラゴラ方面に進出していた帝国軍の数が一万五千程度と確認されていることから、後方などに兵を割いた結果、これくらいだろうという計算に基づく予測である。そして、アラゴラ方面に進出した帝国軍に聖女の旗が掲げられていないことから、リュゼ方面の帝国軍に聖女はいるとも予想した。

「シュケルの軍は、こちらだと思うが……ここまではナルの読み通りだ。シュケルがリュゼへの執着から、リュゼ方面に加わる確率が高いと言っていた通りだが……ハンニバルに奥の手を封じられて、不安になったからと全軍を自軍に集めるほど馬鹿ではあるまい……敵は大軍であるからこそ、別行動を取れるというのに」

補佐官が語った当初の案は、ザンクト・ドルトムントを急襲し敵兵站を破壊することで、物量での不利を逆転させることが起点となっている。その後、急襲策に打って出るしかない帝国軍は、リュゼとグルラダを同時に狙うしかなく、物資不足を略奪で補うにしても、リュゼ地方だけでは不可能であるから、軍を分ける。ここで、シュケル本人はこれまでの経緯から、リュゼ攻略の軍を指揮するはずだった。彼からすれば、何度も苦汁を舐めさせられたグラミアを相手にする場合、前回の失敗を挽回する意味でも、リュゼを奪い、ルマニア地方へと進出したいだろう。

この敵に対し、グルラダ方面に進出してきた帝国軍には、イシュリーン率いる国軍本隊が当たることで動きを止め、リュゼを攻略する帝国軍をナルは狙う。彼は、攻城戦に挑む敵の後背を一気に突いて決めるつもりだった。

だが、現状は変わってきている。

中小貴族の非協力で、グラミア側も一時的ではあるが物資に不安がある。そして、シュケルによるグラミア軍後方への進出策は、リュゼにこだわらない彼の考えが具現化されたものだとイシュリーンには感じられた。

彼女は不安を覚えた。

ナルのシュケル評が、過去の相手に基づいたものでしかないなら、現在の彼には当てはまらず、それがさらにナルを上回っていた場合が、この北進ではないかと思考を繋げてしまったからだ。

「陛下！　失礼します！」

外からの声に、馬車が減速する。

停止した後、侍女が扉を開き、声の主であるジグルドを招きいれた。直後、レニアスも現れる。

二人の将軍は、その表情で、帝国軍の動きを伝令から聞いていると王に伝えた。

「二人の意見を聞きたい」

「北進する敵の背後に喰らいつけば良いと考えますが……」

イシュリーンの声に、ジグルドが一礼し口を開く。

「というより、他にありません」

レニアスが同意を示したが、彼はこうも述べた。

「ただ、敵の意図がそうだった場合、その後の展開をどう描いているかが肝要でございます。悪手ですが……これにより敵の動きに乗る格好となり、これまでとは様子が変わります」

「そこだ。私もそこは思う。これまで、我々が描いた通りに物事が進んだ。しかし、この動きは……悪手であるがゆえに予想していなかった。シュケルならば取るはずがないというおかしな信頼があったからだが……これにはナルも反論できぬであろう。つまり、この動きは予想外であるがゆえに、我々が乗った場合、常識通りに敵後背にぶつかり大勝するか、よくない方向に転び落ちるか……後者であるかもしれないと思う気持ちが強いゆえ、不安なのだ」

「敵がシュケルであるからというところで、我々は考え過ぎている面もありましょう」

ジグルドである。彼はこう続ける。

「これまで、彼は何度も我々を苦しめてきました。これが強烈な記憶として我々にあるから、覚える不安だとも言えます。物事は単純な場合もありましょう……という私も不安ですが」

苦笑で終えた隻腕の青年は、レニアスに視線を転じる。

「悪手に悪手で乗るのは得策ではありません。つまり、こちらが軍を分けることです。あくまでも我々は軍をこれ以上、分けることなく敵と当たるべきです。ゆえに、追うか無視をするかの二択ですが、無視をした場合、リュゼ方面……補佐官殿とオデッサ公が危ない。陛下、我々は追うしかないのです」

老将の言に、イシュリーンは瞼を閉じる。

悪手も、繰り出す相手によって妙手に変わるかと実感していた。

「敵は全軍で北進したのは間違いないと確証を得たい。軍を分けていれば、我々が追った後に、グルラダに接近される」

「既に調べさせており、全軍で北進という情報に訂正はございません」

即答したのはジグルドだった。

「斥候を多く放て。北進……する敵を追うが、後ろにも気を配ろう……ダリウス、ナルにも知らせよ」

イシュリーンは決定した。

∴∵

リュゼ地方南部の森林地帯。

リュゼ師団は悪天候で足止めを喰らっていた。

グラミア軍後方へと抜ける動きを取った帝国軍騎兵連隊を止めた彼らであったが、天候によって動けなくなってしまっている。さすがのハンニバルも雪混じりの豪雨には勝てず、ナルの頭も降参するしかなかった。ただ、これは彼らだけではなく、帝国軍にも言えることである。

リュゼ攻略軍を離れたシュケルの代役であるシュテファンは、リュゼに籠ったウラム公爵ドラガンが開城に応じなかった為、攻撃命令を出したのだが、神が怒っていると兵士達が脅えるほどの悪天候で軍行動を取れなくなってしまった。

リュゼへと転進する帝国軍アラゴラ方面軍も、北上するにつれ激しさを増す雨と寒さに速度は鈍り、イシュリーンの接近を許そうとしていた。

ナルは、世間から言われているような神の遣いではない。よって、世界を空から見下ろして把握しているわけではない。ゆえに、離れた場所で何が起こっているかなど、伝令やテュルク族からの報告がなければ知ることができない。しかるに彼は軍行動だけではなく、天候のせいで情報が集まらないことにも苛立ちを増すのである。

幕舎の中で一人、彼は蝋燭の灯りを頼りに地図を見ていた。

グラミア軍を出し抜こうとする敵の動きを、ハンニバルの読みと行動で防ぐことができた現在、敵はもう正攻法しか取れぬだろうと予想する。大軍の利を活かし、リュゼとグルラダを同時に攻撃することがそれだ。ナルはまだ、グルラダ方面に向かっていた帝国軍の一軍が、転進して北上していることを知らないのだ。

ナルは、疲労で瞼を閉じていた。そして、アブリルの様子もまた届かないと彼女を案じた。彼には、彼女を酷使している自覚がある。怪我をして、まだ十分に戦えないとわかっているにもかかわらず、ナルは彼女に相変わらず仕事を依頼している。だから彼は、後ろめたいのである。

「ごめん……」

ぽつりとこぼれた謝罪に、彼自身が驚く。だが、瞼を閉じたままの状態が心地よく、そのまま、眠っていた。

普段、緊張が解けない中で眠れない彼は、突然の睡魔で、落ちるように眠るのだが、それはとても浅い。夢を見ていると自覚あるまま眠っていて、すぐに目覚めてしまう。

この時も、そうだった。

ナルは夢の中で、実家のリビングにいた。

目の前には、新聞を読む祖父がいて、彼は座椅子に身体を預けている。ナルはその対面に正座をしているとわかった。

祖父は、横目で孫を捉えた。

「期待されて、嬉しいだろう?」

「……期待？」

　祖父の問いに、問いで返したナルは俯く。

「期待されているだろう？　どうだ？　気持ちいいか？」

「……よくありません」

「期待されなければ、期待して欲しいと拗ね……期待されれば、それは辛いと言う。好きなように生きたいと？　ただ自分が進む方向に行ける人生を送りたいと？　誰にも干渉されず、やりたいようにしたいと？　ここを捨てた今の暮らしに、それはあるか？」

「……捨てたわけじゃない……仕方なくこうなっていたんです」

「仕方ない？　お前は仕方なく、他人を殺しているのか？」

　ナルは答えることができない。

「お前は、逃げてばかりだ。言い訳ばかりだった。努力をした？　結果を出して初めて努力は認められるのだ。結果も出さず、できなかった言い訳を羅列し、努力をしたと宣っても、それはただの自己弁護だ」

「反論できない立場の者に、一方的に説教をぶつけるのはやめてください」

「ほお？　反論できないのはどうしてだ？　恐ろしいのだろう？　反論した結果、この家の者ではなくなるのではないかという不安が、お前に我慢を強いるのだろう？　お前は儂を恐れていたわけではない。この家から、完全に切り捨てられることが怖かったのだ」

　ナルは顔をあげた。

祖父は、消えていた。

代わりに、黒い人影が、祖父の座椅子に座している。その人影は、ゆらゆらと揺れながら、耳障りな声で喋る。それは祖父の声でも、ナルが知る誰のものでもなかった。

「お前は結局、他人事だ。今、大胆にも大きな事をしているが、それはお前の居場所ではないからだ。責任のない場所で、何かあれば他の者が尻ぬぐいをする世界で、お前は偉そうにしているだけだ。ルヒティが死んだのも、そうだ。次は誰かな？　ダリウスか？　アブリルか？　イシュリーンか？　いやいや、既にたくさん死んでいたな？　お前は自分のしでかしたことで死んでいった人達の名前を全て言えるか？　仲の良い者が無事で良かったと、戦いが終わる度に安堵しているのだろう？　しょうもない奴だ。お前のような者のせいで死んだ奴らは浮かばれないな」

「黙れ……」

「大軍師だ、英雄だと奉られて鼻が高いだろう？　違う世界なら、お前は傷つかずに済むからな。守るものもない、縛られるものもない、大胆なことも平気でできる。お前はいつだって、周囲の目を気にしていたが、ここにはそれがなかった。そして運も良かった。お前は自分がしなくとも、指図すれば周りが動く立場に立つことができた。傷心の姫君につけこみ、お人よしの傭兵に取り入ったことで、お前は自分が行動せずとも他人にさせることで実績だけを手にできる立場にいるのだ」

「黙れ！」

「黙ろう。だが、俺はお前の自責を代弁しているに過ぎない。俺が黙っても、お前の心は知っている。この世界で、いい気になって国を動かすなんてしているお前だが、実のところ何も変わっていないと。

期待して欲しい。認めて欲しい。大事にされたい。頼られたい。褒められたい。欲は金や権力だけで量れるものではないぞ……そのようなもので量れない欲こそ、闇深いものと知れ、ナル」

「ちがう……」

ナルは、目をゆっくりと開いた。重い瞼は油断すればすぐに閉じそうだが、彼は夢から逃れたくて無理矢理、覚醒するべく目を開ける。

彼の背中は、冷や汗で濡れていた。

ナルは立ちあがる。

「ちがう……口だけ？　指図を出すだけ？　本当にそうなら、どれだけ楽か……そうじゃないから苦しいんだよ……でも、今度は絶対に逃げないんだ。イシュリーンやダリウス……一緒に戦う皆が……この国(グラミア)が好きなんだ」

ここで一度、ナルは口を閉じると、助けを求めるように闇を見つめる。そして彼は、そこに師が立っているかのように感じながら、震える声を吐き出していた。

「先生……俺は、この国が好きです……逃げているわけじゃない……こうなったから仕方なくじゃない……俺は、自分の為にも……グラミアを守りたい。グラミアと、イシュリーンを守りたいです、先生。貴方に誓ったように……」

◆

アラゴラ西部とリュゼ地方では、グラミアと神聖スーザ帝国の軍勢が雨で動けなくなっていたが、グルラダでは違った。テュルク族と聖皇騎士団は、グルラダを中心に網を広げあい、もつれ合うように絡み合った。

アブリルの指示で、テュルク族が国軍に非協力を決め込んだ中小貴族を消そうと動き、そうはさせじと帝国騎士が動くという図である。不思議なことに、グルラダと周辺では、グラミア人の命をスーザ人が守っているのである。

ハインリヒは、グラミア王に非協力を決め込んだロイタール伯爵が突然の病死を迎えた直後、これはグラミア王家に与する者が動いた結果だと気付いた。というのも、彼はテュルク族の存在を、黒装束の女達という認識で知っていたからだ。

彼は当然、テュルク族の動きを止めろと部下達に命じた。

彼にとって、王家への非協力を決めていた諸侯が次々と消され、事態が一気に転換するのは避けたいのである。

帝国騎士達が根城に使っているのは、グラミアによる統治が進むアラゴラにあって割を喰った者達の代表的存在――グルラダで長く商売を牛耳ってきたテダ商会の本店であった。テダ商会はアラゴラ王家に心配りと称する金品を差し出すことで、アラゴラ王家から多くの仕事を請け、利益をあげていたのだが、アラゴラ王家はなくなり、替わりにやってきたグラミア王家の出先機関である総督府は、入札で発注先を決めた。これによりテダ商会は売上が四割も低下し、利益率は目もあてられないほどの悪化となっている。それだけ、テダ商会がアラゴラ王家から受け取っていた報酬は、代金と原価の間に大きな幅があったのだろう。

また、グラミア籍の商会が支店をグルラダに開き始め、アラゴラ商会の代表者達は総じておもしろくない。独占していた商いを、彼らの表現で言うならば、奪われている。

その彼らは、東部都市国家連合が軍勢を北上させた時は大いに興奮し喜んだものだった。だがそれが失敗に終わり、またこれによりグラミア色が濃くなるアラゴラにあって、商人達は帝国に協力することでグラミアの力を削ぎたいと考えた。

ハインリヒの登場は、彼らにとって僥倖なのである。

もちろん、ハインリヒはアラゴラの内情から、これを予想し彼らに接近している。

そして、帝国騎士がグルラダで暗躍していることから、グラミア側も帝国とアラゴラ籍の商会が繋がっていることを察知している。

アルウィンはアブリルを知らないが、相手のほうから接触されれば知ることになる。彼はテュルク族からの報告を受け、アラゴラ人達の商会を処分する方針を固めたが、証拠がないままに動くのはよくないとも思った。

「中小貴族、帝国騎士、アラゴラの商会……彼らは結局、帝国騎士が繋いでいますので、スーザ人を無効化すれば問題ありません。また、その動きの中で、閣下の求められる証拠とやらも出て参りますでしょう」

アブリルの返答である。

アルウィンは、無効化という言葉の意味を尋ねるのは気が引けた。ゆえに、ただ頷きを返しただけである。そうして、彼は表から見える動きだけを指揮することにした。

一方のアブリルは、王に非協力である中小貴族のうち、対帝国戦の兵站に影響がある場所に領地を持つ貴族への行動に集中した。

当然、ハインリヒもこれに勘付く。

こうして両者は、三度目の再会を果たそうとしていた。

場所は、グルラダから北へ一日ほどの距離にある宿場町で、南北縦断公道(グランミジュベル)上だった。ここになったのは、キリヤ伯爵サヒンが供を連れて、本領であるルマニア地方南部へと引き上げる途中に一泊したからである。

ハインリヒは、テュルクの女がサヒンを消すことを恐れた。

それは、サヒンの本領であるキリヤ州は、ルマニア地方とアラゴラ地方の中間にあり、小さくない混乱をグラミア軍の兵站に齎しているからだ。だからこそ、聖皇騎士団(ハイトパプスト・オルディーン)総長は、サヒンが呑気に宿泊していると騎士から報告を受けた直後、迷うことなく自ら騎士達を率いてサヒンを訪ねたのである。

グルラダ北一日の距離にある宿場町には名前がない。それは冬場だけの宿場町で、夏場に比べて移動速度が落ちる今の時期だけ、ここに宿場町が出来上がるからだ。建物はもちろんなく、宿も店も全て幕舎である。ここにサヒンが入ったのは夕刻で、彼の立場であれば明るいうちから堂々と移動できるわけもないはずだが、国軍は対帝国に忙しく、ルブリン公爵アルウィンは彼の荘園に見張りをつけていたが規模の小さな人数で抜け出されては、気付くまで時間はかかる。サヒンは、いざそうなってからが逃亡の本番であると考えており、休めるうちは休むと決めて、大胆にも宿場町で宿を取っていた。しかし、そこには癒えない傷も理由にある。疲労が溜まると身体中がしくしくと痛むのである。

サヒンは兵達に幕舎を守らせ、寝台の上で横になり目を閉じていた。その傍らには、ブリジットが帯剣のまま佇み、出入り口を見つめている。

彼女は、外からの声で瞬きをした。

「閣下、客人ですが……」

「客人？　どんな奴だ？」

サヒンは上半身を起こした。気怠さを隠せない表情がそこにはあり、ブリジットは、主は油断、というよりも慣れてしまっているのだと感じる。あのグルラダ南の激戦があまりにも凄まじかったからだと、サヒンの精神状態を案じるように見た彼女は、次に幕舎の外へと視線を転じた。

「真っ白です」

兵の言葉に、サヒンとブリジットは客人が誰であるかわかった。

「……通せ」

幕を跳ね上げて姿を現したのはハインリヒで、彼は視線を周囲に散らしながら二人へと歩みつつ口を開く。サヒンとは対象的な、用心しているという厳しい顔つきであった。

「呑気な……さっさと国に帰れ。狙われていると忠告してやっただろう。不用心だぞ」

「痛むのさ……傷が。親切に忠告を寄越しに来ただけではあるまい？　用件を言え」

「イグリース伯が死んだ。落馬だ」

「……陛下は……こうして晒されてみるとわかるが、やはり怖いな。反応が早く強烈だ」

「だからだ。さっさと移動しろ。一か所に留まるなど……襲ってくださいと言っているようなものだぞ。イグリース伯は間に合わなかった。お前はまだ無事だ。だからこうして来たのだ。早く本領に入り、閉じこもっていろ……女」

自分が呼ばれたのだと、ブリジットがハインリヒを見る。それは睨むような視線で、聖皇騎士団総長（ハイトパプスト・オルディーン）は顎を反らして続けた。

「そのような目で見るな。俺がお前達の味方であることは承知しているだろうが」

「ああ、こいつはずっとこんな目だ」

答えたのはサヒンで、痛む身体を労わるように寝台から出る。

ハインリヒは、外に向かって声をかけた。

「女に注意しろ」

幕舎の外でキリヤ伯爵家の兵士達が失笑を連ねた。それがハインリヒに舌打ちをさせる。彼にしてみれば、お前達は彼女達を知らないから笑えるのだという苛立ちがあった。

「冗談ではない。女に気を配れ」

総長の指示に、幕舎の外を固めるキリヤ伯爵家の兵士達が生返事をしたが、彼らは自分達と同じく幕舎を囲む帝国騎士達が、揃って緊張した様子であると見て、ようやくその気になりかける。

ハインリヒの部下達は、キリヤ伯爵家の兵士達が見せる反応こそ、通常のものであろうと思う。こうであるから、襲われる側はその寸前まで無防備なのだとも思う。しかし、実際に女に気を配ろうにも、宿場町の中は女が多い。それは旅人目当てに夜の商売をしようと企む者達が周辺から流れ込んでいるせいだ。グルラダに比べて規制が緩いここだからこそ商いができる女達が集まって来ていた。そして、彼女達の多くは宿の幕舎を狙うものだから、キリヤ伯爵家の兵士達とスーザ人達は、周囲にいる女達全員に向かって威嚇をし、他所の幕舎に行けと追い払う。

幕舎の中から、ブリジットが外に出る。彼女は兵士達に、馬車の用意を命じた。

「移動することになりました。馬車を」

「……馬を休ませ始めたばかりですよ」

兵士が反論した直後、その閃光が走った。轟音がした瞬間には、眩い光の放射がブリジットを襲う。彼女は即座に抜剣しており、味方を斬りつけないように後退しつつ幕舎の中へと叫んだ。

「サヒン様！」

返答は、ハインリヒの怒声であった。

「早く行け！」

サヒンが外へと転がるように逃げ出てくる。彼はズボンとシャツだけといった格好で逃げた。スーザ人に助けられる自分を笑う余裕などない。留まれば死ぬという直感が、彼に慌ただしさを強いたが、彼にとって幸運であったのは、襲撃者達がサヒンを狙わなかったということだった。

テュルク族は、ハインリヒを狙っていたのだ。

非協力な中小貴族を消していく動きと共に、あえてサヒンを狙うという情報を敵に掴ませれば、ハインリヒはサヒンが治める領地の立地を理由に阻もうと動くはずだという予想があった。そして事実、そうなっていた。

サヒンは護衛に囲まれて、あたふたとその場を後にしたが、戦闘音が後方で賑やかであると肩越しに振り返った。直後、爆発で幕舎が吹き飛び、炎の中から人影が外へと飛び出す。

「サヒン様！　早く！」

ブリジットに急かされて逃げ出すキリヤ伯爵サヒンを見て、幕舎から逃げ出したハインリヒは長剣を一閃させると同時に笑っていた。

「くっく……そういうことか。これは一杯喰わされたな……狙われていたのは、俺か！」

彼の剣は、襲撃者の腕を斬り飛ばしていた。黒装束が鮮血を撒き散らしながら、独楽のように回転して倒れる。だが敵はひとりふたりではなく、騎士達も個々に相手と戦う乱戦の中で、聖皇騎士団（ハイトバプスト・オルディーン）総長は冷や汗が背を流れたと感じた。

あの女はどこだ？　と、彼が視線を散らした直後、左右から黒装束が接近してきた。

ハインリヒは左の女に剣を突き出し、その反動で回転を加えた一閃で右方向からの斬撃を弾き返す。

帝国騎士達は急襲されたとはいえ、いつ襲われるかという緊張の中にいた為に対応は早かった。しかし、仲間同士の連携を断たれて、二対一、三対一と不利な状況があちこちに発生した狭い箇所で、彼らはせめて総長を逃がせと騒ぐ。

ハインリヒも、そのつもりだった。彼は、部下を犠牲にして逃げることに躊躇いはない。当たり前だという感覚で、光球の魔法をわざと爆発させせためくらましで逃亡を図る。

突然、斜め前から彼目掛けて短剣が投げられた。

ハインリヒは腕で庇う。右の二の腕に深く刺さった短剣が、彼の手から武器を奪った。鈍い音を発して地面に落ちた長剣は、ハインリヒの足に踏まれてさらに鳴く。彼はしかし拾うことはせず、左方向へと地面を転がり逃げ、立ちあがった瞬間には走った。

その時、敵が立ちふさがった。

ハインリヒは、一瞬で相手はあの女だとわかる。

アブリルだ。

彼女は、絶対に相手を逃がさぬと睨み、万全ではない身体に鞭を打ち突進する。低姿勢で加速した彼女の初撃は、ハインリヒが防御をあれこれと予想した範囲外の方法だった。

体当たりである。

それも、抱きつくようにして、彼女はハインリヒとぶつかった。

アブリルは、額を相手の鼻に打ち込む。ガツンという衝撃と鈍い感触で、彼女は相手の鼻を折ったとわかった。しかし、ぶつかる直前に入れられた相手の膝が、自分の腹部――負傷箇所にめり込んだとも激痛でわかった。

「！」

アブリルは痛みを無視した。

「!?」

ハインリヒは、激痛で思わず鼻に手で触れる。

この両者の反応の差で、決着がつく。

アブリルは跳躍すると、ハインリヒの首を右腕で絡め取り、空中で身体を捻じるように反転させた。

腹部の痛みはすさまじいものだが、彼女はそれでも、ハインリヒの首を離さない。彼は首を捻じられ、相手の動きに釣られて空中に浮き、まずいと感じた直後、身体が回転したとわかった。だが反撃も防御もできないまま、地面に頭から落ちる。

アブリルは、片膝をついた状態でハインリヒを見る。聖皇騎士団総長(ハイトパプスト・オルディーン)はうつ伏せのまま、小刻みに震えていた。

彼女は相手の右手を掴み、捻りながら背後に回る。

そこでようやく、閃光の影響が弱くなった。

テュルク族の者達は多くが立ち、帝国騎士達は二人だけが立っていた。彼らは、動かないハインリヒに、アブリルが話しかける様子をただ見ている。

「また、会ったわね?」

アブリルは、ハインリヒの耳元で囁いていた。彼女は、相手が死んではいないと知っていたが、動くことができないとも理解している。

ハインリヒは、経験したことのない痛みと恐怖で涙を流している。

せめて殺されたいと、彼は願った。

∴∵

宿場町で、記録に残らない戦闘が行われた翌日の夜。

グルラダの城には地下室があり、武器庫や食糧庫として使われているが、そうではない部屋もまた少なくない。そのひとつに、誰が誰を監禁する為に作ったのかは不明なれど、そういう目的の小部屋があった。

そこでアルウィンは、その不思議な男と対面した。

鼻が潰れ、片目はくりぬかれ、唇は殴られ続けたことで裂けてしまっている。そして前歯もやはりない。全裸であるから内出血があちこちにあると見て取れる。左腕が肘のあたりでおかしな方向に曲がっており、右脚が左脚に比べて異様に長く感じる。

どんな拷問を受ければこうなるのかという嫌悪感と、それでも生きている男の生命力の強さに、ルブリン公爵は顔を歪めた。

男は、唯一と言っていい無事な箇所、右手に紙を持っていた。

ルブリン公爵家の家老であるコントラが、男から紙を奪い当主に差し出す。

アルウィンは、ひどく汚い字はスーザ語で書かれているとわかり、自分では読めないからと次男のガシィールに読ませた。

そこには、グラミア諸侯の一部が王家と国軍に対して非協力であった原因は、帝国と通じたからであると記されており、それを企み動いたのは自分で、神聖スーザ帝国の聖皇騎士団総長であると書かれていた。

アルウィンは、男——神聖スーザ帝国の聖皇騎士団総長と名乗る目の前のズタボロが、この紙にこう書くに至った経緯を、改めて想像し寒気を覚える。

彼はコントラと、ガシィールに言う。

「これを広める。後ろ盾がなくなったと知れば、奴らも萎えるだろう……そこを一気に叩く」

「陛下にお伺いを立てずとも良いのですか？」

ガシィールの問いに、アルウィンは首を左右に振る。

「いや、既に報告が届いておるだろう。この男がここにいることは、そういう事であろう」

アルウィンの声は、上ずっていた。

⁘

ドラガンは城壁上に立った。重たい雲は未だ晴れを齎さないが、激しかった雨と風は弱まっている。

だが雪がちらつき始めていて、クローシュ渓谷へと視線を転じれば白い景色を遠くに望めた。

「降っているな……」

「しばらくすれば、あの雲がこちらにも来るでしょうな」

アズレトの声。

二人は周囲の兵達に笑った。

「どうだ？　これまでにない矢の量だろう？」

ドラガンの問いに、護衛が苦笑を浮かべる。彼は両手に盾を掲げていて、絶え間ない矢の到来から主を守っていた。

帝国軍八〇〇〇が、リュゼを包囲している。この兵数は凄まじい数であるが、当初の軍勢規模に比べて小さくなっていた。だが、ドラガンは敵がどれほどの規模であったか、凡そのことしか知らなかったので、「噂に聞くように大軍だな」という感想に留まっている。

この大軍はしかし、兵力ほどの攻撃力を有していなかった。それは彼らが射る矢が即席のもので、丈夫な作りではなかったからである。これがドラガンと、彼の兵達に楽をさせているのだが、その原因はナルにあることを蛇目（サベルアイ）の男は知っていた。

「ザンクト・ドルトムント急襲の効果は、こういう地味な面もあるということか」

ドラガンは顎を引き、ナルが一見、無謀にも見える敵拠点急襲を決断した意味に気付いたとアズレトに知らせる。

「数を発揮させない為ですな？」

家老の問いに、ドラガンは頷いた。

「敵の数を制限する、敵に数だけの力を発揮させなくする。敵に思考的制限を与える……だが、これは結果論だ。初めて実行した者を、後から他人があぁだこうだと論じるのは不公平だ。ムカつくが、とてつもない重圧の中で、あれを考えて決めてやった小男（ナル）には金玉がついているな」

彼の冗談で周囲が笑う。

ドラガンも楽し気に笑い、城外との連絡が全く取れないゆえに国軍の位置が掴めないと愚痴った。彼とすれば、王の前で本気を出したいところで、誰も見物人がいないうちから必死に戦う理由はなかった。ただ、この余裕はやはり、敵の武器が乏しいからであるのは言うまでもない。

「閣下、補佐官殿であれば、後詰めで現れ、敵後背を突くことで一気に決めるのではないでしょうかな？」

「アズレトの意見は正しいが、あの男は単純に挟撃を試みることはせぬだろうな……一応、呼吸を合わせることができるように突撃兵の選抜をしておいてくれ」

「承知しました」

「あと――」

「閣下！」

ドラガンの言葉を遮ったのは、城壁上に駆けつけた兵士で、彼は礼儀も忘れてそのまま喋った。

「地下室に！　地下室に！」

「何だ？　美人でもいたか？」

戦の最中でも軽口を忘れないドラガンという男は、敵であれば憎たらしいが味方であれば楽しい男だろう。実際、ウラム公爵軍の兵士達は皆、この当主を好いていた。だからこういう時、兵士も冗談で返すことがあるが、今はそうではなかった。

「美人！　美人……というには子供？　閣下、ともかく地下室に」

「空だっただろう？　何だ？」

「女の子が現れ……責任者に会いたいと言ってまして……」

ドラガンは、兵士の言うことが本当であるなら、どうせ住民の誰かがこうなる事を知らずに隠れていたのだろうと決めつけた。そして、一応は敵の息がかかった者ではないということを確かめるべきと考え、その場をアズレトに任せると、狼狽える兵士を誘うように歩き出し、質問する。

「どこに隠れていた？」

「違います！　見回りをしていましたら、地下室の保管庫のひとつが光っていまして、見に行ったのです」

「……俺の前で昼寝をしていて夢を見たというオチは駄目だぞ。同僚ならともかく」

「違います！　本当です。見たら、少女が現れて……ナル殿はどこかと尋ねるものですから、とにかく服を着させて、同じ班の者達が今は見ています……抵抗はしておりませんが」

「ナル殿とは、補佐官閣下様のことか？」

ドラガンは皮肉で敬称を重ねてつけた。

「おそらく。リュゼにはいないのかと、不思議がっていまして」

「会おう」

ドラガンはようやく、地下室に現れた少女に興味を抱いた。

リューディアといい、目の前の少女といい、あと五年ほど年を重ねてから現れて欲しいというものが、ドラガンの感想であった。

　これは、彼がベルベット・シェスターと会った際のものだ。

　帝国軍に包囲されたリュゼの地下室に、そうと知らずに転送魔法で現れたベルベットは、様子がおかしいと感じた。そして、現れた兵士にナルの居場所を尋ねるも、会話が成り立たず、ならば責任者に会いたいと思った。そうして、二人は対面している。

　ウラム公爵軍の軍衣を着ているベルベットは、蛇の腕章がかわいいと笑顔だったが、現れたドラガンから、ナルはリュゼにはおらず、現在は帝国軍に包囲されていて外には出られないと聞かされると、不機嫌になる。

「……オルビアンに魔法陣を用意しておけばよかったのだ……」

　項垂れたベルベットを、ドラガンは注意深く観察する。そして、彼女の発言にくいついた。

「魔法陣？　そなたは、ここにどうやって来た？　いや、俺は魔導士で、研究も好きだ。高度な魔法を使えるのか？　そういえば名前は？　俺はドラガンだ。ウラム公爵である」

「失礼したのだ。私はベルベット。グラミア王陛下と、ナル殿とは仲が良いのだ。だからグラミア人の味方だと思ってくれ。つまり、貴方の敵ではないのだ」

　それは敵に限りなく近いとドラガンは苦笑する。しかし、そういう事情を少女は知らないのであろうと思い、また彼女の名前から、彼は自分では彼女に勝てないとわかった。

「ベルベットという名前で、魔法陣を要するほどの高度な魔法を使うとなると、そなたはベルベット・シェスターどのか？」

「その、ベルベット・シェスターなのだ。ナル殿に早く連絡を取りたいのだが、鳩でも鷹でもなんでもいいのだ。飛ばしてもらえないだろうか？」

「そなたはウラム公爵家と、彼らの関係を知らぬようだから説明しよう」

ドラガンは、これまでの経緯を少女に説明する。それは長い話となり、始まりはイシュリーンが生まれるあたりからのものだった。地上では激しい矢の攻撃に晒された兵士達が忙しいが、時折、報告される被害の小ささに、ドラガンはベルベットとの時間を優先させる。

ドラガンの話を聞き終えた時、美少女は薄ら笑いを浮かべた。

「ほうほう……ウラム公はナル殿の敵か？」

「限りなく敵側に近いが、大枠では味方だ。お互いにな。ゆえに、我々の鳩も鷹も烏も、国軍や補佐官の居場所へ飛ぶことができない。これまで、そういうやり取りをしたことがないゆえな」

「……こういう未来を予想できていたら、他の場所に魔法陣を用意していたのだぁ……ナル殿がリュゼにいるだろうって言うから……あぁ」

「王都に送ることはできるが……キアフ経由だと時間がかかる。やってみるか？」

「……不可能よりも、可能性があるほうがいいのだ。頼みたい……ああ、急いでいるのにこれだ……」

天を仰いだ少女だったが、意識はドラガンに向けている。襲い掛かってくればいつでも撃退するというもので、それを感じている蛇目の男は、そうとうに戦い慣れているとベルベットを評した。

「出て行くのは止めぬが、帝国軍がわんさかといる。そなたでも、厳しいだろう」

ベルベットは、自分の身を守る為に魔法を使うのは構わないと理解しているが、帝国軍を全滅させるとナルに叱られると思った。それが可能か否かはともかくとして、彼女はそう考えたのである。そして同時に、全く別のことにも思考を巡らしていた。それは、目の前のドラガン——正確には、ドラガンの中に存在するらしい何かから、しきりに訴えかけられているのだ。言葉でも音でもなく、頭の中に直接、話しかけてくる方法で、それは先ほどからずっと、彼女に次のように訴えている。

『目の前の男……殺し……我……取り込め』

『おま……なら……もっと……合う……完璧に……できる』

相手の言葉は雑音がひどく、理解できる言葉を繋ぎ合わせると、どうやらドラガンを殺した後に自分を奪えと言っているのではないかと思う。

ベルベットは、慎重に口を開く。

「そうか……わかった。終わるまで待つ。どうせ、もうすぐ用件は正規な方法で伝わるだろうし……で、ドラガン卿、貴公は何を召喚したのだ？」

唐突の問いに、ドラガンは表情を消した。そして、頭の中の存在が、地下室に行きたいと訴えていたことを思い出し、それはこういう意味になるかと瞼を閉じる。

彼の中に潜む存在は、地下室に魔法陣があることを見ずしてわかっていたのだ。そして、それが可能なほどの魔導士に会いたいと、願っていたのである。

「二人だけにしろ。外に出ろ」

ドラガンが命じ、兵士達は従う。彼らは、まさか少女にドラガンが害されるなど思いもしない。あるとすれば、その逆だけだと考えていたが、彼らは当主の趣味を知っているから、それもないだろうとわかっていた。

二人となって、ベルベットはドラガンに言う。

「私も使ったくちだ。だから別に魔導士組合に訴えようとかではない。ただ、何を召喚したのかを知りたい。先程から貴公の中の何かが私の頭の中に話しかけてきているが、貴公の意識が強いせいで雑音がひどく途切れとぎれだ。これは召喚した何かを、その身体の中に封じ込めているからだと私は知っている。だから誤魔化しは通用しない……ひとつ、忠告しておく。召喚した者を体内に留めすぎると、意識をいつか完全に奪われる。そうなる前に、手放すべきだぞ……向こうの世界に送り戻す方法を貴公が知らぬなら、授けよう。使ったことはもちろんないが、魔法術式はできている……理論上は」

「……そなたも使ったのか？　召喚魔法を？」

「使った。ただ、私は転送魔法と召喚魔法を組み合わせた新しい術式だ。参考にはならないだろう。私が知っているのは、近しい者が召喚魔法を使って、また体内に巨大な何かを留めているからだ。そのおかげで、その人はいくらでも魔法を使える力と、一切の魔法を受け付けない肉体を手に入れているが……今では、本当にその人が、人なのか、そうではないのか、私にはわからないのだ……」

ベルベットは、レニンを脳裏に描く。

彼女は、レニンはまだ母親であるだろうと思う。あの夜、執務室に招き入れてくれた母親は、まだ人であるはずだと信じたかった。一方で、豹変したかのように背を見せた母の態度に不安は消えない。

　ドラガンは、少女の名前と功績を知っている。彼は彼女の論文をいくつも読み知識を得てもいる。だから抵抗なく答えていた。

「ルシフェルとか、リュキフェルとか、発音しづらい名前を名乗った奴だ」

「……古代文明時代の天使の名前だ。それは、仮名（コードネーム）だ。本当の名前ではないのだ」

「教えてくれ。こいつは何だ？　いや、協力をしてくれることもあるが、寿命を奪おうとする。だからあまり頼りたくない」

　ベルベットは腰かけていた椅子に深く座り直した。それは、長くなると感じてのものだ。

　彼女は、全てを知っているわけではないが、召喚したはずの男よりも詳しいと思った。それにしてもと、口を開いていた。

「知らないのに呼び出してしまったのか……運がいいのか悪いのか……なのだ」

「ただ、いろいろとわかったことがあり、それに関しては感謝している面はある。知っているか？古代文明では、魔導士は作られていた。そして、古代人は古くなった肉体を捨てて、自分の自我を、作った肉体に移して生きながらえていたそうだ。そうでなければ不可能だったらしい……宇宙に出るにはね」

「出たのか？」

「出たそうだ。で、彼らが捨てた汚れた大地に、俺達は取り残されたわけだ。何がどう汚れているのか不明だが、廃棄処分扱いだよ、今の人は……いや、作られた人の末裔たる我々はな」

　ドラガンは、彼が真理と感じたことを説明する。

遠い昔、古代人達は栄華を極めていた。しかし、作られた人である人造人間達はいつしか、創造主たる人の支配に不満を覚えるようになっていた。それは彼らが強いられる仕打ちのせいであり、また彼らに同情的な人間もいて、両者は協力して、支配者側に叛旗を翻した。

「グラミアの耳飾りを読んだことは？」

ドラガンの問いに、ベルベットは目を見開く。

グラミアの耳飾りとは、主神オルヒディンが美神ヴィラに贈ったエメラルドの耳飾りを指しているが、彼が言ったこの時の名詞は、物語のほうを意味していた。この耳飾りの名を持つ神話は、とても長い物語だ。それはベルベットも知っているし、読んだこともある。オルヒディンが、ヴィラを助ける為に神々に戦いを挑んだ物語で、雷神、炎王、氷霊、風姫などなど、ラグーラの神々と敬われる存在が活躍している。

「あれは、実話だ」

ドラガンは冗談を言うような口調で言ったが、本気であるのは表情を見ればわかる。

「オルヒディンというのは、研究者だったそうだ。彼は、自分の作った人もどきに恋をしたが、それを奪われて……世界を崩壊させた。人々は宇宙に逃げ出す計画を早めたそうだ。その時、彼を支えた仲間がいて、そのうちの一人が、俺の頭の中にいる御仁らしいぞ」

ベルベットは沈黙を選んでいる。

ドラガンの言うことが、本当であるとすれば、古代人達は自分の存在を肉体から解放する術を作り上げていたことになる。そして、そうだからこそ、古代人は召喚魔法で、容器たる現在の魔導士の身体に入り込むことができるのだ。

　高次元の存在だと、ベルベットは気付いた。

「ナル殿に会う」

　立ちあがった少女をドラガンは見上げた。

「どうやって？　敵がわんさかいると言っただろう？　俺の頭の中の奴、話したがっているのではないか？　俺には全く聞こえないが」

「そいつ、おそらく入れ物を変えたいのだ。ドラガン卿より、私のほうが魔導士の質が高い。つまりそれだけ、入れ物としての状態が良く、適しているのだろう……」

　ベルベットはここで言葉を止めた。

　幼かった頃、母親（レニン）が、禁呪の研究からベルベットを遠ざけた理由を、今、言い当てたとわかったからだ。そして現在に至るレニンの、自分への態度の理由もそうではないかと繋げることができていた。

「……わかった……そういうことだったのだ。だから、母上は私に、召喚魔法を禁じたのだ。彼らを完璧に近い状態で保存できてしまうから……彼らのほうから、私に近づくから……だから母上は、自分の中の声を聞き、私を遠ざけようと……冷たくして、距離を取ろうと……」

「そなたのお母上……レニン卿か？」

「そうだ……母上は、私の為に、私に嫌われたのだ……」

　彼女は、よろよろと保管室を出た。

　ドラガンは追わない。彼は、頭の中の存在に言ってやる。

「フられたな？」

『お前がいらぬことを喋るからだ』

ドラガンはニコリとしつつ立ちあがり、ベルベットを追う。あのまま外に出られると困るとばかりに、本気で叫んでいた。

「おい！　誰か！　その少女をお止めしろ！　ベルベット・シェスターどのだ！　彼女に何かあったら、ウラム公爵家の恥だぞ！」

⁘

レムルダード湿原地帯という場所がある。

アラゴラ西部を北上するとリュゼ地方に入るが、都市リュゼの南側にこの湿地帯は広がっている。通常の時でも浅い沼や湖の他、小川や砂丘が入り乱れて通行や住居の開発からは取り残されている。しかし狩場としては豊かな場所であった。東側がやや高く、東から西へとなだらかな下り斜面となっており、平時には美しい湖畔群を楽しめるはずだ。しかし現在は悪天候が続いたせいで増水し、一面が水浸しという有り様で、獲物達がいるはずもない。クローシュ渓谷から流れ出した濁流は、リュゼ地方を経由しアラゴラ西部へと至っているが、その通過点に当たるのである。濁った水は、歩く人の踝までを隠す。低い場所は胸まで及ぶ。高い場所はあるが、段丘や砂丘の表面は泥と濡れた草花で滑りやすく、よじ登るのは困難であろう。

そのようなところで、神聖スーザ帝国軍とグラミア王国軍は対峙したのである。

これは、リュゼへと北上していた帝国軍が、悪天候で足止めを喰らっているうちに、せっせと追いかけたグラミア軍が、敵の尻尾を掴んだからであった。

リュゼを後方に、南東を向いて布陣した帝国軍一三〇〇〇。

リュゼを斜め前面に、北西を向いて展開したグラミア軍一〇〇〇〇。

湿地帯からリュゼまでの距離はグラミア風にいえば凡そ三〇〇〇デールで、帝国軍の背後にはまた別の帝国軍——シュテファン率いるリュゼ攻撃軍がいる。彼らが反転してグラミア国軍に狙いを変えれば、帝国軍の戦力は二〇〇〇〇を超え、グラミア国軍の倍にあたる規模になる。また此度の帝国軍は、騎士団を中心とした強力な部隊の比率が高く、全軍の士気は聖女の効果で高い。仮にシュテファンがそうすれば、机上ではグラミア国軍は敗れる確率が一気に増すものと思われる。しかしながら、シュテファンがリュゼを背に反転する勇気があればという前提条件があり、大軍であっても背後のリュゼから一撃を浴びれば痛いでは済まない怪我を負う恐れは多いにあった。ゆえに、普通の指揮官であれば、リュゼを包囲して無力化した後に反転というところだろう。ところが、これをするには戦力というより、武器が不足していた。攻城戦の主役である攻城兵器や弓矢は、ザンクト・ドルトムントで悉く灰燼と化しており、人の力だけで城壁に守られた都市を陥落させるには、時間をかけるしかない。

兵力差はあれど、帝国軍は数字ほどに圧倒しているわけではなかった。

両国の国力であれば、この戦力差は異常な拮抗といえる。両軍ともに、斥候や伝令、兵站や後方支援などで人員を割いたが為に、このような兵数となっていたのもある。グラミア側は自勢力圏に近いこともあって、割く人員が少ないのは言うまでもない。しかしながら、グラミア側が国内の軍兵をかき集めたことから、治安の悪化を招きつつあり、戦闘が長引くと王家への求心力低下に繋がる恐れは小さくなかった。

それでもイシュリーンは、負けて全てを失うよりはと、決断したのである。彼女にとって、他国の軍勢に民の生活が脅かされること以上の危機などないのだ。

イシュリーンは軍勢を左翼のジグルド、右翼のレニアス、中央の自分と三つに分けていた。左翼は三〇〇〇、右翼は四〇〇〇、中央は三〇〇〇という内訳で、レニアスが指揮する右翼の部隊群が多いのには戦場の東方面に進出してきたルマニア公爵軍と連携し物資の補給を担当するからである。

一方の帝国軍は、グラミア軍右翼には聖天騎士団（ハイトヒメル・オルディーン）総長ステイタム・ローゼンデルベを中心とする七〇〇〇があたり、ジグルドとイシュリーンの正面には聖紅騎士団（ハイローダー・オルディーン）総長のミヒャイル・ロアが、幕下六〇〇〇を率いて向かい合った。

ステイタムは、自分の相手が老将軍率いる一軍であると知って嘆いている。

「爺相手か……是非もない。だが、これは望んだ形でもある……魔女（イシュリーン）の相手はミヒャイルに任せるか」

そして当然、ミヒャイルは喜んでいた。

「よしよし、望むところだ。シュケル様もこの配置は喜ばれるに違いない」

赤い縁取りの黒甲冑に身を固めたミヒャイルは、次々と報告に現れる伝令達の声を聞きながらそう言って微笑んでいた。彼の両脇を固めるのは副官のレーヴ・ラキティッチと、騎兵連隊を預かるロイス・ゲッチェで、二人はミヒャイルともつき合いが長く、意思疎通に問題があろうはずがなかった。

「ステイタム閣下が、先に始めるようですな」

レーヴが、左翼方向を眺めて言った。

彼らは一様に東を眺め、スーザ神の神旗と帝国軍軍旗が、ぞろぞろと蠢く光景を目の当たりにする。角笛の咆哮は鳴りやまず、軍鼓の打音は一定の律動を奏でる。スーザ神への祈りと共に、帝国軍左翼が前進を開始した様子は、物資不足の不安を掻き消す迫力が十分にあった。

「矢戦を挑まれると面倒ですが……」

ロイスの懸念に、ミヒャイルは苦笑を返した。

「あの前進は、肉薄を目的としたものだろう。問答無用に接近して、白兵戦を挑むのだろう」

彼は言いつつ、自分達も動こうと二人を誘う。

ミヒャイルは長剣の柄を握り、徒歩で陣地を出る。その後方にレーヴが続き、ロイスは騎兵を率いるべく離れていった。

「エリザの仇を取ってやりたいが、ハンニバルとやらは出てくるだろうか？」

聖紅騎士団(ハイローダー・オルディーン)総長の問いに、副官は曖昧な表情を作る。

「さぁ……通常であれば、国軍と合流し、その一翼を担うところでしょうが……」

「その通常とかいう定石を無視するのがグラミアの補佐官だ。戦を知らぬが、だからタチが悪いのさ」

「そういうものでしょうか」

「戦を知っている側が、読み負けする根っこはそこだろう。そういう奴だという前提で対処すれば、そう難しくはない。言ってしまえば、戦場で会いさえすれば勝てる相手だ。だからシュケル様も、騎兵を突出させたり、軍を分けたりと小細工をした上で、今の状況を作った。魔女のヒモ(イシュリーン)はきっと、俺達の後方に現れる算段だろう。我々の背後を脅かしつつ、リュゼ攻略の軍も牽制できる……大軍の中に突っ込むような度胸がいるが、春にあいつは神掛かった突っ込みを見せた。やるだろう……が、こちらもそのつもりであるとはたしてわかっているかな？　わかっていないだろう。また同じ方法で勝てると思っているのではないか？」

「ロイスなら、一気に決めてくれるでしょうが……そのハンニバルとやらが、補佐官と行動を共にしているなら、苦戦するかもしれませぬな」

「心配症だな」

「……これまでの事で、俺は不安を消せないのですよ。閣下、万が一ということもありますゆえ、正面の敵はお任せ頂き、現れる補佐官の軍に備えて頂けませんか？」

レーヴの不安は、もしかしたらという範囲を出ないものを前提にしたものだが、これまでのナルが、彼にそれを強いているとも言える。そしてミヒャイルもまた、春の戦いを脳裏に蘇らせ、副官の危惧に同調した。

「いきなり後ろから魔法をぶっ放たれたからな……わかった。ロイスの支援を取れるよう、俺は後方に残る。ただし、お前が不甲斐ないなら替わるぞ。シュケル様の足を引っ張るなよ」

「相手が魔女（イシュリーン）なら、不気味さに脅えることもありません。お任せください」

レーヴは、イシュリーンを過小評価していないが、想定外はないという安心があった。彼女は軍勢の指揮と運用に卓越した腕を見せるが、常識を破った行動はこれまでにないのだ。そこがナルとは違う点で、レーヴとしてみれば、安心できる強敵というおかしな評価になる。

敵の有力騎士に、そのような扱いをされているとも知らないイシュリーンは、帝国軍の左翼がレニアスの右翼にぶつかる光景を瞳に映し、始まったという溜息をこぼした。そして瞼を閉じ、主神（オルヒディン）と美神（ヴィラ）に祈る。

「どうか、どうか勝たせてください。貴方様方を敬う人間達が、そうではない者達に立ち向かいます。私達の土地と信仰が、これからも私達のものでありますよう、どうかお力をお与えください」

囁くような声量でされた祈り。

イシュリーンは、瞼を開く。彼女は段丘の頂きに設置した陣地から、戦場全体を見渡していて、そこからはリュゼもよく見えた。

幾度となく戦火にさらされる都市リュゼ。

立地のせい、物流のせいにできる。しかし彼女は、帝国がグラミアを侵略し続ける事こそが根本であり、これを断たねば、リュゼはグラミア王国に帰服できたとは言えないと空を仰いだ。

戦争は、国家の元首たる彼女を苦しめる。しかし彼女は、人々こそ、苦しむのだと北を睨む。

大軍である神聖スーザ帝国軍が、軍鼓と角笛に囃されて蠢き始めた。

イシュリーンは、いかなる理由があろうとも、グラミアの為に生きる王になると胸中で誓う。

全てのグラミア人の為に、私は勝ち続ける！

全てのグラミア人の為に、私は戦を嫌う！

グラミア王は、括目する。オルビアンを攻略してからは翳りがちであった緑玉の輝きは、彼女の決意で強く、美しく煌めく。

「グラミアの為に戦え！　家族の為に戦え！　己の為に戦え！」

彼女の叫び声に、角笛の咆哮が連なった。

グラミア軍は、全軍が右翼に連動するように前進を開始する。

グラミア王国暦一一七年、新年月（一月）一日の朝。

雨があがった直後であった。

∴∵

兵達は冷たい水に浸かりながら進む。ひどい時は腰まで泥水に浸かった。

帝国軍左翼を指揮するステイタムは、馬上で戦況を睨みつつ、敵の動きが自軍よりも軽やかだと感じる。

これは、レニアスが軍装を軽くしていたからである。

グラミア軍の老将は、兵達の甲冑を胸当てと腹当てだけにとどめ、鎖帷子も脱がしていた。そこにはふたつの理由がある。

ひとつは、当然ながら地形である。ただでさえ地面はぬかるみ沼や池が多い場所たるレムルダード湿原地帯は現在、さらにひどい有り様だ。重い装備で鈍重になるより、素早く動けるようにという狙いがあった。

ふたつ目は、ナルによるザンクト・ドルトムント急襲によって、帝国軍の武器不足が確実だからである。レニアスは、矢の不足を敵が補う場合、粗末な矢を大量にこしらえるか、問答無用の白兵戦でくるかの二択であろうと予想したのだ。前者であっても、粗末な矢であれば盾さえあれば問題にならないという彼の判断は、多少の負傷で騒ぐなという強気の姿勢を兵に求めるものであったが、この時のグラミア兵達は、帝国軍相手に強気一色であった。そして白兵戦に関しても、素早く動けるほうが、こういう足場では有利である。

水を跳ね上げ飛沫を散らし、帝国軍とグラミア軍が激突する。盾を打つ剣の悲鳴があがり、敵を押し返そうと叫ぶ兵の怒声は喧騒をさらに上回った。両軍から放たれる魔法の応酬で、空中は爆発と閃光が同時に大量に発生し雲も太陽も兵達から隠してしまう。

戦闘開始直後こそ一進一退であったが、すぐにグラミア軍右翼は帝国軍左翼を押し始める。グラミア軍右翼前衛は、矢の援護を受けた突撃兵の突進で帝国軍左翼前衛を一方的に後退せしめた。

「聖女(ビッチ)はどうした⁉　お前らを見捨てたのか⁉」

「溝鼠(スージリアン)！　死ね！」

グラミア人達の罵声は攻撃の度に繰り返された。

スーザ人達は後退を強いられる中で、敵ばかりが元気な理由は軽さに原因があると気付き始める。

しかし戦闘が始まってしまった今、動けないから甲冑を脱ぐという暇はない。当然、左翼後方で戦況を眺めていたステイタムも、これに気付いていた。

「爺！　年の功かよ！」

彼は怒鳴り、動きの悪い前衛をもたせろと叫ぶと、後方に温存していた部隊に甲冑を脱げと命じた。それは、予定通りに苦戦しているものの、苦戦の度合いが予定を上回っていたからである。せめてもう少し互角に戦えという、ステイタムの焦りであった。しかし、これはグラミア側との事情の違いで、混乱を招く原因となる。

帝国軍は矢の援護がない。

一方のグラミア側は、この一戦だけは矢があるのである。

レニアスは尽きるまで放てと、弓兵達に命じた。

「優位性を確定させるまで撃て！　一度くじけた士気は盛り上がらんもんだ」

歴戦の彼は、被害の大小ではない勝負どころを見極めていた。

ザンクト・ドルトムントを襲われ、今もこうして一方的に攻め込まれて、帝国兵は大軍であるのに負けている。神に見捨てられたと、スーザ人達が悲嘆にくれるまで攻め続ければ勝つと断定していた。

「報告！　中央お味方、左翼とも前進！　敵、後退中！」

伝令の報告に老将は頷きを返す。

冷えた空気を吸った彼は、血で赤い水飛沫があちらこちらで噴き上がる前線を睨み、腹の底から吠えていた。

「魔導士をもっと出せ！　一気に突き崩す！」

兵数の差が活かされていないうちに決めたいという彼の意図は、グラミア軍右翼の大攻勢によって示された。これを察知したのはイシュリーンで、長く共に戦ってきたレニアスが、猛攻を仕掛けている理由はひとつしかないと気付いていた。

序盤に、大きな勝機を見出したのである。

「右翼に続け！　半刻ごとに部隊を入れ替えつつ攻撃を継続せよ」

ここで、彼女は待ちに待った報告を受けた。

「補佐官閣下！　ご到着！　敵軍後方に軍勢を展開！」

「わかった！　ご苦労！」

イシュリーンは、左手の平を右拳で殴って会心の笑みをつくる。それは、周囲の護衛達が息を飲むほどに美しい表情だった。

「挟撃だ！　予備兵力も出す！」

彼女の命令に、伝令達が一気に散る。彼らが齎す指示で、部隊を預かる士官達が兵達に怒鳴る。

「喜べ！　前進命令だ！　ヴィラの娘を勝たせろ！」

グラミア軍は、帝国軍を圧倒していた。

一方的な戦況の中で、ジグルドだけが慎重な用兵を見せていた。

彼は、やけにおとなしい帝国軍中央と右翼に、何らかの意図があると見たのである。

風になびく左袖を見た彼は、自分の腕を斬り飛ばしたシュケルという男が、果たしてこのような状況を許したままにするかと悩み、ないだろうと決めつけた。

「工夫がない……ことがおかしい」

彼の懸念は、一瞬後の報告で少しの修正が為された。

「敵後方に補佐官閣下の一軍が到着！」

早いなとジグルドは思う。

当初の想定していた戦場よりも北でぶつかったことで、グラミア側の意図とは違う呼吸での合流になったと彼は感じた。

「この誤差が吉と出るか、凶と出るか……」

新たな報告を受ける。

「敵中央に動き！　騎兵が出動した模様！」

「備えよと広めろ！」

ジグルドの声に、伝令が犬を放った。

人間達の隙間を、黒茶の毛並が疾走する。

半瞬後、帝国軍から大量の矢が放たれた。鏃がなく木を削り尖らせただけのものだが、帝国兵全員が一斉に放ったのではないかと見紛うほどの量だった。

「来る!?」

反転攻勢の予感で、ジグルドは身構えながら伝令に叫ぶ。

「敵が攻勢に出る！　前衛、中列と後退！」

彼は同時に、素早く思案した。

補佐官の軍勢が帝国軍後方に進出した直後の帝国軍のこの動きは、グラミア側の狙いを読んでいたうえで、対抗策があるからに違いない。とすれば、それは正面の我々というよりも、新手に対して備えていたというものではないか。

「敵騎兵の動きは!?」

ジグルドの問いに、側近は首を傾げた。

「新たな報告はございませぬ。見えませぬな」

戦場は、水飛沫と悲鳴と爆発で大騒動であるが、そこに馬蹄が轟いていない。両軍ともに組織的な騎兵集団を出していないからである。これに隻腕の青年は舌打ちを発した。

「敵の騎兵は、後方のナル殿を討つ為か」

彼の予測は、当たっていた。


国軍との合流ではなく、リュゼと敵の隙間につけこむという選択をしたナルは、リュゼそのもので敵の一軍を引きつけておいて、アラゴラ西部方面の軍勢を叩くという各個撃破に切り替えていた。リュゼに籠らず、かといって国軍とも合流せず、リュゼ地方とアラゴラ西部の間をうろうろとしていたのは、敵の動きによって手を変えたかったという理由からである。

ナルはリュゼ攻略にあたる帝国軍には、聖女の旗が掲げられていないとサビネから報告を受け、グルラダ西部方面の帝国軍へと迷いなく狙いを定めていた。それは、どちらにしても敵をここで叩いておきたいという思惑によるものだ。そして、一方の敵を叩けば、聖女とシュケルが隠れていたとしても、出ざるをえなくなると考えたのである。

彼は戦闘指揮をハンニバルに任せ、自らはエフロヴィネとルナイスに率いられた護衛部隊群の中にいた。これは、怖気づいたのではなく、ハンニバルのほうが戦闘指揮に長けていることと、彼の邪魔になってはいけないという意図によるものである。

ヒッタイト人達は優秀な魔導士ばかりであるから、戦闘に出してはどうかとナルはハンニバルに意見したが、炎王（イフリル）は指揮官としての意見で拒んだ。

「命令系統、戦術が違う部隊が混じると、逆に混乱しますゆえ、オデッサ公爵軍のみで当たります。単純な足し算にならないのが部隊編成の難しいところです」

ハンニバルはだが、ナルの護衛が少なくなるからという理由は黙った。これは、口にすればナルが断るだろうという予想からで、彼を死なせたくないハンニバルとしては、隠しておきたかったのである。

その彼は、帝国軍左翼と中央の連結点背後に進出すると、戦闘開始を命じたが、すぐに違和感を覚えている。

「聖女（ビッチ）はどこに隠れている？」

ハンニバルは、伝令の報告に首を捻る。脇に控えるアルシャビンは、煙草の葉をパイプにつめながら、報告をした伝令に再確認した。

「間違いないのか？」

「間違いございませぬ。聖天騎士団(ハイトヒメル・オルディーン)と、聖紅騎士団(ハイローダー・オルディーン)の旗は掲げられておりますが」

「お館様、本当におらぬようです」

家老の言で、ハンニバルは不気味さを敵に覚えた。

「ではシュケルはどこに？」

まさか、本国に帰っているのではないかと苦笑を浮かべた炎王(イフリル)。だがそれは自ら首を振って否定していた。スーザ人達が、物資不足のなかでも東進してきた原動力は、聖女を通じて神の加護を得ているからだと信じているに違いないからである。

「……ともかく、ナル殿に知らせよ。あと、敵を倒せ」

ついでのように命じたハンニバルに、アルシャビンは頷くと角笛を持つ兵に命じた。

「騎兵を出せ。全軍、前進！」

オデッサ公爵軍が、角笛の咆哮と共に動きだす。

赤い軍装の彼らは、東方異民族相手にする時よりも慎重な動きを見せる。これはオデッサ兵にとって、正面から帝国軍とぶつかるのが初めてで、相手の力量を図る意図があった。

オデッサ公爵軍兵は、最前衛に歩兵がずらりと盾を並べて前進する。そのすぐ後方には弓兵が続き、さらに火砲を携えた兵と、突撃歩兵が続く。そして彼らを追い越す動きで、騎兵がドンッと加速して敵へと突進した。

馬上のプレドヤクは、狼狽える帝国兵左翼後方を狙った。中央に比べて、レニアス軍に押されて浮足立つ敵左翼のほうが与しやすく、素早く勝てば、今後の戦闘を有利に運べると考えたからである。

しかし、彼の目論見を嘲笑うかのような反撃が、帝国軍中央を構成する聖紅騎士団（ハイローダー・オルディーン）によって為される。

帝国軍中央後方に配置されていた騎兵連隊を率いるロイスは、やはり来たかという表情で突撃を命じた。

「あの後方に補佐官がいるに違いない！　グラミアを倒すには二人を殺すだけで足りる！　王と補佐官！　まずは一人を殺せとシュケル様のご命令だ！　やるぞ！」

咆哮と同時に鞭を振るった彼の衝動に、帝国軍軽装騎兵はグンと加速した。放たれた矢のように戦場を疾走する速度と迫力は、待ち構えていたからこその反発力と評される。

プレドヤクは敵を改める。

敵の騎兵を追うと、一瞬で判断を下した彼の目と思考は見事だった。そして、突然の味方騎兵の転進で異変が生じたに違いないと読み、周囲に警戒を命じたハンニバルもまた良将に違いなかった。それでも、ひと吹きの危険な風となったロイス率いる帝国騎兵は、オデッサ公爵軍の側面を突く動きを陽動に、歴戦の指揮官二人の裏をかいてみせた。

ロイスの視界に、オデッサ公爵軍後方に控えたリュゼ子爵連隊が映る。

グラミアの六連星旗と、補佐官旗は見間違いようがなかった。

「突撃！」

ロイスは槍先を前方に突きだし怒鳴っていた。

同時刻。

　スジャンナは、戦場はこうまで恐ろしい場所なのだと驚き、狼狽え、恐怖し、えづいていた。彼女は段丘の頂きに現れて、その光景を眺めさせられている。視界の右、南側から北方向へと勢いよく攻め込むのがグラミア軍で、青い軍装と六連星旗が、津波のように帝国兵を飲み込もうとしていた。耐える帝国兵達は、彼女の視界左側で懸命に抗っている。悪魔と戦う神の戦士達だと、シュケルに囁かれたスジャンナは息を呑んだ。

「さぁ、攻撃命令を出せ」

　彼女はシュケルの声で、視線を転じる。見ればそこに、甲冑をまとった聖騎士（ハイリッター）シュケルの危険な笑みがあった。

　リュゼ方面軍から離れた彼は、段階的に切り離していた大規模偵察部隊五隊をまとめて一軍とすることで、敵の目から動きを隠し、戦場の西側へと進出を果たしている。そこはグラミア軍から見て、左翼の西側であり、グラミア陣営にしてみれば、敵の組織だった軍勢などいないはずの場所であった。彼らの斥候も、見えている敵――ミヒャイルとステイタム、そしてシュテファンの軍勢の動きを追うのに気を取られ、シュケルがこっそりと動かし操っていた三〇〇〇という規模の軍勢は見えていなかったのだ。

「スジャンナ、お前が命じれば、勝てる。叫ぶのだ」

　シュケルに腕を掴まれ迫られた聖女（ハイトゲーテ）は、いかなる感情も今は邪魔だと頭（かぶり）を振る。しかし内面の動揺が激しく、喉も口も震えるばかりで声が出ない。

「お前の姉を殺した仇を、討つ好機だぞ」

シュケルの言葉で、スジャンナの震えが止まる。

彼女はここで初めて、姉の死と、それを強いたのがグラミア人であると知った。

「お……お姉ちゃん？」

「エリザはグラミア人に殺された。神の意思で敵後方へと進出を図ったエリザを、グラミア人が殺したのだ。死体を回収できていないのは、奴らが死体すら弄び、いずこへと捨ててしまったからだ」

シュケルの言葉は毒であった。

スジャンナは、姉が死んだという当然の報せにも実感が湧かない。だが、それを伝えた相手の鬼気迫る顔に押しきられ、呻いていた。

「スジャンナ、言え」

彼女はシュケルに命じられるまま、教えられていた通りの言葉を叫ぶ。

「異教徒を！　根絶やしにせしめよ！　神の怒りで！　敵を撃て！」

戦場の騒音から少し離れたその場所で、スジャンナの声はよく響いた。

シュケル軍三〇〇〇が、雄叫びで応え、東へと前進を開始する。

それは、突然に大地が揺れたような錯覚をグラミア軍左翼に与えたが、彼らが事態の把握をするより早く、シュケルの軍勢はグラミア人達に向かって突進していた。

「矢だ。撃ちまくれ」

シュケルは、少なくなったまともな矢を、自軍にかき集めていた。

それを、使いきれと命じたのである。そして自らも、長剣を握り士官達を連れて進む。彼はスジャンナに一個中隊の護衛のみをつけて、全軍の前進を決断していた。そこには、彼自身も含まれていた。

グラミア軍左翼を率いるジグルドは、正面の帝国軍相手に奮闘していたが、横合いから新手が現れたと聞き蒼白となる。そして、矢の斉射を喰らった味方部隊群の苦戦を目の当たりにし、さらに突っ込んできた敵の勢いに冷や汗を噴き出していた。

「伝令！　陛下に伝令！　敵！　増援！　西方向から！」

ジグルドが叫ぶ。

直後、血塗れの伝令が彼の眼前に転がり込んで来た。

「敵！　突撃してきました！　止まりませぬ！」

「……部隊の向きを急いで変える！　西からの敵を防ぐ！」

隻腕の将軍は決断する。

彼は、周囲に慌ただしく怒鳴りながら西を睨んでいた。

聖女の旗が、高みに翻っている。

彼は、敵増援の指揮官が誰であるか知った。

「伝令！　シュケルだ！　シュケルだと陛下に伝令を急げ！」

ジグルドの声に、伝令数名が走り出した。

そこに、大量の矢が届き始める。

帝国軍シュケル隊は、前衛の突進力を活かす為に、中衛は敵後方へと矢を撃ちまくる戦術を取っていた。

「まずは左翼を頂こうか」

シュケルは頬の傷痕を歪め、吐き捨てるように言葉を発した。

ジグルドは魔導士達に叫ぶ。

「魔法を派手に撃ちまくれ！　俺の動きが味方に伝わるように！」

Smiling face

第四章

Episode/04

Legend of Ishlean

リュゼの攻城戦も、激しさを増していた。

攻め手の帝国軍は、問答無用で城壁に接近する。矢の援護がなくとも、神の加護があれば勝てるとでも言いたげな勢いに、ウラム公爵軍兵は休む余裕を与えられない。しかしながら、守る側が圧倒的に有利な拠点攻防において、ドラガンとその兵達は敵の猛攻に耐え続けることができていた。

ウラム公爵軍は、城壁上から煮えたぎった油を地上へとぶちまけ、そこに火矢を撃ちこむ。油を浴びて絶叫するスーザ人達は、続く火矢で火炎地獄の体感を無理強いされた。またこの時、リュゼ周辺は濁流によって沼地のようになっており、油が流れて、それに伴い火も回るので、攻め手は攻撃地点の修正に苦労することになったのである。

シュテファンは頑強なウラム公爵軍に、戦いながらも使者を送り続けた。

降伏し明け渡せば命は助ける。だいたい、お前達が懸命になる理由などないだろうという内容であったが、ドラガンは全て追い返している。

「俺はあの女は苦手だし、補佐官は嫌いだが、一応はグラミア人なんでね」

彼の追い返す台詞は、本気とも冗談とも、どちらとも取れる曖昧なものであったが、この時のドラガンの心情を正しく表しているといえる。

ドラガンはグラミアが負けては困る。これは、ウラム公爵領の背後に帝国が進出してくるからで、そうなれば、嫌いとはいえ一応はイシュリーンによる統治で落ち着いた後ろの情勢が再びおかしなことになるからだ。また、彼は一応、王の妹であるリニティアの叔父にあたり、姪が嫁に出されたとはいっても、グラミア王家とは遠縁で、帝国が支配するグラミアに比べて与しやすい。さらに、彼は姪が嫁ぐ先がアルメニアであることから、帝国と組むことでアルメニアの反感を買うのは将来の後悔を生むと見ていた。

そんな彼の指揮下で防御戦が続くリュゼに、ベルベットはいた。彼女は、籠城戦で傷ついたウラム公爵軍兵の治療にあたっている。他にすることがなく、抜け出すことも難しいと言われ、ならばという行動であるが、彼女は兵達の手当てをしながら、自分は望んだのだからしているのだと思えている。

城壁に取りつき、梯子でよじ登ってくる帝国軍の圧力は大きい。

ウラム公爵軍は、敵の矢の脅威が本来のものであれば、とっくに敗れていたかもしれない。

伝え聞く戦況と、眼前の負傷者達で、ベルベットは人の死というものを、これまでよりも濃く、鮮明に、思い知らされている。いや、彼女はこれも、ナルとの出会いがなければ感じなかったことだろうとわかっていた。そして、目の前の怪我人に、応急処置は終わったと優しく告げた。

「ありがとう……」

兵士の感謝で、ベルベットは瞬きをする。

「なんだ？　どうかしたのか？」

彼女の問いに、手当てを受けた兵士が微笑む。

「手当てをしてくれて、ありがとう」

投石と矢で負傷した兵士の感謝で、ベルベットは照れた。彼女は痛み止めの薬を兵士の傍らに置き、次の負傷者へと急ぐ。

魔法が結界とぶつかり発生した爆風で吹き飛ばされ、城壁から地上へと落下した兵士は、右の大腿骨を骨折していた。

ベルベットは皮膚を突き破った骨と、溢れる血を前にしてもひるまず、苦しむ兵士の顔を見る。

「脚、残せるように頑張ってみるが、駄目な時は悪いのだ」

「か……か！　構わぬ！　頼む！」

ベルベットが処置に移る。肉を斬り裂き、骨を内部で繋ぎ合わせようとするが、血管と神経が駄目だと判断した。麻酔がないまま処置される兵士の痛みは相当なもので、数名が彼におぶさるようにして押さえつけている。

負傷者の為にも、ベルベットは時間を惜しんだ。

「駄目だ。血管を繋ぎ合わせても血を流さなかった場合、結局は切断せねばならない。一度の痛みで終わらせる。切断するのだ」

彼女の声に、助手役がノコギリを取る。

ベルベットは、苦しむ兵士に言う。

「大丈夫！　勇敢なお前を神々は見捨てぬ！　この痛みは生きている証だ！　もう少し耐えて！」

彼女はノコギリを助手から受け取った。

処置の途中で、兵士は気絶してしまう。

ベルベットは、切断面を焼いて消毒しろと周囲に命じ、次の負傷者へと移った。しかし、相手はもう虫の息で、負傷箇所の出血がひどく助かりそうもない。

彼女は兵士の傍らに膝をつき、彼の顔に、自分の顔を近づける。

「苦しいか？」

「寒い……寒い……母さん……ごめん、ごめんなさい」

「大丈夫。誰もお前を見捨てないのだ」

ベルベットが兵士を抱きしめる。血塗れになった彼女は、それでも兵士を看取った。呼吸を止めた兵士から、彼女は離れてまた新たな負傷者へと向かうが、叫んでいた。

「傷の具合で優先順位をつけるのだ！　助からない者は諦めろ！　重傷者を先に！」

手当ての合間で、ベルベットは休憩を取った。

血塗れの服を脱ぎ、新たな服を着る。

衣擦れの音が止んだ時を見計らったかのように、ドラガンが彼女の背後に立っていた。

「すまぬな、関係のないそなたを手伝わせて」

振り向いたベルベット。

ドラガンもまた血塗れだった。

「怪我、したのだ？」

「いや、これは全部、敵だ。城壁の上に乗り込まれてな。ちょっと本気出した」

彼はベルベットを誘うように歩き、城の兵舎一階に出る。そこは負傷者達が運び込まれている場所で、床は血だらけ、室内は呻き声ばかりという有り様である。

「外の様子はわからぬが、ま、しばらくは耐えることができる。敵の攻勢の隙をついて、外に出られてナルのところに行かれるがいい。リュゼのすぐ南で大戦をしている。そこにいるだろう」

ドラガンの言葉に、ベルベットは目を潤ませた。

「わ……私は、この人達を放り出したくないのだ」

彼女は、負傷者達を眺めている。

「……俺が聞いていたベルベット・シェスターという人物は、冷酷で、研究の為なら人も殺すと言われていたが？」

「……その誤解も、私が招いた種なのだ……でも今の私は医者だ。魔導士でも、研究者でもなく、医者としてここにいるのだ。医者である今の私は、ここを出たらいけないと思う」

「礼を言う。あと、連絡の件だが……都からは受け取ったという返信が届いた。鳩と鷹の中継で往復二日……さすが戦時中の国だけはある。こちらに返信が来たということは、遅くとも明日には、王や補佐官に伝わるな」

ベルベットは安堵するような呼吸をし、ドラガンの厚意に感謝した。

「ありがとう、助かったのだ」

「……しかし、アルメニアが帝国とグラミアの和平調整に動くことを、俺に知られたのはよくなかったのではないか？」

「いや、いいのだ。私は、ウラム公爵家が過去、王家や諸侯とどのような関係であったかなどどうでもいいのだ。早く伝えたかった……それにドラガン卿、貴公はまともではないが、極悪人ではないと思うのだ。こうして、負傷者の治療をするというのも、そうなのだ？」

「……死なれたら困る。遺族に金を支払わねばならないからな」

悪ぶったドラガンが、ベルベットから離れながら言う。

「ま、どういう理由かわからぬが、グラミアにそなたがいるのは俺にとってもいいことだ。戦が終わったら、いろいろと教えを乞いたい」

「……生き……伸びたら、喜んで」

答えたベルベットは、緊張と恐怖、そして怒りで震えていた。それは、負傷者達は次々と運び込まれていること、またこの時も誰かが死んでいるという想像、そして大量の人がたった一日で、一斉に不幸になるような事象が人によって為されている愚かさに対しての憤りにある。

彼女の様子に、ドラガンは優しい声を出した。

「そなたでも、このような戦は初めてか？　かなり戦い慣れているように見受けるが？」

「……こういう戦争は……知らないのだ。いつも、書物で読むか、人から聞くばかりで……攻撃側がこういう方法で防御側に勝ったとか、誰々が活躍したとか……そこには、匂いも、血も……悲鳴もなかったのだ」

「ま、戦ってのはやってる人間よりも、関係なかった者達が後で、記録を読んであれこれと楽しく語るものだ。俺達の苦労も知らんで、ああすればよかったとか、これが失敗だったとか……失礼な奴らだ、全く。じゃ、戦いに戻る。そなたを無事に、この城から出してしんぜよう。それが、兵達を看てくれているそなたへの礼になると思うゆえな」

蛇目（サベルアイ）の男は、にこりとした。

戦闘開始から二刻ほどが経つ昼前。

神聖スーザ帝国の騎兵連隊はナルの連隊に突進していた。彼らを追おうと転進を図ったオデッサ公爵軍騎兵連隊は、ミヒャイル率いる帝国軍中央後衛部隊群の攻勢に遭い、それどころではなくなってしまったのだ。ハンニバルも、前と後ろを両方同時に相手にできず、突出してきた敵への対応を強いられ、ナルと護衛部隊はこの時だけに限って言えば、敵騎兵の突撃を単身で受け止めなければならなかった。

帝国軍騎兵連隊三〇〇の眼前には、リュゼ子爵連隊五〇〇が盾と弩を並べて決死の形相であった。ヒッタイト人部隊から、魔法が矢継ぎ早に放たれる。しかし帝国軍騎兵連隊は結界を維持したまま、問答無用で突っ込んだ。

「突っ込めば大規模な魔法は使えん！　味方も巻き込む！」

ロイスの怒声は、槍のひと突きと同時であった。彼の馬上槍は、グラミア兵の胴を貫き、次の敵の盾を砕き、そこでようやく折れた。

彼はすぐに鐙から長剣を抜き放っている。

ロイスは狂気も解き放っていた。

「補佐官（ヒモ）め！　お前のせいでシュケル様が！」

ナルへの憎しみを戦意に変えたロイスが怒鳴り、彼の騎兵連隊は指揮官に続けとグラミア兵達を蹴散らしていく。スーザ人達は異教徒の血でさらに形相を悪鬼のごとく化していき、彼らの咆哮は聞く者の心を激しく乱した。

ナルは自軍の苦戦をオデッサ公爵軍に波及させてはならないと判断し、離れる動きを取れと命じる。

「公に伝令！　敵本隊への攻撃に集中されたし！　こちらは勝手にやる！」

伝令が馬蹄を轟かせ、混戦の中を駆け抜けていく。

ルナイスが叫ぶ。それは悲鳴にも似ていた。

「閣下を後ろに！　騎兵の前に立ちはだかれ！」

兵達が決死の形相で動き、弓矢を放ちながら帝国騎兵に挑む。彼らは生命そのものを盾とすることで、ナルを守ろうと懸命だった。

ヒッタイト人達もグラミア人達を助けるべく、至近距離まで引きつけた敵騎兵に魔法を放つ。部隊単位での魔法攻撃に比べ、個を狙う魔法は効率が悪いが、そうは言っていられない戦況であった。

エフロヴィネが風を操り、透明の刃でナルに迫る騎兵を倒した。馬の首を切断された騎兵が転がるように地面を滑り、歩兵の槍で串刺しにされていく。しかし、それは一瞬の安堵を得ただけに過ぎなかった。

帝国騎兵の速度は、グラミア軍が持ち直すよりも早い。

陣地に突っ込んできた帝国騎兵に、ペルシア人達が立ち向かう。ベルベットとドゥドラがいない今、元外人連隊の彼らはナルの護衛の任をベルベットから命じられており、髑髏の仮面をつけた傭兵達は皆、抜剣と同時に相手を斬り殺していた。

馬だけが陣地の中を駆け抜けていく。

しかし、すぐに第二波がナルの陣地に突っ込む。そこに、ロイス・ゲッチェもいた。

彼は馬を斬られたが、跳躍して着地と同時に髑髏面を一人、斬り殺した。そして立ちあがりながら身体を回転させると、二人目の斬撃を長剣で弾き返し、体当たりで敵を突き飛ばす。

ロイスは駆け、立ちはだかったルナイスと斬り結ぶ。

「逃げろぉ！」

副官の悲鳴に、反応したのは叫ばれたナルではなく、エフロヴィネだった。

彼女はナルの腕を掴み、ヒッタイト人達に守らせると後退を叫ぶ。

「行け！　ここはなんとかする！」

「なんとかなるか！　馬鹿！」

抵抗したナルだが、ロイスの一閃でよろめき倒れたルナイスを見て叫んだ。

「ルナーイス！」

ナルの副官は、突きだされた剣から転がって逃れると、泥をロイスに投げつけ体勢を立て直す。

周囲は乱戦、陣地も敵味方入り乱れての混戦で、ルナイスはナルに逃げろと叫びたかったが、強敵の斬撃が鋭く叶わない。

エフロヴィネが、部下に命じてナルを無理矢理に離脱させようとした時だった。

リュゼ子爵連隊陣地に、六連星旗をかかげた騎兵の集団が突っ込んで来たのだ。

戦場の騒音で馬蹄の轟きが消されていたため、まさに突然に現れたという出現である。

グラミア人達は「どこの部隊だ!?」と叫んだ直後、すぐに「味方だ!」と喜ぶ。

ナルの目の前を、青い軍装に身を包んだダリウスが疾走していった。

「おっさん!」

ダリウスは友人の声を無視し、ルナイスを斬り殺そうとしていた帝国騎士に剣を投げた。

ロイスは、今まさに敵を倒す寸前というところで喉に剣が刺さった。彼の血が口内を満たし、ごぼごぼと泡だった血液を傷口と口から溢して倒れる。

「助かった!」

尻餅をつくように転がっていたルナイスが安堵したと同時に、彼を助けたダリウスは鐙に装着されていた剣の替えのひとつを抜き取る。そして切っ先を進行方向に向け、叫んでいた。

「このまま! 敵後方に突っ込む!」

ダリウス率いるグラミア軍軽装騎兵連隊三〇〇は、リュゼ子爵連隊に苦戦を強いていた敵騎兵連隊を撃破した勢いを保ち、オデッサ公爵軍とぶつかる帝国軍中央の後方部隊に狙いを定めた。この部隊を指揮していたのはミヒャイルで、彼は正面の敵をレーヴに任せたまま、後ろから迫るオデッサ公爵軍と、グラミア騎兵連隊を同時に相手することになるが、表情は活きいきとしたものである。

伝令の報告が矢継ぎ早に行われる中、彼は目の前のオデッサ公爵軍と、グラミア軽装騎兵の攻勢に対応する。その手腕は、戦闘だけならシュケルより上ではないかと部下達に思わせるほどに冴えわたっていた。

「歩兵を肉薄させろ！　オデッサ兵とはいえ人だ！　斬れば死ぬ！」

「騎兵には礫をぶつけろ！　突っ込んできたら馬を狙え！」

彼は命じながら、敵軍中に突撃をした味方騎兵が壊滅したことを敵の陣形が整っていく光景で知る。

ここで彼が尋常ではなかったのは、自ら馬に飛び乗り、歩兵達を率いて突撃を敢行したことであった。彼はあくまでも、押し切ると決めたのだ。

ミヒャイルの気迫に、兵達も応える。

帝国軍中央の後方部隊群一〇〇〇は味方左翼後方からの援護を受けて、洗練された部隊運動を見せるオデッサ公爵軍に突っ込む。乱戦状態のまま、ミヒャイル率いる突撃兵達の突破力で戦況を有利たらしめんとする彼らの意図であったが、ダリウスもハンニバルも冷静な対応を見せる。

帝国軍の突出に、オデッサ公爵軍はゆるりと後退した。矢と火砲の援護を受けて部隊ごとに退く動きは、追いすがる帝国軍兵を嘲笑うかのような見事な連動である。そして、伸びた帝国軍兵達の側面に、ダリウスは騎兵を率いて突っ込んでいた。

「聖紅騎士団（ハイローダー・オルディーン）だぞ！　散々に困らせられた相手だ！　礼をしろ！」

雷神（トールアン）が騎兵を加速させる。

この動きに、プレドヤクは連携した。

左と右から騎兵に挟まれたミヒャイルは、残忍な笑みを浮かべたまま馬に鞭を入れる。彼とすれば、ここで退くわけにはいかない。このまま後退すれば、グラミア軍左翼を急襲しているであろうシュケルが困るという思いが、彼の目をぎらつかせる。

ミヒャイルは、右方向から突っ込んできたオデッサ公爵軍騎兵集団の先頭を睨む。

「指揮官をまずは一人！」

聖紅騎士団総長（ハイローダー・オルディーン）は、馬上で弓をつがえて放った。

プレドヤクは、迫る矢を無視して駆け抜けることで躱したが、長剣の一撃に襲われて槍で受ける。

両者の武器がぶつかり合い、ミヒャイルの咆哮がプレドヤクの絶叫に勝った。

「蛆虫（グラミアン）！」

ミヒャイルの長剣は唸りをあげて、プレドヤクの首を胴体から斬り飛ばした。

鮮血を噴き上げる首無し死体を乗せた馬が駆ける。

ミヒャイルは敵の首を無視して、オデッサ公爵軍へと加速する。騎兵の追撃も反撃で斬り伏せ、苦戦する帝国軍兵の中で一人だけ異質な存在となった彼の武力は、グラミア人からして恐怖でしかなかった。近寄れば殺されるという想像を、兵達がしてしまうほどに強かった。

ミヒャイルの暴れっぷりを見たダリウスが、面倒な奴と認めて、追うべく馬を加速させる。敵味方が入り乱れての激しい戦場であっても、強い騎士一人の蛮勇が帝国兵達の戦意を支えていると見たのだ。だが、ダリウスの前にも多くの帝国兵達がいて、彼らも懸命にグラミア人達を殺そうと凶器を振るっていた。

斬りあげ、突き払うダリウスの動きは淀みなく、彼は馬上で三本目の剣を鐙から抜き放っていた。

ダリウスは、オデッサ公爵軍中に、無謀な突っ込みを見せた帝国軍兵の集団を睨む。

先頭はもちろんミヒャイルで、彼は敵から奪った槍を振り回し、薙ぎ払い、強いオデッサ兵でさえも圧倒していく。

ハンニバルは弓を手に、鬼気迫る敵騎士に狙いを定めた。

「ああいう奴は射殺すのが常套だ」

炎王（イフリル）が矢を放つ。かなり距離があったが、剛腕から放たれた一撃は見えぬ速度でミヒャイルに迫る。

聖紅騎士団総長（ハイローダー・オルディーン）を救ったのは、運と技量が半々であった。彼はハンニバルの矢に気付いていなかったが、オデッサ公爵軍兵の斬撃を躱す為に身を屈めたのである。

ミヒャイルは、直前まで自分の頭部があった箇所を突き抜けた矢が、後ろの部下に突き刺さったと悲鳴で知った。彼は視線を彷徨わせ、同時に馬を跳躍させて、ハンニバルが二射目を構えた瞬間を見た。

馬から飛んだミヒャイル。

遅れていれば、彼は死んでいた。

聖紅騎士団総長（ハイローダー・オルディーン）は着地と同時にオデッサ公爵兵を斬り伏せ、倒れる敵から剣を奪うと、右に左に敵を斬りまくりながら突っ走る。返り血と肉片で汚れた彼は、もう少しでハンニバルに届くと叫んだ。

「かかって来い！　卑怯者！」

「は！　戦争に卑怯もクソもあるか」

ハンニバルは、四射目を放つと同時に、部下達に火砲を撃たせていた。

矢を躱したミヒャイルだったが、それは炎王（イフリル）の陽動で、火砲による攻撃を隠す為である。

発射された弾丸はミヒャイルに命中しなかったが、轟音で彼はビクリと止まった。

そこに、ハンニバルの五射目が放たれる。

ミヒャイルは、がくりと片膝をついて驚いた。自分に何があったか理解できぬまま、頭を殴られたような衝撃で倒れる。彼は、頭部に矢を受けていたのである。甲冑を貫いて頭蓋を破壊し脳に至った矢の威力は、ハンニバルだからこそであった。

彼の背後で、アルシャビンが笑っていた。

「お館様、よかったので？　あれほどの敵、戦（や）ってみたかったのでは？」

聖紅騎士団総長（ハイローダー・オルディーン）を射殺したハンニバルであったが、すぐに部隊を動かす指示を出している。

「試合ならともかく、殺し合いの最中だぞ。いちいち決闘できるか」

ハンニバルは笑いもせず答えた後、前進命令を下したが、ここでプレドヤクの戦死を知る。

「……奥方には、俺が詫びに参上せねばな」

彼はこの日初めて、感傷的な表情を作ったが、伝令が悲鳴混じりに声をあげたことで視線を転じていた。

「お館様ぁ！　敵新手が戦場の西側に出現！　国軍左翼苦戦！」

「……！　お前はそのままナル殿のところへ行け！　他は目の前の敵に集中しろ！　こちらを素早く片付けることが、あちらの味方を助ける！」

彼が声を発した直後、戦場を疾走するグラミア騎兵の一団が敵軍中に突っ込んで行く。彼らは泥と水をまきあげ、オデッサ公爵軍兵の攻勢を助けるように帝国軍中央に向かって雄叫びをあげた。

「弩をぶっ放せ！」

先頭のダリウスが怒鳴り、グラミア騎兵は弩の斉射後に楔型の陣形で帝国軍に突撃した。ぬかるみ滑りやすい大地の上でも、彼らは乱れのない陣形の変換と加速を行ってみせると、戦斧と馬上槍を敵兵達に叩き込んでいく。絶叫が連なり、パっとあがった血煙は濃い。

ダリウスは当初、戦況を離れた高みから俯瞰していた。彼はそこで、帝国軍中央が後背からの攻撃を予想していたかのような対応をしたことを目の当たりにし、ナルが危ないという予感でオデッサ公爵軍後方に控えていたナルの連隊を救う動きを取った。そしてそれを成した今は、戦場南西の空を焦がす爆炎を見て国軍左翼が危ないとみた。彼がそう判断したほど、結界にぶつかり爆発する魔法の量は凄まじく、突然の戦況変化であった。ダリウスは戦場を迂回していては間に合わないと感じて、敵軍中を突破するという決断をしていた。

彼は右手の槍を一閃し、帝国軍兵を雑草のごとく刈り殺す。そして手綱を放して脚の締め付けだけで馬を御すると、左手の長剣を煌めかした。

雷神（トールアン）は、気合いの声をあげて槍を突き出し、剣を振るった。スーザ人達にとって、かつて悪魔の如く恐れた男は、その時よりも危険で残酷な形相と暴れっぷりを見せつける。スーザ人ひとりが逃げ出すと、数人が続く。そして、一斉にたくさんの兵達が戦うことを放棄して帝国軍の戦線は崩壊した。

ダリウスはそれでも殺すのを止めない。

彼は、目の前の敵を全て殺すと決めているかのように殺意漲る声で吠える。

「前だ！　前だけに進め！　邪魔は全て殺せぇ！」

グラミア軽装騎兵は、帝国軍中央と左翼の連結点を断ち割るような進路と攻撃を見せる。それは苦戦する味方左翼への救援と、帝国軍分断を成す部隊運動だった。

帝国軍左翼を預かる聖天騎士団（ハイトヒメル・オルディーン）総長ステイタムは、ミヒャイルの戦死とシュケル軍攻撃開始の報をほぼ同時に受けていた為、敵軽装騎兵の動きは帝国軍中央を突破しての味方支援が目的だと見抜いた。彼はこれまで、意図的というには押し込まれているが、シュケル軍戦闘参加で指揮にも少しの余裕があった。

「敵騎兵の側面を突け」

ステイタムの指示で、帝国軍左翼の中央寄りに展開していた部隊群が、戦場を疾駆するグラミア軽装騎兵に槍を投げつける。

ダリウスはそれでも止まらなかった。一気に駆け抜けることが被害を最小化するとわかっていたのと、いちいち相手をする余裕など時間的にも心理的にもなかったからだ。

彼の騎兵連隊は、戦死者を出しながら駆けに駆けた。泥と水と血と肉を撒き散らし帝国軍中を南下する突破力は、突き抜けた先の味方を助ける為だという念によって支えられている。そしてそこには、グラミア王国をこれまで散々に苦しめてきた元凶を排するという、グラミア軍兵達の気持ちの強さがあった。

一方、グラミアを、というよりもイシュリーンを倒し、ナルに勝ちたいという執念を滾らせるシュケルは、この時まだミヒャイルの戦死を知らない。

グラミア国軍本隊は相変わらず前掛かりで、これはダリウス率いる騎兵連隊の動きで、帝国軍中央が乱れたがゆえに、グラミア軍中央の進出が容易に行われたことと、敵後方にオデッサ公爵軍が現れたことがあった。しかるにそれは、シュケルの狙い通りの展開であり、彼は敵左翼へと強烈な攻撃を叩きつける。

聖騎士(ハイリッター)は、自ら剣を振るって敵を殺すほどの前線にいて、既に彼と兵達は、グラミア軍左翼の後退を嘲笑うかのような優位性を確立していた。陣形も何もなくなってしまったグラミア軍左翼は、いきなりそうなったと表現しても差し支えないほどの崩壊を強いられ、ジグルドはすぐ近くまで敵が迫った中でも懸命に防ごうと声を絞り続ける。

イシュリーン率いる中央が敵の新手による急襲に備えるだけの時間を作らねばまずいという焦燥が、隻腕の青年を立たせ続けた。そしてそれは、これまで彼が信じ続けていた、自分の立場でもあったのである。

姫から王となっても、ジグルドにとってイシュリーンは、絶対に守る対象なのだ。

「伝令！　中央の動きは!?」

彼の叫びに、伝令も叫び返す。

「攻勢からの反転に向かっておりません。帝国軍中央が崩れているようで、予備兵力も入れての攻撃に移った直後です！　すぐには難しいでしょう！」

「すぐに！　とお伝えしろ！　ジグルドが！　半刻ももたないと申していると！」

悲壮な顔で離れた伝令。

ジグルドは周囲の士官達に言う。

「クローシュ渓谷で、陛下にお逃げ頂いた決断は正しかったと、一年が証明している。ゆえに今日も、陛下の盾となることが正しいと、これからの一年が証明してくれるに違いない。皆、命をくれ」

誰もが、頷きと共に剣を抜いた。

「死守する！　敵を一人でも多く倒せ！」

このジグルドの決意を、嘲笑うかのような動きを帝国軍右翼が見せる。

レーヴ・ラキティッチは、帝国軍中央部隊群を崩れるがままに任せ、それそのものを盾のように使うことで敵の攻勢から右翼部隊群を守ると、シュケル軍の動きに呼応し、グラミア軍左翼に右翼全部隊をぶつけていた。この複雑で酷な軍運動を見事にやってみせた彼の運用能力は高く、戦略や戦術といった知恵と閃きを競う華々しい能力で劣ったとしても、指揮官として後れを取ることとは別問題であると証明してみせた。

北と西から攻撃されて、グラミア軍左翼は悲鳴をあげた。

グラミア兵達は、狂ったように戦った。死んだ仲間の死体を盾にし、倒れた味方の武器を奪っても戦う。傷ついた者は、敵に抱きつき自分もろとも殺せと叫んだ。流れ出した血は泥濘を赤黒く変色させ、浅い水辺は滑りを帯びる。

戦いはすでに半日に及ぶ頃合いであったが、終わるどころか激しさを増していった。

シュケルは、両眼を危険な色に染めて、目の前の敵を斬り殺した。そして彼と彼の部隊は、グラミア軍左翼の後方、ジグルドが指揮を執る陣地に突入する。

グラミア語とスーザ語の怒声と悲鳴と絶叫は、人からこんなにも大きな音が出るのかと驚くほどであった。

シュケルは長剣を振り抜き、グラミア軍士官を撫で斬った。すれ違いざま、身体を独楽のように回転させた彼は、それで新手の斬撃を躱すと、反動を利用して剣を払っている。一瞬で二人を倒したシュケルの強さは、目の前で見せつけられたジグルドの顔を青くさせる。

無言で対峙したのも一瞬。

ジグルドは、片腕であっても剣を握った。

シュケルは、クローシュ渓谷で自分が相手の左腕を斬り飛ばしたなど覚えていない。

隻腕の青年が、渾身の一撃を放つ。

シュケルは、余裕で躱すとジグルドの右脚を斬り払い、均衡を失った相手の左脇に剣を突き入れる。甲冑の連結部分を的確に狙った聖騎士(ハイリッター)の攻撃は、ジグルドの肺と心臓を破壊していた。

声もなく倒れたジグルド。

シュケルも無言で離れる。

彼は、突然に崩れ始めたグラミア人達を見て、ここに至るまでに倒した相手の誰かが左翼の指揮官だったのかと感じたが、確かめる時間を惜しんだ。

「遅れるな！　俺より後ろを進む奴は斬り殺すぞ！」

シュケルの怒声に、帝国軍兵が雄叫びをあげて速度をあげる。

イシュリーンは、左翼から送られて来る伝令達が、敵出現、敵襲来、味方苦戦となったあたりで中央軍の攻勢を止めるべく指示を出したのだが、その直後にはもう敵は彼女が指揮する中央軍にぶつかってきていた。さらに帝国軍右翼もこれに加わり、グラミア国軍中央は攻勢どころではなくなってしまう。

それでも彼女は、全く動揺を露わにしない。

戦闘では、苦戦も当たり前にあると彼女は知っていたし、これまで何度もあった。ナルが現れてから事情が変わっただけのことだと彼女は思う。

「当たり前に勝つことがどれだけ難しいか……左翼の軍兵を収容しつつ陣形を変化させる。レニアスとハンニバルに攻勢は任せるとして、敵新手と右翼は我々が止める」

王の力強い声は、ジグルドの死を知らないからかもしれない。

グラミア軍中央は部隊の向きを急転換するのではなく、東方向へと逃れる動きを取りながらゆるやかに向きを変えていく。部隊と部隊の連結点に隙間が生まれぬように、淀みなく行われる部隊運動は彼らの経験値と、レニアスによる訓練と、イシュリーンの指揮の巧さの賜物であった。

シュケル軍の前衛がグラミア中央側面とぶつかった時こそ、グラミア人達は一方的な攻勢に晒され反撃すらできなかったが、四半刻も経たないうちに組織的な抵抗を見せ始める。

攻撃側のシュケルは、イシュリーンは攻めている時よりも守らせた時のほうが厄介な型の指揮官だと感じた。

「俺の指南が役だっているかな?」

珍しく冗談を言ったシュケルは、同時に剣の一振りでグラミア兵を斬り殺している。彼の白い甲冑はすでに赤黒く変色しており、左肩当てにはグラミア人の肉片がこびりついていたが気付いていない。

シュケルは指揮下の部隊群を半刻ごとに交代させることで継続的な打撃効果を維持した。部隊と部隊を入れ替える際、彼は矢をグラミア軍に打ち込み援護させることを徹底させつつ、時にはわざと、部隊を後退させて敵が安堵したところに新たな部隊を繰り出しての連打を見舞う。

一方のイシュリーンは、自分が立つ陣地と敵との間に、横から部隊を滑り込ませるような動きでいなし続ける。これは指揮下部隊群の向きを北から西へと転換しつつ、防御陣形を構築するという二兎を追う組織運動であった。北から戦闘箇所に入った部隊は、戦いながら南へと抜ける。そして後方へと回り、隊列を整えて再度、敵の前に出るのである。

帝国軍は隊列を前後に動かし攻撃を持続し、グラミアは円運動で戦闘力を維持した。

この状況に変化が生じたのは、双方の指揮官が卓越した者同士であるからこそだった。

シュケルは、敵の堅さは円運動による抵抗の持続性にあると見抜き、面で敵にあたるのではなく、点で当たることで突き抜ける狙いへと攻撃戦術を切り変えた。

イシュリーンは、敵軍の動きに変化の前兆を見る。

「部隊の交代がない!?」

彼女は、これまで敵が徹底していた部隊の入れ替えが行われなくなったことを、シュケル軍が見せる攻め疲れから感じ取っていた。そしてそれは、戦力を集中させる目的があると看過する。

「真ん中か？　右か？　左か？」

イシュリーンは、一瞬の迷いを言葉にしていた。

脇に控える伝令、士官達が固唾を飲む。

「右だ！　我々から見て右！　シュケルは帝国軍中央が後退してできた空白に、右翼ともども進出する算段だろう！　右側面に備えよ」

伝令が散るのと、王への意見が述べられたのは同時であった。

近衛連隊長アビダルが、勇む王を諫める。

「陛下、お退きください。距離がありませぬ」

「わかった。しかし左翼の兵達を回収できておらぬ。終わったら……」

「いけませぬ。陛下、お叱りは王都でいかようにも受けますゆえ、ここは犠牲を無視してでも後退くださいませ」

イシュリーンは唇を噛むと、一度だけ、コクリと頷く。その彼女に、アビダルの後ろに立っていた料理長が杯を差し出した。戦場であっても王の為に料理をする元軍人は、少しでもイシュリーンが休めるようにと、立ちながら取れる食事を用意していたのである。

それはスープで、野菜と牛肉の旨味が凝縮した逸品であった。

受け取って口をつけた王は、料理長の腕が戦場でも全く鈍っていないと苦笑しつつ、命令を下した。

「後退運動に入る。レニアスの軍の西側につける。我が軍は左翼を担当する配置とする。急げ」

士官達が一斉に返事をあげ、角笛が高らかに鳴り響いた。それまで、軍勢後方で軍楽を演奏していた軍楽隊も、後退の音色へと慌てて奏でを一変させる。

この動きを視認したシュケルは、それでも攻撃命令を下した。

イシュリーンが読んだ通り、彼は帝国軍右翼と指揮下部隊群の一部を率いて、イシュリーン率いるグラミア中央を北西から攻撃する算段であり、実際、勢いよく放たれた矢の雨を掩護に突撃は実行された。

前面から押され続けていたイシュリーン軍は、斜め前方からの攻撃にさらされ円運動が遅れる。それは、戦闘面が西側から北寄りに移ったことでの変調に原因があった。

シュケル軍前衛は、盾を連ねて前進しつつ、その隙間から矢を敵に撃ちこむ。そしてそれを凌ごうかというほどの勢いで、歩兵が泥と水を蹴散らして突進した。魔導士達の魔法攻撃も、この局面の為に温存していたかと疑うほどに派手で、イシュリーン軍は一時的に魔法での反撃が不可能なほど防御一辺倒になる。これは、シュケル軍突撃部隊が、敵の魔法攻撃を気にすることなく突出できることに繋がる。

そしてここからが、シュケル・クラニツァールの真骨頂だった。

「騎兵を出せ!」

彼は、温存していた騎兵連隊一〇〇の使いどころは、ここしかないと判断した。それは敵が見せた一瞬の動揺につけ入る用兵であり、勝負どころを見極めた重要な一手であった。

シュケル自らも馬に乗り、兵が投げてよこした槍を握った瞬間には駆けている。その彼に続く騎兵が、イシュリーン軍の円運動を突き破るかのごとく、グラミア人の壁にぶつかる。

堤防が決壊したかのように、イシュリーン軍は内部へとシュケル率いる騎兵連隊の侵入を許した。

「魔女(イシュリーン)!　そこで待ってろぉお!」

シュケルは、突き進む先にグラミア王旗を見つけている。彼は飛びかかってでも止めようとしてくるグラミア兵を槍で払い除け、馬の腹を蹴った。馬蹄の轟きはその破壊力を表すかのように荒々しく、グラミア兵達は矢と魔法で応戦すべしと慌てたが対応が遅れる。

イシュリーンはアビダルの勧めで、後退するべく馬上となっていたが、物凄い勢いで迫る敵騎兵の動きに叫んでいた。

「左右からすりつぶせ！　無理に前に立つな！」

彼女の周囲から伝令犬達が一斉に離され、士官も伝令も怒鳴り散らした。

「お逃げください！」

誰かの悲鳴がイシュリーンを急かす。

彼女は勝っていたはずが突然に攻撃され、苦境に立たされた今、身震いする。

クローシュ渓谷の苦戦が、脳裏に蘇った。

彼女の隣には、ジグルドはいない。

しかしイシュリーンは、沸き上がる勇気で背筋を伸ばせていた。彼女にそれをさせたのは、奮闘する兵達の背中だ。彼女は今、改めて兵達と共に立ちたいと願う。

「ここで指揮を執る！　皆が私を助けてくれる！　私もお前達と戦う！」

彼女は馬上で抜剣すると、切っ先で迫る敵騎兵を示す。

「慌てるな！　ここは冷静に対処せよ！　敵の突出は一時的、局所的なもので、あのように敵騎兵は数が少ない！　迫力に騙されるな！　左右の部隊で挟撃し押し潰せ！」

王の言葉に、角笛が吹かれた。また、伝令達が馬蹄を轟かせて味方部隊へと駆けていく。

シュケル率いる騎兵連隊の突撃に、イシュリーン軍は柔軟性と厚みで対抗した。

両軍の激突は激しく、互いにそれぞれの神の名を叫ぶ。

スーザ人達はスーザ神と叫び、グラミア人達はヴィラと叫んだ。

「女神ヴィラの娘を勝たせろ！」

あるグラミア軍士官の怒声。

「馬鹿め！　神などいるか！」

シュケルはスーザ人らしからぬ怒鳴り声と共に、繰り出した斬撃で敵士官の肩から胸までを裂いていたが、直後、異変が彼の耳に届く。

「閣下ぁ！　騎兵！」

シュケルは部下の声で視線を散らし、北方向から、もう目の前に迫って来ているグラミア軍騎兵の集団を捉えた。

「男前は遅れて現れるんだよ！　覚えておけ！」

グラミア騎兵を先頭で指揮する男——ダリウス・マキシマムが嘲笑と共にシュケルに突っ込む。

両者の白刃が、火花を散らした。

「マキシマムか！」

シュケルは、相手があの時のペルシア人だと気付いた。

「脇役は主役に斬られろ！」

ダリウスは斬撃と怒声で応えた。

馬同士がぶつかり、衝撃で両者の身体も揺れたが、戦い慣れた二人はそれをものともせずに斬撃をぶつけあった。一閃の鋭さと強さは互角で、二人の殺し合いは周囲から熱を奪っていく。

　グラミア人も、スーザ人も、お互いに指揮官同士の戦いに目を奪われてしまった。それほど両者の激闘は激しくも美しく、危険な音と衝突の連続だったのである。しかし、その隙は近くの敵に狙われる。二人の戦いぶりに目を奪われた者達は、敵によって齎された死で決着を見ることができなかった。

　永遠に続くかと思われた互角な斬り合いは、王の援護に駆け付けてきたレニアス旗下の連隊が進出してきたことで結末を迎える。

　シュケルはダリウスの斬撃を剣で弾き返したと同時、視界の端に六連旗の連なりが接近してくる光景を垣間見た。それだけであったが、彼が後退を決断するには十分だった。このまま突っ込みたいという願望を理性で封じ込めた判断は、一秒も時を要しない。

　ダリウスは、馬首を巡らせたシュケルに驚く。彼にとって、こいつはここで逃げるような男かという意外さが強かったのだ。

　無言で引き返すシュケル。

　ダリウスも無言で追走した。

　だが、指揮官を逃がそうと帝国騎士がダリウスの邪魔をする。

　雷神（トールアン）は、その敵を殺すひと手間を強いられた。数えるならひとつかふたつの間でしかないが、逃げるシュケルは一気に距離を離している。

　イシュリーンは立ち、シュケルもまたダリウスから逃れた。しかし初日の戦闘で、両軍ともに重要な指揮官を失っている。

開戦初日の夜更け。

この時点で、グラミア軍は西を向いて布陣していた。右翼にオデッサ公爵軍、中央にレニアス率いる一軍、左翼にイシュリーン率いる軍という構成になっている。一方の帝国軍は、左翼と中央をステイタムが預かり一軍として、グラミア軍右翼と中央を引き受ける格好になっている。そしてシュケルは、イシュリーンの前に軍勢を展開させた。この両軍の配置は、初日の戦闘終了時そのままといえる。

グラミアも帝国も、敵の夜襲に備えて篝火を大量に点しており、黒雲広がる空の下だというのに、地上は恐ろしく明るかった。しかしそれは、美しい光景とはならない。彼らが闇を嫌って光を求めたことで、大地を埋め尽くすほどに転がる大量の死体が、戦場に放置されたままであることを晒していたからだ。戦死した兵の遺体を収容する為の一時的休戦を取る場合もあるが、この時の両軍は交渉すらしていなかった。

グラミア軍首脳部は、王がいる左翼に集まっている。

彼らは小雨の中、ジグルドの為に祈った。とくにイシュリーンは、涙をこらえようと懸命で、その様子は周囲の同情を誘う。レニアスは、王女時代から共に戦いの中にあったジグルドを失ったイシュリーンが、目の前の戦いから心が離れてしまうのではないかと案じていた。また、ナルとダリウスも、自分達よりも付き合いの長い青年の死が、彼女から王としての振る舞いを奪うのではないかと表情を曇らせている。彼らから少し離れて佇んでいたアビダルは、敵に備える為にいつの間にか姿を消していた。

王と二人の将軍、そして補佐官を見守るハンニバルは、プレドヤクの死に沈む内面を無表情で隠していて、誰かが死ぬ戦いの中であるから、今回は彼の順番であったのだと割り切るように努めていた。しかし、部下の妻と子を想うと、彼は辛い。それでもハンニバルは、オデッサ公爵たる自分には不要な感傷だと自覚し、皆の前に置かれたジグルドを眺める。

彼の遺体は、六連星旗に包まれて皆の前にあった。青い旗が、黒く重く濡れている。

静寂がしばらく続き、現れた伝令も報告を躊躇う空気であった。

ダリウスが手招きで伝令を呼び、その報告を受けた。直後、彼は隣の友人を小突く。

「何だよ?」

「アルメニアが、帝国と我が国の和平に乗り出したと……ベル様は今、リュゼに入っていて出ることができないから、ドラガンが都に報を送って、今、届いたそうだ」

「……終わらせなければならない」

ナルの言葉は短く、力が全くこもっていない。それは彼が、虚脱感に襲われたからで、これまで極度の緊張に晒されてからの解放に、立っていられなくなったのだ。暗闇の中を進み続けた一年が、彼のこの一瞬を、とても尊いものであるかのように感じさせていた。

よろよろと泥の上に座りこんだナルをダリウスが見下ろし、レニアスが何事かと首を傾げる。だが、イシュリーンだけは、ジグルドの遺体を前に佇んだまま動かない。いや、動くことができないでいた。

「陛下……キアフからです。アルメニアの首相閣下と、外交部による動きが既にあります。アルメニアは、我が国と帝国との間に和平を結ばせようと……」

「……」

ダリウスの報告にも沈黙のまま、身を翻したイシュリーン。

彼女は、ダリウスもレニアスも、ナルさえも無視して自らの馬車に入る。

どうしたものかと悩む一同を、やや後方から見守っていたハンニバルが諫めた。

「貴公ら、少しくらいの時間を陛下に差し上げてもよいのではないか？　苦しい時代を共にした仲間を失ったのだ……喪失感を、乗り越えるまでは時間が要るだろう。戦いなら、俺達だけでも可能だ」

オデッサ公爵の言は、自らも大事な部下を失ったからこそ上辺だけのものではない重みを含んでいる。

一同の視線を受けたハンニバルは、どす黒い空を見上げて少しだけ笑うと、口を開いた。

「俺は、軍中に戻っておこう。敵の配置を見るに、シュケルはこの左翼に集中するのだろうが、俺であればひと揉みした後に後退することで我が軍左翼を釣り出し、中央との連携で殴殺する。あれは斜形陣にも見えるからな」

炎王(イフリル)は片手をあげて左翼陣地から去った。

「おっさん……」

ナルの声に、ダリウスとレニアスが彼を見た。

「あ、いえレニアス閣下ではありませんよ」

老将をおっさん呼ばわりしたのではないという言い訳をしたナルに、レニアスは苦笑し、ダリウスは「俺はお兄さんだ」と反論したが、友人の発言を促すように口を閉じた。

「今のまま和平交渉をしても帝国は乗って来ない。聖女(ビッチ)とシュケル君が軍勢を率いて我が国にいるからだ。両方……と言いたいところだけど、隠れて出て来ない聖女(ビッチ)を消すのは難しい。素早くシュケル君を倒したい」

ダリウスは苦笑する。それは、ナルがこれをする為に、これまで眠れない夜を過ごしてきたことを、友人の隈の濃さで理解できるからだった。雷神(トールアン)と敬われる指揮官からして、ザンクト・ドルトムント急襲は帝国への打撃よりも、シュケルの心理面に与えた効果こそ、友人の狙いだったのだろうと思えた。そしてそれは、シュケルに決着を急がせる布石となり、現実に昨日の奇襲戦法などは、その表れに違いないと思考を結んだ。

「出て来た敵を、仕留めるわけだな？」

ダリウスの問いに、ナルは地図を眺めながら答える。

「シュケル君は、どうしても勝たなければならない。彼が狙うのは、陛下の命……だろう。でも、彼は俺の命にも一応は価値を認めてくれているはずだ。でなければ昨日の、帝国軍の動きは説明できない」

レニアスは呆れたように言う。

「貴公、わざわざそれを確かめる為に、敵後背に進出したのか？　敵を倒す以上に、それを狙って？」

「確証を得ていないままでは不安でしたし、他に方法が思いつきませんでした……昨日、敵は俺が後背に進出することを予見し、俺を討つ準備をしていた。思ったよりも強力な攻撃で冷や汗をかきましたが……おっさん、助かった」

「美酒と美女で尽くしてくれればチャラだ」

「はい、はい……で、シュケル君にとって、俺が例えば、手が届くところに現れた時、狙ってくるに違いないということです。敵指揮官だから……補佐官だから……という以上に、彼は俺を倒したいのです。俺達が、彼を倒したい理由と似た意味で……」

「お互いにどちらかが倒れれば、終わると言いたいのか？」

レニアスの問いに、ナルは頷いた。

「シュケル君に関していえば、終わります……俺の場合は……まあ、苦しくなるでしょうね。敵が勢いつきますから」

彼は常識問題の解答を口にするような気負いなさで答えると、両将を交互に眺めつつ発言を続けた。

「……帝国にあって、シュケル君以上の指揮官がいないから、彼が我が国への侵攻作戦を指揮しているわけです。つまり彼が死ねば、代わりはいません。さらに聖女（ビッチ）であっても、彼を勝たせることができなかったという事実が、帝国兵と民から戦意を奪い去ります……一方、聖女（ビッチ）とシュケルの軍が俺を倒したとなると、仮にこの一戦をこちらが耐えたとしても、あちらは兵も民も戦争続行を叫び、和平への道は閉ざされ、最終的に国力で押しきられてしまいます。現在、戦力は拮抗していると言えますが、一時的なものです。我々は今、勝たねばなりません。そして交渉においては妥協……戦闘では勝ちながらも引き分けを受け入れることで、長期的には勝ちを拾う」

ナルは言う。

戦争がグラミアに齎したものは、侵略される恐怖だけではない。社会や経済の構造は戦争状態に慣れた仕組みを育んできた。それは国と王家、また諸侯達がという意味に留まらず、例えばグラミアを代表する大きな商会のいくつかは、物資を戦争中の国軍に納入することを前提とした生産体制を整えている。物流も然りだ。この場合、彼らが戦争終結後も困らないようにしてやる必要があり、アラゴラ地方の開発やオルビアン復興などは、戦争に慣れた国情を転換させる格好の材料になり得る。これは経済政策であるが民の生活を保護する意味もあり、彼らとて物価の乱高下に晒されては、戦争が終わったからといって安心できないのである。では帝国と戦い続ける方法があるという案も確かにあるが、これは継続することが非常に困難だ。現実的に考えて、グラミアは身の丈にあっていない戦争をずっとしているのだ。運が良いという表現が正しいかは別として、これまでは東西横断公道（シルクロード）の富があった。これがグラミアを支える資金であった。ところが、短期間で何度も大きな戦いをしているうちに、完全に収支は赤となってしまっているが、では収入の範囲内で戦うというわけにもいかない相手を敵としてしまっており、その帝国との戦争継続など下の下といえる選択なのだ。

「……ですので、ここはどうにか戦争を終わらせる必要があります。例えば賠償金を払って一時的に国庫の金が減ったとしても、必要な出費と割り切るほど現状は切実です……過激な喩えですが……ともかく、我々は帝国との戦争、身の丈に合わない敵と正面から斬り結ぶ問題を解決し、拡大した領国の質を高める動きに資金と人材を集中させる時間を得ることで、少し先になりますでしょうが、帝国であろうとも、アルメニアであろうとも、グラミアに軽々しく手を出すことができないほどの国力を得ますでしょう。またこれで、終戦後の国内を安定させます。開発景気で、しばらくグラミアは好景気になると予想しますので、国内事情の正常化をなだらかに行えるでしょう」

ナルはそこで、視線を地図に転じると言葉を続ける。

「ですので、この戦闘で必ずシュケルを倒さねばなりません。ということで、シュケル君が望む形で戦闘を経過させてやることで、彼を吊り出します」

ナルが地図に羽根ペンの先を走らせる。インクのにじみは、彼の手が震えているからであった。緊張からか、興奮からか、彼の記す図はひどく歪んでしまったが、二人の将軍には誤解なく伝わる。

レニアスが口を開く。

「あえて、正面からぶつかるのか?」

「はい。シュケル君の意図を汲んでやることで、彼は我々の目論見に沿った展開に付き合うことになるでしょう……危険は承知の上です」

老将はナルを見つめ、懸念を口にする。

「しかし、相手はシュケルだ。こちらの予測を上回ることもある」

「私が前に出ますので、私ごと敵を倒してください」

彼は、言葉を失う両将に笑みを見せると、こうも言った。

「私に付き合わされる兵には申し訳ないですが、必要な犠牲だと割り切るしかない。その中に私がいることで、私はこれまでの軍師とか、参謀とか、そういう者が無価値になることを切実に望みます。

彼らの狡猾さ、安全圏で指図する無責任さは時代に合わぬものだと突きつけることができる。グラミアは延命できる。周辺国含めて、しばらくは平穏になる。そういうものを期待するなら、私達の命は価値があります」

「ま、何にせよ――」

ダリウスが、重苦しい空気を払おうと明るい声を出す。

「――あと数日で片が付く。その時、お前と笑っているはずだ、俺は。難しいことは言うな、考えるな。頼ってくれたらそれでいいんだよ、雛」

言い終えたダリウスは片手をあげて離れる。その背に、ナルが言った。

「おっさん、もし生きていたら、祝杯を一緒にあげてくれるか？」

「ああ。俺は、人を殺すよりも酒を飲むほうが得意だ」

年上の友人は、肩越しの笑みをナルに見せた。


夜となって、スジャンナの幕舎に入ったシュケルは、簡易寝台に突っ伏して泣き続ける娘の背を見た。

「勝ち切れなかった。すまぬ」

スジャンナの背に向けて言ったシュケルは、その場で片膝をつき、冑を脱ぐ。そこで初めて、グラミア人の臓腑が冑の表面にこびりついていたと気付き、傷痕を歪めて冑を放り投げた。

地面を転がった冑の音で、スジャンナは身を翻す。彼女は、頭を垂れるシュケルに飛び付くと、相手の顔を渾身の力で殴った。

シュケルは避けない。

彼は、左と右の頬を交互にぶたれたが、表情ひとつ変えない。この程度の痛みなど、という自戒が彼から痛覚を奪っているかのようである。

「貴方が命じたんでしょ！　貴方が、お姉ちゃんに命じたから！」

「そうだ。俺がしたことだ」

「神様は悪くない！　貴方が悪い！　貴方のせいだ！　貴方のせいでお姉ちゃんが！」

スジャンナはまたシュケルを殴った。

唇の端を切った男は、再びあげられた彼女の手を掴むと、涙で濡れる聖女を見つめる。

スジャンナは、慣れない暴力を振るったことで逆に痛む自らの手に涙をまた流した。そして、初めて人を殴った感触と興奮、そして恐怖で、震える声を吐き出す。

「ご……ごめんなさい。わたし……わたし……」

「いいのだ。殴られて済むならば、これほど楽なことはない」

シュケルは自らの言を終えた直後、ミューリュの笑みを脳裏に描いてしまった。彼の養女は、彼が彼女の実父の死を告げた時、彼を殴らず、罵倒せず、ただ父の死を受け入れたかのように佇んでいた。あの時、仮にミューリュが激情を露わとしていたならば、シュケルの今はなかったはずである。

既視感に喘いだシュケルは、自分の頬が濡れたと感じた。そこで我に返った彼は、自らの頬にスジャンナの頬が触れていると知る。彼は彼女を押し離すと、聖女（ハイトゲーテ）への一礼を取り、立ち去ろうとしたが、彼女の手が彼の手を握った。

「シュケル様……恐いです。一緒にいて……」

怯えた目をした美女を前に、保護欲からの欲情にかられたシュケルであったが、懸命に己を律した。

今、スジャンナを慰めようと抱きしめた先に、堪え切れそうにない衝動があると彼は認めた。

「勝ち切れなかった己の愚かさで、こんな時に女を求めるか……」

囁くような自嘲の後、彼は、死んだ友人（ミヒャイル）の為に立った。

「スジャンナどの、明日の朝、皆の前で聖女（ハイトゲーテ）として振る舞ってくれ。その後、護衛をつけるゆえ、シュテファンのところに移って欲しい」

「……」

スジャンナは答えず、ただシュケルを見つめた。

シュケルは、それが答えだと受け取り、無言のまま彼女に背を見せ、外へと出る。彼はそこで、自分を待っていたレーヴを手招く。

「は……」

短く応えたレーヴは、シュケルのすぐ後ろについた。

「レーヴ、矢はあと一戦に足りるか？」

「……一日は無理です。本国から少しずつ届くようにはなっておりますが、消費する量にも及びませぬ」

「どれほど可能か？」

「……早くて一刻」

レーヴの予測は、厳しめに見てのものである。

現在、帝国軍にある矢はかきあつめても約五万本である。これは少なくない量であるが、帝国対グラミアの戦闘に限っていえば全く頼りにならない数だ。現在、帝国軍右翼のシュケル軍だけでも三〇〇〇の兵力がある。このうち、弓矢を敵に撃ち込む兵が三〇〇人とすると、一〇回で三〇〇〇本を消費するのである。戦闘は常に矢を放ち続けているわけではないが、一日の戦闘で一〇回、二〇回で終わりということもない。

一刻という報告を受けたシュケルは、不敵に笑っていた。

「ならば……一刻で勝つ」

彼は決めた。

「レーヴ、天候はどうか？」

「気象予報士によれば、雨は朝まで……霧になると思われます」

「よし、好都合だ。陣地はこのままでいい。俺が右翼にいると相手は思うだろう」

「は……万が一の撤退路は、シュテファン閣下と合流できる方向に用意しておけば良いでしょうか？」

「いや、いらぬ」

シュケルは迷いもしない。

レーヴが、喉を鳴らす。

「レーヴ、ミヒャイルが先に行って待っている。あいつはああ見えて寂しがり屋だ。グラミア王と補佐官の首を土産にしたい」

「……承知しました」

レーヴは頭を垂れたまま、しばらく顔をあげられなかった。

彼は、シュケルがどんな顔をしているのかを確かめるのが恐ろしかったのである。

⁘

初日の深夜、グラミア軍左翼陣地後方の王専用馬車の中で、イシュリーンは一人でいた。

彼女は寝台に腰かけて、瞼を閉じたまま、いつも傍に立ち続けてくれたジグルドの横顔を思い出している。そしてそれは、彼女にとって、これまでは当たり前のものだったと思い、これからは違うのだという考えが、王の白い頬を涙で濡らした。

彼女は口を手で覆い嗚咽を堪える。侍女が整えてくれた化粧はすっかり流れ落ち、瞬く度に睫から滴が跳ねた。

彼女は、頭を払う。

イシュリーンは、ジグルドを失い悲しむ自分と同じように、大切な人を戦で失い悲しむ民がいるのだと知っている。それなのに、自分だけが悲劇の中にいると思うのはおかしなことだと結んだ。

彼女は、戦いの最中にもかかわらず、馬車に籠ることに何も言わない臣下達に感謝する。そうして、果たして自分は彼らの王にふさわしいかなどと、悲しみながらも悩んでしまった。

一国の王が、臣下の一人が戦で死んだことに悲しむのは悪いことではないだろう。しかしそれで、戦いを放棄したかのように閉じこもるのは如何なものかと自らを批判する。仮に自分が、臣下であった時、王がそのような惰弱であれば、情けなしと見限っているのではないかと思った。そしてさらに、臣下の目があるところで、限られた者だけの為に気持ちを乱す愚かな奴めと見るのではないかと考える。

それでも彼女は、王として間違ったことであっても、自分にはこれが自然だと諦めたように溜息をついた。情けないことだと、彼女は自責をしたかったが、漏れたのは荒い呼吸であった。

イシュリーンは、馬車の外から聞こえた侍女の声で顔をあげた。

侍女は、リュゼ子爵であり補佐官である男の来訪を告げた。

イシュリーンは、迷う。

恋人に、化粧も危うく、目は真っ赤で、鼻水で汚れた顔を見られたくなかった。しかし、綺麗な自分だけを見て欲しいという願望も、自責に負けそうな気持ちを救って欲しいという甘えに負けた。ここに一人でいると、明日、戦いの場に立てないと彼女は弱気になってしまっている。

「許す……」

イシュリーンは、震えた声で許可を出した。

現れたナルは、イシュリーンの前に立つも、すぐに片膝をついた。

「陛下、お邪魔して申し訳ありません。明日の件で、ご報告がございます」

「戦いに関して……だな？　すまない。私が心乱したばかりに……」

ナルは臣下の態度を取り、イシュリーンは王として応えた。

彼女は、アブリルのことでナルを責める自分が、彼にこの態度を取らせていると思うがゆえに項垂れてしまったが、相手の意外な行動でたじろぐ。

ナルは、スクっと立っていた。そして、王に許可を求めず、許可もないまま、彼女の隣に腰掛けると、銀糸のような彼女の髪を撫でる。

イシュリーンは赤面した。

ひさしぶりに、近かったから。

彼女は、ジグルドのことで、とても嬉しい気持ちになれない時にと、ナルを叱るような表情を作ろうとした。

しかし、できなかった。

イシュリーンは、悲しみと喜びが入り混じる複雑な表情をナルに見せる。そんな彼女の頬に、彼は優しく指で触れ、涙を拭いながら、囁く。

「イシュリーン、悲しいな？」

イシュリーンが答えるより早く、ナルが彼女を抱き寄せる。

「うん……ナル、濡れてる」

「ああ……雨がね、まだ降っていて……雪も混じっている。明日は霧が出るみたいだ」

王は俯き、ナルに身を任せた。彼の衣服は濡れていたが、彼の首にすがるように鼻先をつけると温かった。

「ナルは、生きてる。温かい……」

「……うん、生きてる」

「ナルは、生きてる。ここで……」

「うん、ここで生きているよ」

「明日も、生きて」

「うん、明日も、こうして君のところに来るよ」

ナルは、約束できないけど、という台詞は飲み込む。

「……ナル、ジグルドがいなくなって、ルヒティがいなくなって……私は、でも、生きてる」

彼女は、死という言葉を使うのを嫌った。

ナルは、そうとわかったから何も言わない。

「私は……生かされている」

「うん……だから、彼の為に泣きなよ。抱きしめているから、声も我慢しなくていいよ……後悔する……先生の時に、俺は泣くのを堪えた。俺、後悔しているんだ……」

ナルが、恋人を強く抱きしめる。

イシュリーンはジグルドの為に、ただ泣くことができた。ナルに密着し、彼の上着に顔をうずめることで声が外に漏れずに済んだ。彼にすがることで、彼女は己を潰そうとする自責に耐えることができた。だから彼女は、ナルをたまらなく愛しいと思う。この人の前でだけは、王でいなくてもいいと改めて感じると同時に、彼は明日のことで来たのではないとわかった。

ナルは、イシュリーンが一人の人間として、大切な人を失って悲しむという当たり前のことを我慢しなくてもいいようにと、彼女の隣にいることを選んだ。

「ナル、ありがとう。ナルのおかげで、泣けた」

「……会ってくれてありがとう。断られるかと思った」

ナルは言う。

アブリルのことで、彼は何も解決できていない。それでも、二人で会うことを許してもらえて感謝するのは自分のほうだ、と。

「イシュリーン、ごめん。アブリルさんのことで、君が満足できることを何も決められていないまま、恋人面で、こうして君を抱きしめているんだ、俺は」

「いいよ、このままでいて」

「アブリルさんのことを、君と話すのが怖いんだ……」

「当然……会えば私が、彼女との事でナルを責めてばかりいたから」

「俺、彼女をその……君と同じ……そういうのとは違う意味で、大事なんだ」

「ナル、でもそれは、彼女にとってよくない事だと思うよ。好きな人が、自分を大切にしてくれたら、彼女じゃなくても……私だって、嬉しいもの」

「……そうだ、ね。でも、だからといって俺は、彼女を遠ざけることもできない。優柔不断なんだ」

「ナルにも、欠点があって安心できたよ」

ナルの腕の中で、イシュリーンが少しだけ笑う。それは、悲しみながらも無理に繕った笑い方であった。

「ナルは神様の遣いじゃないし、大軍師でもない。一人の……スケべな男の人だもの。自分に好意を向けてくれる女の人にキツく当たれない弱さが、彼女を結果的に悲しませるとわかっているくせに、そのままにしてしまう情けない人だもの」

「……言い訳できない」

「言い訳なんてしなくてもいい。私も、駄目だもの……ナルを独り占めしたい。ナルが他の女の人と一緒に笑ったりするのは嫌だ。ナルが私じゃない誰かのことで心を痛めたりするのは嫌だ……でも、それをナルに無理強いして、ナルが離れていったらと思うと怖くて言えない。だからナルに、自分でアブリルとのことに決着をつけるようにとしつこく言っているの……ナルが決めたことでしょって、後で言えるから……私も、卑怯なの」

イシュリーンは言い終えるとナルから離れた。少し驚いた彼は、目の前で上着を脱ぎ、鎖帷子を脱がせとねだる彼女に困る。それでも彼は、彼女の髪が鎖に巻き込まれないように、慎重に、優しく脱がしてやった。

イシュリーンは、ナルを手招く。悪戯をする前の、少女のような笑みだった。

二人は、寝台の上で重なる。初めて出会った時のように、お互いを抱きしめ合った。

彼女は、ナルの耳元で囁いた。

「ナル、だから私、もう悩まないようにする。私は、したいようにするって決めたの。私、ナルがここにいられるように、貴方の居場所を守る。貴方が、ここで孤独を感じないように、私は何があってもナルと一緒にいる……貴方がアブリルとのことで、私にヤキモチを焼かせるような人でも、貴方の味方をして、貴方を大事にして……貴方の隣にいたいです」

ナルは、イシュリーンのシャツの中へと手を入れて、彼女の背中を撫でた。

彼女は、抵抗しない。ナルは、自分の背中も愛でてくれる人だと安堵する。そして、ジグルドに胸中で詫びた。

そこで気付く。

イシュリーンは、自分にとってのジグルドが、ナルにとってのアブリルなのだと。

だが、彼女は尋ねない。

今はただ、ナルを感じていたいと願ったから。

イシュリーンは、目の前にある恋人の顔を見つめると、彼の背中に手を回し、力を込める。

「……ナル、今夜は一緒にいて……明日、ちゃんと私が王として皆の前に立てるように、今日はこのまま……一緒にいてください」

二人は、お互いの唇を優しく噛むようにして、口づけをした。

∴∵

グラミア国軍を主力とするグラミア王国軍と、神聖スーザ帝国軍がリュゼの南で戦闘を繰り広げた日の夜、グルラダの北東に位置する荘園を、アルウィンと、オルビアンから駆け付けてきたゲオルグに率いられた軍勢一〇〇〇が包囲した。

アルウィンは降伏を呼びかけず、兵達に火を放つように命じたが、ルタ伯爵から使者が訪ねて来たと伝令から聞かされ、ゲオルグに相談する。

「どうする？」

「どうせ、詫びと助命懇願であろう。俺は他の諸侯の手前、相手にせぬほうがいいと思うが？」

「同感だ。では、やろう」

アルウィンは使者とは会わず、攻撃命令を下した。

グラミア王に対して、非協力であった諸侯達に病死、事故死が相次ぎ、これはまずいと兵達を集めた一部の者達は、その行動でアルウィンに大義名分を与えたのである。

アラゴラ地方で、いくつかの諸侯がこうして潰れていったのだが、ルマニア地方のキリヤ州に入っていたサヒンも、同志達と同じように終わりを強いられつつあった。

彼は、宿場町で襲撃された後、キリヤ伯爵家の本拠である城に駆け込み、引き籠っていた。しかし今夜、寝室に現れた黒装束の女を前に、剣を手に持とうという気もおきないほど消沈していた。

彼の代わりに、剣を握ったのはブリジットだった。

「曲者だ！　出会え！」

叫んだブリジットは、全く反応のない城内に唖然とした。

「サヒン卿……」

サヒンの名を口にしたのは、黒装束姿のアブリルである。

彼女は、腹部の痛みがまだ残る。しかし、彼女はサヒンをこのままにしておくわけにはいかなかった。

テュルク族が帝国騎士を襲撃したところを、サヒンと一行は目撃しているからである。彼女とすれば、ルブリン公による堂々とした討伐行為のみ、広まるべきなのだ。

この時、サヒンの城にはテュルク族の戦士達が襲撃をかけており、しかし静かであるが、それこそ、テュルク族による制圧行為である証である。

ニカーヴで微笑を隠すアブリル。

ブリジットは、サヒンを庇うように前進した。

サヒンの侍女で、軍では副官を務める彼女は弱くない。隙のない前進と、鋭い抜剣からの一閃は、サヒンをして勝ったと思うほどの峻烈さであった。

しかしアブリルは立っている。

彼女は完全にブリジットの間合いを見切っていて、数歩後退するだけの動きで躱していた。また、一瞬で礫を放つことで、ブリジットの手から長剣を捨てさせている。

何が起きたか理解できぬサヒンは、右手を抑えて蹲るブリジットに駆け寄るのが精一杯であった。

このまま斬られて死ぬのかという諦めで、彼は抵抗する気もおきない。

だがアブリルは、二人に接近しない。

彼女はサヒンの前に、わざわざ姿を現した目的を口にする。

「貴公、協力をするならば、この後の生を全うさせてやることもできる」

「……何を協力すればいいのかな？」

サヒンは死にたくない。彼は揉み手をするような心境で尋ねる。

「貴公の口から、スーザ人達が諸侯だけでなく、アラゴラ商会のいくつかに接触があったと証言せよ。貴公は、陛下の密命を受けて、あえて裏切り者達の中に飛び込むことで情報を集めていたという立場にしてやる。ルブリン公もロッシ公も、そこは同意されている」

「……領地は返上しなくとも良いのか？」

「功労者を罰するのはおかしいであろう？　ただ、キリヤ州は没収、アラゴラにて、さらなる加増を得た後に移ってもらう」

サヒンは苦笑を禁じ得ない。彼は今、アブリルの言で示された転封を予感し、恐れていたから帝国騎士の口車に乗った。だが、この状況となって聞く転封案は、とても素晴らしいものだと感じるのである。

「わかった。こうとなっては死にたくない。協力させてくれ。ただ、まだ城内で無事な者がいるなら、もう手出しを止めてくれぬか？」

アブリルは顎を引き、指を鳴らす。

乾いた音が、サヒンの室内で響いた。

「サヒン卿、今後、監視下におかれていることをよく理解し、暮らすがいい」

アブリルは言い、姿を消す。

サヒンが、どこに消えたと驚く技を見せた彼女は城の通路へと出ていた。

彼女の後ろに、女が音もなく立つ。だが気配を放つことで、族長に存在を伝えた。

「アブリル様、撤収に移っております」

「わかった。サビネから新しい報告は入っていないか？」

進みながらのアブリルの問いに、続く部下は微笑む。半刻毎に同じ質問をされるからである。

「入っておりません。初日を終えて五分。ナル様ご健在というものが最後です」

アブリルは頷き、歩みを止めた。

「ナル殿を、また見守れますように……」

アブリルは、テュルクの神に願った。

⁘

二日目の朝。

帝国軍兵士達は、霧の中で整列していた。彼らの後方に、とても尊い女性がいることが、兵士達の背筋を伸ばしている。

「皆！　神の声を届ける！」

聖女の声が、帝国軍兵士達の耳に届き始めた。遠い箇所では、彼女の言を復唱する騎士によって、その発言が兵士達に知らされる。

帝国軍全兵が、聖女の言葉を聞くのだ。

「皆！　異教徒を倒せ！　彼らは異形の神を崇め、スーザ神の存在を蔑ろにすると同時に、その尊さを貶めようと企んでいる！　彼らは悪であり！　私達によって成敗されねばならない者達だ！　そして同時に！　死をもって救われるべき存在達だ！　敵にすら慈悲を与えよ！　彼らが来世で正しき信仰へと導かれるように！　彼らに死を与えよ！　子供も！　老人も！　全てを救え！　スーザ神の名の下に命じる！　帝国軍兵士達！　正義の剣と信仰の盾を携える聖なる戦士達！　グラミア人と！　彼らの土地を！　異教の神による悪しき支配から解放せよ！　その為に！　我々を阻もうとする異教徒の軍勢を倒すのだ！」

獰猛な巨獣が咆哮をあげたかのように、スーザ人達の喚声は戦場一帯に轟いた。

狂ったように、という形容が正しいかなど誰にもわからない。その言葉が、使われるべきか否かも不明である。しかしグラミア人達にとって、霧の向こうから聞こえてくるスーザ人達の雄叫びは、他に喩えようがなかった。

帝国軍陣地で、攻撃命令を告げる角笛が吹かれた。

戦闘が再開される。

∴∵

レムルダード湿原地帯を包んでいた霧が、蠢く大量の人々が起こす空気の揺らぎで晴れていく。

何度も鳴らされる角笛が、半透明の世界の中で不気味に轟く。

それは重く、長く、低音から高音へと伸びる。一度、二度、三度と吹かれ、少しの間を経て、また同じ間隔で鳴らされる。やがて、鋼と魔法がぶつかり合う狂騒へと変わり、馬蹄と嘶き、人々の怒号と絶叫が静けさを湿原から奪った。

帝国軍は全軍で前進する。砂丘や小川は泥濘に変わり果てており、死体が転がり不気味な色合いであった。その上をスーザ人達の軍靴が踏み慣らし、死体の肉が潰れ、死臭と汚れた血を大地に吐き出していく。それが戦場の大地を、赤と黒の二色へと染め始めた。

一方のグラミア軍は、右翼のオデッサ公爵軍が突出した。指揮官ハンニバルは、凄みのある笑みを湛えて采配を振るう。

「敵左翼を食い破り統制を奪う！」

オデッサ公爵軍歩兵連隊が盾を連ねて前進し、帝国軍左翼前衛と正面からぶつかった。直後、スーザ人達は雄叫びを悲鳴に変えられてしまう。押し合いで敗れたところに矢の斉射を喰らい、狼狽えたところに槍と剣の連打を浴びて、戦意と気合いだけではどうすることもできない敵がいることに気付いた。それでも、数にものを言わせて敵に突っ込む帝国軍は、後退を止めて前進を再開することができた。

この時、グラミア軍中央は三段の防御陣形で敵中央部隊群を受け止めていたが、オデッサ公爵軍に比べて硬度はないと帝国軍に見られた。帝国騎士達は前線の戦況を続々と後方陣地へと伝令で送り、作戦卓を睨むシュケルは、隣のステイタムに言う。

「王は敵左翼、中央部隊を押し込めて得た面に騎兵を出す。敵左翼の右側面を騎兵でえぐれ。敵中央の軍と切り離してほしい。行ってくれ」

「承知」

ステイタムは即座に承知し、騎兵を率いるべく本陣から出た。そこに、聖紅騎士団（ハイローダー・オルディーン）の生き残り達がいて、レーヴが彼らに何事か指示を出す光景があった。

「レーヴ、特命を受けているのか？」

「……騎士のみで、突撃部隊を編制せよと」

ステイタムは、生き残り達の数が一〇〇に満たぬと見た。

「少ないな……聖天騎士団（ハイトヒメル・オルディーン）から回すか？」

「いえ、閣下……実は」

レーヴが周囲を素早く視認し、ステイタムに顔を近づける。彼はひそめた声で言う。

「シュケル様はもう……退路を用意しておりませぬゆえ……」

ステイタムが目を見開く。そして、聖紅騎士団（ハイローダー・オルディーン）の騎士達を見る。彼らは皆、覚悟を決めたような表情で、黙々と装備を調え、軽食を取り、準備に励んでいた。

「レーヴ、お前もか？」

「……聖紅騎士団（ハイローダー・オルディーン）は、シュケル様あっての騎士団であると、私も、皆も……お心遣い、感謝いたします。ご武運を」

「……聞けてよかった。お前達が本国に帰ることができるよう、張り切って戦える。なに、これまで何度も死ぬ思いをしてきたが、生きている。大丈夫だ」

　ステイタムは歩きだす。

　彼は、騎兵が待つ連隊陣地へと向かいながら、シュケルの用兵は今日、苛烈極まるものになると確信した。それはきっと、肉を斬らせて骨を断つでは済まないだろうと予想する。

　命を差し出し、敵の命を奪うものになるだろうと、推測したのである。


　グラミア軍は右翼をオデッサ公爵ハンニバルが受け持ち、中央と左翼は国軍が展開している。後方にはルマニア公爵マルームが進出してきており、物資が続々と届き始めた。この時、イシュリーンは左翼にはおらず、中央にいた。しかし王旗も、専用の馬車も、左翼に残したままである。

　中央部隊群後方に移動していた王を守るのは、通常の兵装に変えた近衛連隊であった。また彼女は指揮権をレニアスに預けることで、ここに自分がいないように細心の注意を払っている。

　ナルが、決めたのである。また彼だからこそ、イシュリーンは戦闘の指揮をしないことに納得したのである。こうまで徹底する理由は、王と補佐官がグラミア軍左翼に陣取っているとシュケルに思わせたいからだ。そして、あえてナルは左翼に残ることで、シュケルの猛攻を味方左翼に集中、継続させたいと企んだ。

　そして実際に、グラミア軍左翼は敵に猛襲されて苦戦の極みである。

　ナルは、フン族に追われた撤退戦以上の激戦に汗が止まらない。

　それでも彼は、味方兵士を鼓舞し続ける。

「ヴィラの娘を守れ！　ヴィラの娘を勝たせろ！」

グラミア兵達が、咆哮で応える。

彼らは、左翼後方に王がいると信じているのだ。そしてそれは、ナルの副官であるルナイスも、協力者であるエフロヴィネも、ナルの護衛を引き受けている元外人連隊の傭兵達も、であった。

「エフロヴィネ！　君達まで付き合う必要はない。中央に合流しろ」

ナルの言は、この後の展開が凄まじいものになると知っているからこそであった。彼はここで、ヒッタイト人達の指導者の一人を巻き込みたくなかったのである。それは感傷的なものではなく、政略的なものであった。スーザ人とグラミア人の戦いで、エフロヴィネが死ねば、後々に引きずると踏んでのことである。しかし、彼女は頑なに拒否した。

「私は一度、仲間を見捨てた……いや、仲間以上の人だった。二度と同じことはしない。それに、貴公に何かあればベルどのが悲しむからな」

「それに付き合わされる部下のことも考えたらどうか？」

「ナル殿、そっくりそのままお返しししよう」

二人は、矢が降り注ぐ最中だというのに、小さく笑い合う。しかし直後、ルナイスの悲鳴が彼らを現実に引き戻した。

「後退しましょう！　支えきれませんよ！」

「……駄目だ。左翼だけが後退すると中央がやばい！」

ナルは怒鳴っていた。

副官は、「やけくそだ！」と叫ぶと剣を前方に突き出し命じる。

「弩を放て！　弓矢も！　魔法も！　ヴィネどの、魔法！　特大のやつ！」

グラミア軍左翼は、リュゼ子爵連隊とヒッタイト人部隊、そしてグラミア国軍の部隊群を合計して三〇〇〇をやや下回る。そこに帝国軍右翼四〇〇〇と、中央部隊群の一部である三〇〇〇が圧力をかけてきており、ルナイスの焦燥は無理もないのである。

グラミア軍左翼から、弩の斉射と矢の三連射が行われた。そこに魔法の連発が続き、鋼と火球と雷光が帝国軍に強烈な反撃を喰らわせる。攻めまくっていたスーザ人達は、突然の強撃に防御が間に合わなかった。結界も薄く、ヒッタイト人達が総力で行う魔法攻撃に障壁が破裂し、人の身体が爆炎と放電の渦で吹き飛ばされる。血と内臓が湿原に降り注ぎ、千切れた身体の部位がバラバラと転がる。死にきれなかった者達の嘆きと呪詛が、スーザ語のみで大量に発生した。

「親父ぃ！　助けてくれぇ！」

「痛い痛い痛い痛い……」

「殺してくれ！　殺してくれぇ」

のたうち回るスーザ人達。

これで陣形が乱れ、グラミア軍左翼は部隊の入れ替えを急ぎ行う。

数秒の静寂。

だが、すぐに帝国軍がグラミア軍に殺到する。

帝国軍中央部隊群はグラミア軍中央を押しまくっており、それはグラミア側がそれを狙っているからであるが、グラミア軍左翼は正面と北西から迫る敵兵達の攻勢に晒される。

グラミア軍左翼の兵士達は、敵味方の死体を盾代わりに戦い始め、中には瀕死の者も盾にされて絶叫があがった。

助ける余裕などなく、ならば戦える者の役にたてという論理も、される側にとってはたまったものではない。

「生きてる！　まだ生きてる！」

「やめろ！　やめろぉ！」

帝国軍の矢と魔法から、グラミア軍左翼兵士は死体と瀕死の重傷者を盾にして耐える。

大量の断末魔は、盾にされた者達から吐きだされる。

この方法は残酷であったが効果的で、グラミア軍左翼は反撃の斉射を帝国軍に喰らわせる。帝国軍兵は木製の盾を翳してグラミア軍の矢を受けると、刺さった矢を自分達の弓につがえて撃ち返す。そこに両軍から放たれた魔法攻撃の第二波が空中でぶつかり合い、火の粉を雨のように地上へと降らせた。

ナルはここで、伝令から味方中央部隊群が後退を始めたと聞く。

彼は、ルナイスに命じる。

「よし、後退。中央よりもやや前を維持しろよ」

「了解！　……やっとだよ」

出っ歯の副官は愚痴りつつ、身振りで後退を指示する。これを受けて角笛を持つ兵士が、後退の合図を味方に送った。

「敵左翼、後退します」

伝令の報告に、シュケルは頷く。彼は作戦卓から離れ、従者が曳く馬へと歩きながら口を開いた。

「ステイタムに攻撃命令……レーヴ！」

名を呼ばれた騎士は、完全武装の騎士達を従えシュケルの前へと急ぐ。全員で九十一名の突撃隊は、甲冑はまとわず鎖帷子の上に軍服をまとうだけで、動きやすさを重視した装備である。だが長剣に槌、盾の裏側にも長剣とさらに短剣を揃えており、ある者は戦斧を得物に選んでいる。

「レーヴ、お前は全軍の指揮を頼む」

「……は？」

シュケルは、馬へと跨りながら部下の問いに答える。

「ステイタムと俺は前に出る。お前は軍を動かすことに長けているが、戦闘は頂けないからな。適材適所だ」

聖騎士（ハイリッター）は馬上でニヤリと笑うと、レーヴから前方へと視線を転じる。

彼は騎士達に命じる。

「王と補佐官を殺（や）る。行くぞ」

馬の腹を蹴ったシュケル。

レーヴは一人、その場に残った。

どうしたものかと、伝令達が彼の周囲に集まり始める。指示を出す者が、彼の他にいなくなったからだ。

「……くそ！　敵中央への攻勢はこちらで受け持つ。奴らに左翼の支援をさせぬように部隊を楔のように打ち込むことで分断する。第二歩兵連隊を出せ」

「は」

一人の伝令が走り去る。

「右翼のオデッサ公には好きなように攻撃をさせておけばいい。奴らの北から南への移動は、敵中央の部隊群の組織行動そのものが壁となって阻んでくれる。オデッサ公はいなすだけでいい」

「は！」

二人目の伝令が離れた。

レーヴはそれから作戦卓へと急ぎ、そこにいた騎士見習いや連隊付き従者達に両軍の配置をさっさと地図に落とせと命じる。

「急げよ。各伝令から吸い上げた情報は全て記せ！　……あと、シュテファン閣下に伝令。我が軍、総力戦に移るとお伝えせよ」

∴∵

グラミア軍右翼のオデッサ公爵軍は実力を、実力通りに発揮して帝国軍左翼を押し込んでいたが、数が多い相手では戦闘が長引く。戦い続けての疲労は強兵のオデッサ兵であっても免れず、ハンニバルはグラミア軍中央に呼応するような動きで帝国軍左翼を前に後退を選択した。これに喜んだスーザ人達の中に、血気盛んな若手士官達がおり、彼らは追撃を命じたが、オデッサ公爵軍から強烈な弓矢の反撃を浴びて阻止される。

この時、中央のレニアスは帝国軍中央の攻勢が臨機応変から四角四面的な、優等生のような運動に変化していると読んだ。彼は部隊群を後退させつつも、後列の兵力を突出する敵の前に進ませて、意表を突く反撃を与えることで帝国軍に痛撃を与える。

兵達が軍靴で泥を跳ね上げ戦場を駆け、跳ねあがる泥水を浴びたグラミア人とスーザ人はお互いを呪う言葉を吐きながら武器を振るった。

戦闘は昼を少し過ぎても続く。ここで、帝国軍の矢が完全に尽きた。

グラミア軍から放たれる矢。

帝国軍からは、反撃の応射があがらない。

危険な放物線は、東から西へと一方的に描かれる。

その中で、ステイタムはグラミア軍中央と左翼に隙間が生じたと見る。これはレニアスが帝国軍を一瞬だけ押し返した後に後退をしたことで生まれた空白を、ナルの左翼が埋めないまま放置した結果で、意図的なものであった。

グラミア軍は、帝国軍を誘ったのだ。

だが、ステイタムは気付かない。もちろん、突撃兵を従えてその時を待つシュケルも、前方に掲げられたグラミア王の王旗と、補佐官旗を見ては進めと叫ぶ他に選択肢が思いつかなかった。

⁘

「閣下！　危ないから下がって！」

ルナイスの声で、ナルは自分が進もうとしていたのだと気付いた。

「矢で応戦しろ！　敵はもう矢がない！」

ナルは踏みとどまり叫んだ。

グラミア軍左翼の兵士達が、弩と弓矢を帝国軍に向けて構える。味方前衛が敵の圧力に押されまくる中、彼らは懸命に弦を絞り、弩の狙いを定め、命令を待つ。

「撃てぇ！」

ルナイスの号令で、グラミア軍左翼から一斉に矢が放たれる。

グラミア軍左翼に迫っていた帝国軍右翼前衛が、吹き飛んだように粉砕された。弩の斉射を浴び、血みどろとなった彼らへと、少し遅れて空から到達した矢が突き刺さる。湿原の泥沼へと矢で串刺しにされたスーザ人達は、血を吐きながら泥を啜る。そこに、グラミア軍左翼から油が撒かれ始める。何をされるかと問わずとも知れるというもので、スーザ人達は敵を悪魔めと呪い叫ぶ。

「火だ」

ナルの指示で、火矢が放たれる。スーザ人達の悲鳴の後に、湿原から噴きあがったように炎の壁が空へとそびえ、黒煙が瞬く間に視界を遮る。

焼かれるスーザ人達は、地獄だと嘆き死んでいく。彼らの断末魔にグラミア人達でさえ耳を塞ぐ。

しかし、ナルは視線を逸らさない。

彼は一切の感情を表情から消すことに努めながら、ただ前を睨む。それは、自らの命令で発生した地獄絵図を前にして動揺していたのではない。

ナルは、駆け出したいのだ。

彼の衝動は、怒りからのものだ。

多くの人を殺め続ける戦争に。

それを避けられない情勢に。

その中で、人を陥れ、殺すことで立場を得た自らに。

イシュリーンから、大切な人を奪い続ける世界に。

そして今、大勢の敵を殺すことに成功したことで、会心の笑みを浮かべようとした自分に。

彼は、怒っているのだ。

この世界と、この世界を竇した自分達に。

ナルは、それでも命じる。

「矢だ」

グラミア軍左翼から一斉に矢が放たれた。

スーザ人達が、盾を頭上に翳して怒りの声をあげる。その彼らを追い越すように、中央方向から南へと斜めの動きでグラミア軍左翼に突っ込んだのはステイタムの騎兵連隊であった。

「敵！　突っ込んできました！」

ルナイスの絶叫と同時に、グラミア軍左翼の前衛は敵騎兵の突撃を受けていた。


スーザ語の喚きは苛烈で、グラミア語の嘆きは悲痛であった。

大量の出血がグラミア軍左翼前衛のあちこちで発生し、後列が押し戻そうとするも統制が効かない。士官が部隊単位で動くからで、彼らは個々の判断で苦境に抗ったが、それがさらに、ステイタムに味方をすることになる。

彼は長剣の切っ先で進む先を示すと、興奮で充血した両眼で眼前の敵を睨み、長剣を振り降ろした。その一撃は、晒されたグラミア人の頭蓋を冑ごと断ち斬った。脳漿が血と共に溢れ、肉塊のような頭部となったグラミア人が泥の上に倒れる。

一瞬後、倒れた男は馬蹄で踏みつぶされた。

「進めぇ！　蛆虫(グラミアン)を殺せ！」

鬼気迫る指揮官に、兵達も続く。グラミア軍と違って、平時は一般人である帝国軍兵士達の多くは武芸に秀でているわけではないが、異教徒を嫌い見下し弄る性根は凄まじく、幼少の頃から教え込まれていた通り、慈悲を与える相手ではないという常識で、彼らの攻撃と前進はグラミア人にとって過酷なものとなる。

帝国軍騎兵連隊による突撃直後、グラミア軍にとって戦況は一転しての苦境となって、ナルはエフロヴィネを見た。

「頼む。前衛に出て魔法で対抗して欲しい。敵の推進力を奪ってくれ」

ヒッタイト人の女性は、微笑むと部下達に身振りで命令を出す。その傍で、ナルはルナイスの肩を掴み怒鳴っていた。

「部隊を後退させつつ、後方と入れ替える。前衛は後方で再編成。まだ負けるわけにはいかん！」

「了解！　閣下は後ろに」

「いや、俺はここにいないといけない！」

「弱い人が勇気を振り絞ってもいい事なんて何もないんですよ！」

反論するルナイスであったが、諦めたように苦笑した後に指揮に集中する。その副官にナルは詫びた。

「ルナイス、悪いな。でも、お前がいるから無茶ができる」

「俺がいなくなったら、ちゃんと自重を覚えてくださいよ」

「そういう冗談を言うなよ」

彼らの会話の合間にも、戦う兵士達による戦闘音は途切れない。金属同士がぶつかる鈍く高い音と共に、魔法と結界が衝突する爆発音も派手である。

グラミア軍左翼後方、ナルの付近に配置された部隊から矢が放たれた。

危険な雨が、ステイタムの騎兵連隊を襲う。彼は味方もろとも射倒そうとするグラミアの覚悟をみて、それだけ敵は限界なのだと感じる。彼は剣を振るいながら、今こそシュケルの出番だと断じたが、目の前の敵と戦うことに忙しく伝令を走らせる余裕がない。

機を失ってしまうというステイタムの焦りは、その口から敵を威嚇する咆哮となった。

グラミア兵達も、負けじと怒鳴り返す。

鋼と鋼が衝突し、千切れ飛ぶ人体の部位は数えきれるものではなかった。

肉と血による悪臭が、昨日の戦闘で死んだまま放置されていた大量の死体から発生する死臭と混ざり、両軍の兵士達は嗅覚が麻痺していた。グラミア側では伝令犬達が困り、吠え声があちこちであがる。

大地が赤くなるのではないかと疑うほどに、人が死んでいく。

国の為に、信仰の為に、仲間の為に、彼らは命をぶつけあう。

その光景へと突っ込んだ男がいる。彼は百名足らずの騎士達を率いて、勝負所だと叫ぶや否や敵兵一人を惨殺し、馬を駆けさせ、次々とグラミア兵を屠っていく。

シュケル・クラニツァールだった。

彼は、部下の声を聞く。

「閣下！　前方に補佐官！　補佐官がいます！」

シュケルは残忍な笑みを浮かべ、部下に襲いかかったグラミア兵を斬り殺す。それほどの前線であるがゆえに、進むに任せているという有り様で、だがこの状況では、それがグラミア人達をこの上ない恐怖に陥れていた。

シュケルに率いられた騎士達に続けとばかりに、帝国軍兵が、狂ったように進んでくるのだ。

まともな指揮官であれば、このような真似はしないはずで、グラミア軍前衛で戦う士官達は敵の狂気に判断を狂わされていたのである。

シュケルは伝令にも戦えと命じた。

「各員！　俺に続け！」

聖騎士の咆哮に、帝国軍兵士達が雄叫びで応えた。


スーザ語の喚声は地鳴りのようであった。

それはたちまち、帝国軍全体に波及する。ステイタムはついに崩壊したグラミア軍左翼を前に、会心の笑みを浮かべていたが、グラミア軍中央後方から放たれた大量の矢を彼の騎兵連隊は躱しきれず、次々と兵士達が馬から転がり落ちる。

彼も例外ではなかったが、彼の場合、わざと落馬することで矢を避けた。

ステイタムは、グラミア軍中央が攻勢に出てくると読み、死んだ部下の死体から剣を奪うと、一閃して近寄る敵を威嚇する。しかし、次々と矢が飛来してきて、彼はついに肩を射抜かれた。その痛みで鈍ったステイタムは、接近してきたグラミア兵の槍で胸を貫かれる。だが、それを成したグラミア兵は、自分が殺した相手が大将首であるとは思わない。立派な甲冑をまとっていたから、高級騎士だろうという程度の認識であったのだが、それは、こんな前線に敵の指揮官がいるはずがないという思い込みからのものだった。

ステイタムの死は、名も残らない兵士によって齎され、詳細が不明と記されるのみにとどまったのである。

グラミア軍中央を指揮するレニアスは、シュケルがグラミア軍左翼に喰らいついたと見ていた。そして彼の後方で、イシュリーンもまた、同じ読みをする。

「レニアス！」

王の鋭い声に、老将は兵達への怒声で応える。

「前進！　矢の援護で突撃兵を出す！」

グラミア兵達は腹の底から声をあげた。

彼らは直後、王の声を背後に聞く。

「行くぞ！　グラミアの人々！」

イシュリーンは抜剣し叫んでいた。もう隠す必要はなくなったとばかりに、彼女はこれまで耐えてきた不満と鬱憤を晴らすかのごとく叫ぶ。そしてすぐ、アビダルに命じた。

「左翼に矢を射よ！」

味方ごと敵を射殺す。

王は、全ての咎を背負う覚悟で命じる。

近衛連隊長が、伝令に命じた。

「斉射三連！」

グラミア軍中央後方歩兵連隊四〇〇は全員が弓を構え、矢をつがえる。

イシュリーンが、剣先で南西を示す。同時に、一射目の矢が、空に飛びあがり、宙を駆ける。それらを追うように、二射目、三射目が放たれる。

そこで彼女は、馬の腹を蹴った。

「アビダル！　続け！　補佐官を助ける！」

予定にない王の行動で、近衛達が慌てて王を追う。

イシュリーンは、決めていた。

明け方、ナルの腕の中でまどろみながら、彼から戦闘の流れを説明され頷きながらも、彼女は最後のところで従わないと決めていた。

イシュリーンは、ナルをこの世界で一人にしないと誓っていたのだ。

彼女は、グラミアを好きだと言ってくれたナルを助けたい。

彼女は、自分を愛してくれるナルを失いたくない。

イシュリーンは、ルヒティとジグルドを失って、ナルまでいなくなってしまう世界を恐れた。

彼女は、絶対に助けるという意思を、美しくも危険な表情で主張し、叫んでいる。

「突っ込む！　補佐官があそこにいる！　グラミアの恩人を助けよ！」

王の怒声に、騎兵達の咆哮が応えた。

彼等も、グラミア人でもないのにグラミアの為に懸命なナルを助けたかった。彼の献身と知恵と勇気を、彼等も失いたくはない大切なものだと信じていたのだ。

王に率いられた近衛連隊が、敵で溢れる自軍左翼へと加速していく。

ダリウスは、戦場の南側で騎兵連隊と共にいた。

味方左翼もろとも、シュケルとその部隊を殺す。

ナルがこの決定をしたのは、ダリウスの存在があるからであった。ダリウスにとって、年下の友人は、自分ならば戦闘時に迷いなく判断できるだろうという信頼を寄せてくれていたと理解する。ゆえに、こんな作戦をたてたのだともわかっている。だから彼は、その期待に応えると決めていた。

馬の蹄の交換が終わり、戦況も希望通りの展開となって、ダリウスは士官達を集めて円陣を組んだ。

七〇〇デール北では、帝国軍右翼攻勢が味方左翼を蹂躙していることが既に伝令によって明らかとなっており、誰もが表情を厳しいものとしている。

ダリウスは一〇名の士官達と肩を組み、輪を作ると皆の顔を見ながら喋る。

「お前ら、作戦はよく理解しているな?」

士官達から、気合いの声が返される。皆、同胞もろとも敵を殺すことに迷いないという表情だが、それは意図的に作られたものだとダリウスにはわかっていた。

本当は、したくないという本音。

しかし、戦闘となれば本音など飲み込む他にないのが、士官達の立場である。そうと知るダリウスは、思うところを口にした。

「俺の独断で、変更する」

彼は、驚く一同を無視して続ける。

「俺は、グラミアという国が好きになった。陛下と、ナルと出会ったことで、この国に縁ができて……お前らグラミア人と共に戦う中で、お前らも好きになった。それは、あの戦場で頑張っている味方も同じだ。俺は、あいつらも好きだ」

ダリウスが、北を見る。

輪になっていた士官達は、全員が北を眺めた。

爆炎が、空を焦がす。

轟音が、彼らの場所まで届いていた。

「俺のやり方は、雇い主を勝たせることだ。だが、仲間を助けることも、そこにはある。実は、作戦の為に本音を殺してこれまで戦ってきたことは幾度もある。だから今日は、自分の心に従いたいと思った。でなければ、グラミアが勝っても、俺は嬉しくないと思うからだ。今日の戦いだけは、そう思う……皆、指示を出す」

ダリウスは言葉を止め、浅く呼吸をした後、鋭く命じた。

「味方左翼を助ける！　敵の側面に弩の斉射後に突入！　第二騎兵小隊は俺に続け！　敵指揮官を急襲し、これを倒す！　第三と第四小隊は敵指揮官を狙う俺達を掩護！　他は暴れろ！　……俺達で仲間と国を助けるのだ！　いいな⁉」

ダリウスが姿勢を正し、士官達が気合いの声で応えた。

一斉に、散るようにそれぞれの馬へと向かい、ひらりと飛び乗る所作は見事である。

ダリウスは先頭で、右手を軽く振る。

グラミア騎兵三〇〇が、ゆるやかに加速し、だがたちまち風となった。泥を蹴り飛ばし、血生臭い空気を斬り裂き、地獄絵図が地上に描かれたかのような戦場へと突進する。彼らは自然と、雄叫びをあげていた。

ダリウスはその先頭で、冗談を言い合って笑い合う時のナルを脳裏に描いた。そして、彼の横に笑顔を咲かせるイシュリーンを並べる。

「ナル、三人で祝杯をあげるぞ」

彼は呟くと、親友を助けたい一心で叫ぶ。

「うぉおおおおおお！」

いつ以来だろうかと、彼も驚く高揚に駆られた。

浅く広大な湖のようになった湿原を、騎兵三〇〇は水飛沫を巻き上げて疾走する。彼らは、戦う味方と敵の姿が、もうそこに見える距離まで到達していた。

ダリウスは、イラ神に祈り、死んだ恋人に願う。

「神よ！　我に仲間達を救う力を与え賜え！　ラティア！　ナルを助けさせてくれ！」

ダリウス・マキシマムは、眼前に迫った帝国軍右翼に突っ込む。

グラミア軍左翼は、戦おうとする後列と、逃走しようとする前列の混乱で陣形が乱れた。

シュケルはグラミア兵の一人を背後から斬り殺し、敵の槍を奪うと突きだす。一人を串刺した槍は、突き抜けた先で二人目の胴を破った。血液と内臓が入り混じる粘体が、槍の動きにあわせてずるりと引きだされる。彼は肉片と内臓がまとわりつく槍を、振り回すと周囲の敵兵を薙ぎ払った。そして最後に、倒れた敵に槍を突き立て、長剣を抜き放つや否や馬の腹を蹴る。

嘶いた馬が、グラミア軍へと突っ込む。

シュケルが斬り開く道に、帝国軍兵が突進する。

ルナイスが、ナルの前に出た。

シュケルとの距離は、十歩もない。

ここで、大量の魔法が一斉に放たれた。

ヒッタイト人達によるものだと、ナルにはすぐにわかった。エフロヴィネが、突出した敵と、追いついていない敵の中間に楔を打ちこんだのだと、彼は気付いた。通常であれば、妙手であろう。しかし、この時は相手が悪かった。

シュケルはもう、後退など考えていないのだから。

爆発炎上した戦場を背に、シュケルは悪鬼と化した蛮勇でグラミア人達を殺しまくった。斬っては払い、長剣を叩きつけては砕き殺す。

勇敢なグラミア兵がいて、彼は敵の指揮官に決死の体当たりを見舞った。

シュケルはそれで、馬上から転げ落ちる。しかし彼は、立ちあがると同時に何かをぺっと口から吐きだした。それは、自分に体当たりしたグラミア兵の鼻で、シュケルが進む後ろには、顔を抑えて泥の上でのたうちまわるグラミア兵がいた。

シュケルは突きだされた槍を躱した瞬間、柄を掴み引く。引き寄せた敵兵の首に剣を当て、撫でるようにして血潮を周囲にぶちまけた。回転しながら絶叫をあげたグラミア兵が倒れるより早く、シュケルは剣を斬り上げている。半円を描いた危険な剣は、ルナイスが受け止めるまでに兵士一人の腕を胴体から切断していた。

腕を失い叫ぶグラミア兵は、シュケルに蹴られて昏倒する。

ルナイスは、シュケルに盾をぶつけた。敵の体勢を崩そうと企んだ彼の一撃は、シュケルに押し返される。両者ともに体勢が乱れ、ルナイスの剣はシュケルの肩当てを砕き、シュケルの剣はルナイスの胸当てに弾かれた。この時、ルナイスは胸を叩いた鈍痛で片膝をつく。

あばらがやられたと、彼は一瞬でわかった。

ルナイスは素早く地面に手を伸ばし、誰のものかわからぬ臓腑を掴むとシュケルに投げつける。それが彼の生命を助けた。

シュケルは不気味で臭い物体を顔に受けて、思わず後退したのだ。

この隙で、ナルの護衛達がルナイスの加勢に入った。しかしこれで有利になったとルナイスには思えない。彼は、元外人連隊の傭兵達が自分を助けようとしている状況はつまり、すぐ後ろにナルがいるとわかったからだ。

シュケルが手で顔を拭ったが、彼の手袋は敵の血で濡れていた為、その顔は不気味に染まる。

ひとつを数える間のない対峙が発生した。

シュケルは、立ちはだかる剣士達の後ろに、青い外衣とマントをまとった青年を見つけていた。

その男は、挑むような表情でシュケルを見ていた。

確かめるまでもないと、聖騎士（ハイリッター）がぬるりと進む。

シュケルは右足を踏み出したと同時に長剣を右から左へと水平に払っていた。静止状態からの突然の動で、ペルシア傭兵の一人が斬られる。

ルナイスは驚愕で叫んでいた。彼とて一撃で倒せる相手ではないはずのペルシア人が、あっという間に倒れたからだ。

シュケルの二撃目は、一人目を倒した斬撃の軌道が延長されたものであった。彼は身体を横回転させることで、だが剣の軌道に斜めの変化を加えて、二人目のペルシア人の頸動脈を切断していた。血の噴水を屈むように躱し進むシュケルは、必死となったルナイスの斬撃を剣で弾く。その衝撃で、ナルの副官は後方へとよろめいた。

シュケルは、道が開けたと目を見開く。

あと数歩で、青い衣服をまとったグラミア王補佐官に届くと歓喜する。

しかし、彼は見開いた目を驚愕の色に染める。

白銀に銀髪の美女が、馬を跳躍させて迫ってきたからだ。

まさかという硬直がシュケルを襲い、その間に、イシュリーンは魔法を発動していた。

「小娘(イシュリーン)!?」

シュケルは、地面を転がり逃れる。

ナルは、信じられないとばかりに叫んでいた。

「イシュリーン!　駄目だ!」

彼は、恋人の名を叫んでしまった。

同時に、戦場に大量の絶叫が発生した。

近衛連隊が、シュケル率いる突撃兵に殺到したのだ。そして同時に、ダリウス率いるグラミア騎兵が、シュケル率いる帝国軍の横っ腹に突っ込んだのである。

怒涛という他ない勢いで、グラミア騎兵が突き進む。

エフロヴィネは、いつの間にか自らの肩に刺さっていた矢を引き抜きながら叫ぶ。それは魔法攻撃の命令で、ヒッタイト人魔導士達は、混戦の中で魔法を撃ちまくった。

血混じり肉片混じりの泥水が爆発したかのように水柱となって噴きあがる。結界すら間に合わない至近距離での魔法連発は、文字通り、条件さえ揃えば魔導士部隊が最強であることの証であった。

シュケルは叫ぶ。

敗色濃い中であっても、充実感に駆られていたからだ。

グラミア軍左翼陣地に、次々と近衛兵達が突入する。彼らはシュケルと彼の騎士達に挑み、左翼陣地は乱戦となった。

ルナイスが、シュケルに飛びつく。

シュケルは、相手の顔面にひじ打ちを喰らわせ逃れると、右方向への斬撃で迫る敵近衛兵を斬り殺した。そして走る。

ナルは、護衛の手から盾を奪うと、イシュリーン目掛けて駆けるシュケルの前に割り込む。

シュケルの鋭い一閃が、ナルの盾を打つ。

生じた火花が残光となって、シュケルの二撃目を煌めかせた。

イシュリーンが剣で、ナルを狙った斬撃を弾く。

彼女は、シュケルを睨み、その後方に見えた機影を見つめ、叫ぶ。

「ダリウス！　ここだ！」

シュケルが咄嗟に反転し、長剣を投げる。

ダリウスは、馬から跳躍することで逃れた。

泥を転がり着地したダリウス。

次の瞬間には、走っている。

シュケルは短剣を手にイシュリーンに迫ろうとしたが、彼女が左手を水平に払う動きを見て、泥水の上を転がる動きで風刃の魔法を避けた。

ダリウスが長剣を煌めかせる。

シュケルは、至近距離に迫ったダリウスへと魔法を使った。煙草に火を点けるくらいしか能のない自らの魔力を頼った。

光球の魔法を発動したシュケル。

彼はそれを、弾けさせることで閃光を発生させた。

「な！」

ダリウスが視力を奪われる。

「邪魔をするな！」

シュケルは、ダリウスを倒す確信を得た一撃を、雷神(トールアン)に繰り出した。その短剣の軌道は、正確にダリウスの首を断り裂くものであった。

『ダリウス、前に倒れて』

「ラティア！」

ダリウスは、死んだ恋人の声が聞こえたと思った瞬間、叫ぶと同時に泥水の上を転がっていた。それは、シュケルの攻撃を躱しながら、懐に潜り込む動きであった。

驚愕する聖騎士(ハイリッター)と、懸命な雷神(トールアン)がぶつかり合う。

「ダリウス！」

「おっさん！」

ダリウスは二人の声を聞いた。

彼は、シュケルとぶつかったことで、敵が見えなくともその位置を掴み、長剣の切っ先を定めることができていた。時間にして、半瞬であった。

雷神(トールアン)が長剣を突く。

彼は、確かな手応えを得た。そしてそのまま、周囲が混戦であっても動けずにいる。

ダリウスは、耳元で、そのスーザ語を聞く。

「呪ってやる……」

ダリウスは答えない。

彼は、一気に重みを増したシュケルの身体を支えるように、その場に留まる。

「おっさん」

ナルの声だった。

「ダリウス、無事だな？」

イシュリーンの声だった。

見ることを一時的に奪われているダリウスは、瞼を閉じたまま呻くように尋ねた。

「俺、生きてるか？」

「ああ」

「うん」

二人の声に、雷神(トールアン)はシュケルの身体から剣を引き抜き放り投げると、泥の上で胡坐をかいて叫ぶ。

「シュケル・クラニツァールを倒した！　広めよ！」

・・・

リュゼの城の一室で、ドラガンとベルベットは言い争いをしている。

「だから、魔法で助けてくれ！　もうもたぬ！　もう負ける！」

「できんのだ！　ナル殿と約束したのだ！」

「それに俺は関係ない！」

「お前はグラミア人なのだ？　グラミア人なら関係あるのだ！」

「俺はグラミア人だが、ウラム公爵領の生まれだ！　王領じゃない」

「わからん奴なのだ。魔法は使わないのだぁ」

「閣下！」

舌戦を中断させたのは、ドラガンの腹心アズレトだった。

「なんだ!?　今、忙しい！　……と、お前からも頼め！　ベルベットどのに、魔法でご助力くださるようにと！」

「それが……敵が攻撃を中断しまして……」

「……で？」

「撤収を始めています」

ドラガンは走った。

城の通路を、迷路みたいな作りにしやがってと愚痴りながら走り、外へと出て馬に飛び乗る。そして一気に市街地を抜けて、城壁上へと続く階段を上った。

異変は、すぐにわかった。

リュゼの市街地を囲む城壁の外には、あいかわらず帝国軍の軍旗が大量になびいていたが、それはゆるやかに、都市から離れていっている。壁にかけられた梯子を放置して後退する帝国軍は、やけに静かで、ドラガンは南を眺めた。

湿原での戦闘が終わったと、静かになった空を見て知った。

そして、帝国軍の後退で、グラミアは勝ったのだとも。

追いついたベルベットが、ドラガンの隣に並ぶ。

彼女は、黒い雲が連なる空の下が、静けさを取り戻したと目を見張った。そしてこの心震える瞬間を、忘れることはできないだろうと結ぶ。

「勝ったのだ？　な？」

ベルベットの問いに、ドラガンが頷く。

この時、リュゼを包囲していた帝国軍から数騎が駆け、リュゼの城壁へと迫ると声を張り上げた。

「神聖スーザ帝国聖炎騎士団（ハイトフラメ・オルディーン）総長代理ウェリアム・サネと申す！　馬上から失礼する！　この度、貴国の王と我が上官たるシュテファン・キースリングにて一月（ひとつき）の停戦を結んだ！　我が軍は取り決め通り撤収するゆえ！　追撃はお控え願いたい！」

「あいわかった！　使者役！　ご苦労！　ウラム公爵ドラガンである！　貴国兵士達の奮闘を称え

いく。

ドラガンが叫び返し、使者役の騎士は馬首を巡らし、颯爽と駆けていく。

「停戦？　勝ち負けはつかなかったということか？」

ベルベットが首を傾げ、ドラガンは苦笑で応えた。

「帝国の面子を保ってやったのであろう。そなたの言った通り、アルメニアが両国の休戦に動いているなら、あまり怒らせないほうがいいのだろう。意固地になられても困るからな」

「……そういうものか？」

「……そういうものさ。俺が補佐官を嫌うのも、意固地みたいなもんだからよくわかる」

「……ドラガン卿、お前、馬鹿なのだ」

「……ばれたか？」

二人は同時に笑い、城壁から地上へとゆるりと向かった。地上で二人を待つアズレトが、一礼の後に口を開く。

「王陛下をお迎えする準備をいたします。おそらく、これからリュゼに軍が入りますでしょう」

「で、あるか……そうだな。堂々とな、それから……」

ドラガンは少し照れたような顔で、アズレトの肩を叩いた。

何か？　という顔の腹心に、当主は言う。

「グラミア王に、今回の言い訳をする。一緒に辻褄を合わせてくれ」

これに隣で聞いていたベルベットが笑い、アズレトも苦笑し、周囲の兵達が笑みを連ねる。

「承知しました。閣下、打ち合わせ致しましょう」

「頼む。あと、アズレト」

「は……」

「その後、グレイグ公領に取りかかる。見捨てず、助けてくれ」

ドラガンがさっさと歩きだした。

アズレトが無言で続く。

ベルベットは、ほっと息を吐き出し、ナルにようやく会えると喜ぶ。そして、その感情のままに、ドラガンを助けてやろうと決めて言ってやった。

「ドラガン卿！　私からも、イシュリーン殿とナル殿に言っておくのだぁ」

ドラガンは振り向かず、片手をあげて応えるだけに止めた。

ベルベットは、くるりと身体の向きを変え、階段をまた上る。

戦闘が終わった後の、静けさを感じていたいと思ったのだ。

小雨は雪に変わっていた。

黒雲が、白い結晶を降らせていた。

彼女は小さな笑みを湛えて、空からこぼれ落ちる雪達を眺める。粉雪は、彼女の赤い髪にも降り立ち、髪飾りのように彩り始める。

少女の視界には、蠢く大軍が映る。

東には、帝国軍の大軍。

西側に、青い旗を並べて、かろうじて立つといったグラミア軍。

黒い空の下、赤く黒く濁った大地で雪達に囲まれる青い者達は、鮮やかだとベルベットは感じる。

「ナル殿、お帰りなさい」

彼女はナルと再会した時に、こう言ってあげようと決めた。


二日目の夜は、恐ろしく静かな夜となった。

黒い雲は星空を隠してしまい、だがお詫びとばかりに、雪を降らせ続ける。勢いは強くないが、張り詰めた空気は痛いほどに冷たく、生きる者達の吐く息は白い。

リュゼへと軍列が伸ばすグラミア軍の後方で、近衛連隊長のアビダルが部下に言う。

「もうしばらく、ここに留まろう」

彼にこう言わせたのは、動こうとしない三人だった。

泥の上に座り込んだナルとダリウス。そして、泥の上に広げられた二人のマントは、彼らと同じように座り込んだイシュリーンの為に、そうされていた。

三人は、息遣いが聞こえそうなほどの距離で、固まっている。

クローシュ渓谷で、身を隠していた時以来の、距離感であった。

ぼそぼそと続く彼らの会話は、なかなか終わらない。

それは、出会ってから今日までのことを、労り合う長いものであったから。

冗談と笑い声、からかい、褒め合いを得て、三人は死者達の為に祈ると、揃って真面目な顔となった。

「イシュリーン、おっさん、我儘を聞いて欲しいんだ」

ナルが言う。

二人は、当然という顔で受けた。

「俺、この世界で、生きていきたいんだ……帰りたい気持ち……全くないわけじゃない。でも、その方法を探すことより、この世界で、二人と一緒に、いたいんだ」

「いちいち言うな、馬鹿」

ダリウスは苦笑し、懐を探る。スキットルが彼の手に持たれ、ダリウスは酒をグビリと飲むと、ナルに差し出す。

ナルは受け取り、酒を飲む。そして、イシュリーンに回すと、彼女も不作法な飲み方を嫌がらなかった。

銀色のスキットルが、三人の手を移動する。彼らは、酒をチビチビと飲みながら、囁くような声量で会話を続けた。

雪は止まない。

「イシュリーン、これからのことで、迷惑をかけるかもしれないけど、お願いがあるんだ」

「いいよ」

彼女は言い、ナルの「いいよ」を思い出す。そこで少し微笑む彼女は、この言葉は、とてもいい言葉だと思う。

「俺、グラミア……が好きだ。グラミアという国を、とても大切に思う。故郷は日本という国だけど、そこと同じくらい、この国が好きだ。だからグラミアが、戦争で苦しまない国にしたい。この国で暮らす人達が、軽々しく戦争という手段を取らない明日がいい。君がもう、誰かに死ねと命じなくて済む世界がいい。おっさんが、人を殺すことがない未来がいい。他の国のことまで全ては、俺の手に負えないけど、この国のことと、君やダリウスさん、そしてこの国の人達の為に、俺は残りの人生を賭けたい。誇れる人生にしたい……」

「貴方は、自分のしたことを誇らないの？」

「……まだ途中なんだ。俺は、まだ途中なんだよ」

ナルは、ダリウスからスキットルを受け取り、酒を飲み、イシュリーンに渡す。そうしながら、言葉を紡ぐ。

「俺が、自分のしたことを誇る時は、先生の前に立つ時だ。それまで、まだ時間はあると思う。皆が、俺に時間をくれた……」

彼は、暗闇に沈む湿原を眺める。

そこには、数えきれない死体が、そのままにされているはずだった。

ナルは、彼らの為に瞼を閉じて、しばし祈る。そうして、口を開く。

「俺、この国で生きていきたい」

「もちろん」

イシュリーンは、ナルの手を握る。

二人は、照れたように笑い合った。

彼女は、ナルの優しい笑顔をひさしぶりに見ることができたと感じる。

ダリウスは、そこで腰を浮かした。

若い二人に遠慮して、少し離れて周囲を見渡す。その立ち位置は、近衛連隊から二人を隠すものでもあった。

彼は、二人の抱擁を見守る。生き延びることができたという実感が、ようやく得られたのだろうと嬉しくなった。ナルはイシュリーンに話すことで、彼女は彼から聞かされることで、お互いにこれからのことを話そうという心の準備ができたことで、ダリウスの友人達は、やっと自分達の為に、明日のことを話せるようになったのだろう。

ダリウスは姿勢を保ち、神に祈りと感謝を捧げる。そして、この二人の為に、また自分が戦いに身を投じる際は、見捨てないでくれとも願った。

彼は、二人に届かぬように、口内で囁く。

「ラティア、ありがとう」

ダリウスの脳裏に、死んだ恋人が描かれる。

彼女は、微笑んでいた。

グラミア王国と神聖スーザ帝国は、グラミア王国歴一一七年の夏に、九十九年間の休戦を結んだ。これを仲立ちしたのはアルメニア王国で、大陸西方諸国は改めてアルメニアという大国を意識させられることになる。

ただ、アルメニアは一国でこれを成したわけではない。帝国がグラミアとの休戦に応じた背景には、教皇失墜による体制変革と、南部諸国の軍勢が国境付近に集結したという二点があった。

時間を求めたのは、グラミア側だけではなかったのである。

しかしながら、アルメニアだからという視点はあり、アルメニアだからという論調をアルメニア人達は生みだすことで、大陸西方諸国の情勢を利用し、戦を嫌う民の気持ちに乗じて、大義を得た。これにより、アルメニア王国を中心とする各国の利害調整を行う機関創設の動きが始まる。

神聖スーザ帝国は、聖女を頂点に枢機卿筆頭のローター・ショルが補佐する体制に移行した。

一方のグラミア王国では、帝国との休戦が結ばれた後、国王イシュリーンは病気療養を理由に表舞台から姿を隠すことになる。

グラミア王国は、国務卿に就いたルマニア公爵マルーム、政務卿アルキーム、軍務卿ハンニバル、アラゴラ総督アルウィン、オルビアン総督ゲオルグの五人が統治を分担し執り行う。

それは、イシュリーンが復帰する一一八年の秋まで続いた。

∵∴

帝都。

停戦後の休戦を迎え、新体制移行に忙しい帝国にあって中心たる人物は、多忙の合間をぬって結婚式を挙げた。

帝都の小さな礼拝堂で、参列者は花嫁の妹二人と、花婿の養子一人の三人だけである。

ローターは、美しい花嫁の頬に口づけをした。

「ミューリュ、バタバタが続く。すまない」

「いえ、猊下」

シュケルの養女だった女性は、化粧が施されたことで驚くほどの美女となっている。蜂蜜色の髪は潤い、肌艶は神の祝福を得たかのようであった。しかし彼女の心は、シュケルの死で黒く染まっている。

ローターと並び、妹達へとわざと笑顔を作ったミューリュであったが、夫となった男性にだけ届く声量で言う。

「お願いが、ひとつ、ございます」

「……何だい?」

「グラミアを、倒してください」

ローターは言葉を失う。

ミューリュは、夫を見る。

彼女は、妹達の手前、笑顔のままであるが言うことは危険であった。

「ナルという男を……殺してください……必ず！」

花嫁の願いに、ローターは頷くことしかできなかった。

⁘

グラミア王国歴一一八年、秋。

イシュリーンが復帰するとあって、グラミア王国では官民ともに喜んでいる。

彼女は、一一七年の夏に神聖スーザ帝国と休戦を結んだ直後、体調不良を理由に長期療養を取った。その間、国務卿職が復活され、ルマニア公爵マルームが指名された。彼は政務卿であり兄のモルドバ伯爵アルキームと、軍務卿のオデッサ公爵ハンニバルの助けを得て、今日まで、王不在を感じさせない手腕を見せた。また、アラゴラ総督のアルウィンと、オルビアン総督のグオルグがマルームを盛り立てたのも、大きな理由であろう。

とはいえ、民は敬愛する王が病に負けるのではないかと案じた。主神や美神を奉る神殿に寄進が増えたのは、イシュリーンの回復を願う人々が、心からそう願った証である。ゆえに彼女が、一年ぶりに復帰しようとしている現在、その日を祝おうと国中で花を飾り、音楽を奏で、詩を歌い、踊りを舞う人々が溢れている。

王都キアフ近郊にあるラベッシ村も、例に漏れないが、他所に比べて、祭は控えめに催されるようである。ここが、他の土地と少し事情が違うのは、領主が変わってようやく一年が経ったばかりであるからだった。

一一七年の夏の終わり、ラベッシ村を治めていた子爵に転封が舞いこみ、彼は新領地があるアラゴラ地方へと引っ越したのである。

ラベッシ村と農場は、リュゼ伯爵預かりとなり、当主の代理たる代官が新しい指導者となった。

リュゼ伯爵は、大軍師とか、主神の遣い（オルヒディン）などと敬われる人物で、そのような人の代官ならば、きっと立派な人に違いないと村人達は期待し、当人の到着を喜んだものである。

代官は一一七年の秋に、妻と赤い髪が珍しい書生の少女を伴って村に入った。家族といえるのはそれだけで、にしては従う兵と使用人は多かったことから、村人達は不思議がったが、リュゼ伯爵家の高級官僚となれば当然かもしれないと勝手に納得する。

代官は、ナルという名前だった。

「あの人と同じ名前だから恥ずかしくてさ……」

村人達を前に名乗った彼。

皆が遠慮なく笑う。

彼らは、小柄で弱そうな男が、周辺国にも名を轟かせる人物と同じ名前であることを憐れんだのである。

こうして新しい領主の代官は、村人達の同情と親切で迎えられ、農場を切り盛りしている。彼の妻は、頬に火傷の痕があるが美しい顔立ちで、またよく夫を支えていることと、誰とでも分け隔てなく接することから、皆に好かれている。

⁘

「……農場の経営者も板についてきたな」

客は屋敷に入るなり、主にそう言って笑った。

「おっさん、俺はもともと平和主義者なんだ。こっちが本当の俺なんだよ」

「まぁまぁ、ちょっといいか？　あ、こら。あっちに行ってろ、な？」

客はまとわりつく犬達に困る。

酒瓶を土産に、ラベッシ村の代官屋敷を訪ねたのはダリウスだった。そして彼を迎えたのは、年下の親友であり、代官という仮の身分で農場を生活の場所に選んだナルである。

ナルは補佐官を辞めたわけではなく、爵位も返上したわけでもない。しかし、領政はコズンとリューディアがいるから大丈夫として、たまに届く決済に署名をして返すだけという有り様であった。

その彼を不真面目だと指摘する者はおらず、というのも、表向きでは、ナルはずっとリュゼにいることになっているのである。

これは、彼がイシュリーンの近くにいたいからと、彼女もまたそう望んでいるからであった。

さらに、ナルを狙う不届き者から隠れる目的も、現在の生活にはある。

実際、ナルの身替わり役は一年で三度も命を狙われたのだ。犯人は捕まったが、死体となっては話すことができない。

「有名税だ」

とは、アルキームのからかいである。ナルが身替わり襲撃事件の後に、補佐官職を務める為に登城した際、こう言われ笑われていた。

屋敷に入るダリウスに、一〇は超えようという数の犬達が尻尾を振ってまとわりつき、彼は優しい声で叱る。犬達が彼の抱える包みの匂いを嗅ぐからだった。

「駄目だ、これはお前達には毒だ。あっちで遊んでいなさい」

彼は犬達を遠ざけると、飼い主たる少女のことをナルに尋ねる。

「ベル様は？」

「二階で寝てる。ベルベットに用か？」

「違う、起こして差し上げるなよ。ベオルード大学新設や遷都の計画やらでクタクタなんだろう。お前に用なんだ」

ダリウスはツカツカと進み、勝手知ったるナルの家とばかりに広間に入る。そこには大きな円卓が置かれていて、今は試飲用の酒が注がれたグラスで溢れていた。

グラスを並べていた使用人達が、客人に一礼をする。

ダリウスが陽気な声で応える。

「よお！　俺がいなくて寂しいだろ？」

テュルク族の女達が一斉に笑い、「いらっしゃいませ」「どうぞ、こちらに」とダリウスに椅子を勧めた。彼は椅子にふんぞり返ると、グラスのひとつを手に取り、透明な液体をマジマジと見つめる。

「酒造りにも手を出すとは……まだ色がついてないな」

「グラミア産のブランデーが欲しくてね。材料はあるんだ。あとは歴史だ」

ナルが答え、ダリウスの隣に腰掛ける。この時、彼は右足を庇うような姿勢を取った。それは戦闘で足を負傷した時の癖が今でも抜けないからだ。

「忙しいんじゃないのか？　将軍閣下」

「暇。どこもグラミアに喧嘩を売ろうという奴はいなくてね……ドラガンが北のほうで楽しくやっているみたいで……もしかしたら救援に行くかもしれない」

「マルームさんが決定を？」

「ああ、ウラム公爵家の支援を、グラミアは堂々とすることに意味があるってな。陛下もご了承されてる……で、今日は陛下からのお遣いで来た」

「……この前、直接、言ってくれればよかったのに」

「三日前、会ったんだっけ？」

「お忍びでこっそりと王宮に行った。一晩、泊まって帰った。いろいろと報告をして、相談もあったし、会いたかったし……」

「……その時にお前と会えたから……お考えになられて、決められたのかもしれないな。アブリルは？」

「いるよ、地下でアルメニアからの情報を精査中。呼ぼうか？」

「頼む。お前と、彼女に伝えるべきことだ。いくら妻役といえども、外に対しては間違いなく妻で、お前らは夫婦ということになってるんだから……」

ダリウスがここで真面目な顔となる。年下の親友は訝しみながらも使用人に命じた。

「アブリルさん、呼んでくれる？」

使用人の女が、音もなく室を出た。ダリウスは、こんな危険な使用人はどこをどう探してもここだけだろうと苦笑してしまう。

「しかし、誰がこんな農場の屋敷が、諜報部の本拠地だって思うかね……平和そのものっていう村のど真ん中だ」

「だからかえっていいんだよ。人の出入りも村人くらいですぐに見分けがつくからね。王宮に農作物を届けるから、頻繁に往来してもおかしくないし」

「あ、そうか。酒も納め始めると、酒樽の中に何かを入れて運べるってことか!?」

「……いや、酒が好きなだけだ……」

ダリウスが呆れ、「さすが、あの爺の弟子だ」と溢したところでアブリルが現れた。彼女は茶色の長髪を手で整えながら一礼し、客たるダリウスを見て微笑む。

「ダリウス殿、過日は立派な絹を送ってくださってありがとうございます」

「ああ？　俺がもらっても意味がないからな」

ダリウスは少し照れたようで、誤魔化すように笑うと姿勢を正した。そして、二人に言う。

「陛下から……だ。御子をお前とアブリルに預けたいそうだ。やはり、王宮で隠してお育てになるのは無理だということでな……」

「俺は嬉しいけど、アブリルさんは?」

アブリルは微笑み、夫役であるナルに頷く。

「光栄なことです」

ダリウスが膝を打った。

「そうか、良かった。じゃ、決まりだ。日にちなどの仔細は打ち合わせて、また伝えに来る」

「わかった」

「ナル」

ダリウスは、親友であり戦友を正面から見つめた。

改まった様子の彼に、名前を呼ばれたナルは瞬きを繰り返す。

「おめでとう、お父上殿」

「……」

「よく我慢して、陰から見守っていたな? お前が父親になれて、嬉しいよ」

「……ありがとう、おっさん」

ナルは、素直な気持ちを言葉にしていた。そして、決めていたことを告げる。

「男の子だったら、あんたの名前をもらおうってイシュリーンと決めていたんだ。いいだろ?」

「……やめてくれ！」

ダリウスが狼狽し、椅子を蹴飛ばして立ちあがった。そして年下の友人に掴みかかり、アブリルに止めに入られても必死で懇願する。

「ダリウス殿、危ないです」

「勘弁してくれ！　それだけは勘弁してくれ！　もっといい名前が世の中にはある！　きっとある！　きっとあるぞ！」

「ははは！　でも、ダリウスっていう名前は溢れてるからな！　マキシマムのほうをもらうよ。名前、マキシマムにするから」

「やめてくれ！」

ダリウスの悲鳴に、ナルは吹き出した後、我慢できないとばかりに大口を開けて笑う。そんな彼を見るアブリルは、このような笑い方をする人だったのかと目を丸くした。それほど、ナルは楽しそうで、皮肉めいた色のない表情をさらけ出している。

「あははははは！」

ナルは、笑っていた。

∴∵

ここに、一枚の有名な絵画がある。

銀髪の美しい女性が裸の赤ん坊を抱(いだ)いて見つめており、その子は男の子である。

絵画の題名は、名君の誕生、である。そしてこの絵画は、グラミア王国記でも挿絵として使われるほど、史実に近いとされている。

絵画に描かれている男の子の名前は、マキシマム・グラム・グラミア。

グラミア王国記では、雷帝マキシマムの父親は主神(オルヒディン)とされている。美神(ヴィラ)の娘であるイシュリーンは、夢の中で主神(オルヒディン)に求愛され、これを承諾したから子を宿したと記録に残されている。

彼女は主神(オルヒディン)との約束を守るために王配を取らなかった。

グラミア王国は、主神(オルヒディン)に愛され守られたイシュリーンの代で大きくなり、マキシマムの代で偉大な国家となった。特に、東方から侵攻してきた異民族の大軍から、西方諸国を守った功績は凄まじいものがある。マキシマムがあの時代に現れなければ、西方諸国は悉く滅んでいたのではないかといわれているほどだ。

その雷帝(マキシマム)を支えた六人の英傑を、後世ではグラミアの六連星と称えている。

近衛連隊長ベルベット・シェスターは、マキシマムの教育係として幼少の頃から彼と接し、その成長を見守った。そして彼が王となると、彼女は娘と共にマキシマムを守り続けた。

宰相オデッサ公爵ハンニバルは、その武勇と経験で、雷帝(マキシマム)の治世を助けた。異民族相手に獅子奮迅の活躍であったとされている。

相談役ダリウス・ギブは、寝台から起き上がれなくなってもマキシマムの為に助言を続けたという。

それは、彼が忠誠を尽くしたイシュリーンとの誓いを守る為でもあったようだ。

将軍マーヴェリク・ギブは、ダリウスの息子である。彼は父親に負けず劣らず武勇に秀で、軍を率いても常勝の将軍と呼ばれた。

将軍ギュネイ・ミュラーは、ゴーダ騎士団領国からグラミアへと移ってきた人物で、異民族と戦うためにマキシマムの臣下となり、歴史に名前を残す活躍をしている。

そして、二代にわたりグラミア王を支えた人物として、リュゼ公爵ナルの名前も連なっている。彼は終生、王補佐官のままであったが、亡国の大軍師として歴史に名を残す実績を残した。

マキシマムも、特に彼を信頼し、何事も相談したようである。その関係は、君臣の間柄を超えていたと例えられるほどであった。

《完》

original scenario

特別収録

Family

Legend of Ishlean

「マキくーん！　遊ぼぉ！」

外からの声。

エヴァだ！

僕は窓を見た。

コツン、と頭を本で叩かれる……。

痛い……。

「マキ、数式が解けたら行っていいのだ。できてないのだぁ」

頭を擦りながら、ベル先生に抗議する。

「難しいです……僕にはまだ早いん――」

抗議を中断したのは、外からの声のせいだ。

「マキくぅん！　マキシマァム！」

「――はぁい！　ちょっと待って！　まだ問題が解けてない！」

僕はベル先生を見た。

彼女は、赤い目を揺らして笑っている。

ベル先生は、ベルベット・シェスターという名前のすごい魔導士で、キアフに屋敷を持っているのに、ほとんど僕の家で生活をしている。不思議に思って理由を訊いたことがあるけど、古代人の精子を狙っているとか、実験に使いたいからとか、どうも意味不明だ。

古代人？　昔の人達？

精子？　何だろう、それ……。

実験？　たしかに魔法の実験をいろいろとしてるみたいだけど……とにかく、わけがわからない理由で、ここで暮らすベル先生は僕に学問を教えてくれる。今は数学で、ベル先生は笑みを止めると、赤い髪を指で梳きながら喋る。

「マキ、既に教えたことでこれは解けるのだ。そうでないとお前が言うなら、それはお前が忘れているだけか、使い方を理解できていないか、考えることを面倒に感じて放棄しているかのいずれかなのだ。この問題は、お前には解けるのだぁ」

ベル先生は言い終えると、ビスケットが盛られた皿へと手を伸ばす。そしてサクサクと食べ始めた。

自分ばっかり……それ、母上が僕の為に作ってくれたやつなのに！

「早く取りかからないと、サクサク……エヴァと遊べないのだぁ」

諦めたように机上を眺めた。

わからない……。

「方程式と不等式の両方を理解しないと、次に進めないのだ」

「不等式？」

「ん？　教えてなかったのだ？」

「ベル先生、習っていないんですけど……」

「……じゃ、今から教えるのだ」

僕はやっぱり、エヴァを待たせることになってしまった……。

僕はマキシマム。

この夏で九歳になった。

家は農場を営んでいる。父上が主で、王宮に野菜や花やお酒を収めている他、市場にも卸している。父上はかの有名なリュゼ公爵閣下の代官として、この農場に赴任しているのです。

リュゼ公爵……十年くらい前、グラミアは周りの国と戦争ばかりをしていたそうで、その時に王陛下を助け、国を守った偉大な人物。五年前、伯爵から公爵へと爵位をあげて、ついにリュゼ地方を中心とする公国を建国した。それでも立場はグラミア王陛下の臣下であるとするため、グラミア王補佐官という職をずっと務めておられる。周囲から、国務卿とか、外務卿などの役職を勧められるも、彼は頑なに補佐官職に留まり、影から陛下と国を支えておられる。

そんな人と、父上は同じ名前なので、村の人達から同情されている。

「見た目が弱そうなのに、名前だけは立派だから……」

農場で働く人達の長老格、エヴァのお爺様が言った言葉。これは、村人達の総意……。

僕は、自分の父上ながら弁護も反論もできなかった。だって、その通りなのだから……。

でも……でもだ！　そんな父上にも立派なところはあるんだ。

お酒がどこの土地で作られたものであるか、どこの蒸留所のものかを、ずばりと言い当てることができる！

だから父上は、公爵閣下の信頼を得て、この村でお酒を作っているに違いないと思うんです。

大人になったら父上の後を継いで、立派な農場経営者になりたいと思っているんです。それには学問と武芸が必要らしく……だから、嫌いな勉強や武芸の稽古もやるしかなく……。

そう、僕は勉強や稽古が好きじゃない。いや、考えたり、動いたりするのは好きなんだけど、友達と遊ぶ時間が少なくなってしまうのが残念なんだ。

追いかけっこや川遊び、釣りや森の冒険を自由にやりたい。

「してもいいぞ。勉強と稽古をちゃんとすれば」

父上の台詞だ。

「いいですよ、マキシマム。でも、お父様のお許しを得てからになさいね」

母上の台詞だ。

つまり、自由にできないってことだ。

なので、僕は午前を勉強に使う。ベル先生は午後から家を留守にすることが多いから、午前という時間配分になった。朝食と昼食の間を使って、頭を働かせる為に甘いビスケットを食べながら勉強を頑張れば、午後は自由に遊べる！　……わけでもない。

剣の稽古を、昼食後の一刻を使ってやらないといけない。

ルナイス先生は、通いの師匠で、本業は農場の警備隊隊長だ。昔、隣の国と戦争をしていた時、公爵閣下の傍で戦っていたすごい人らしい。

そんな人がどうして父上にペコペコしているのかわからないけど。

「マキシマム！　左手は添えるだけ。構えは自然体で！」

ルナイス先生の木剣で、左肘をつつかれる。稽古場は砂をならした広場で、農作物などを王城に運ぶ時の荷作りに使ったりもするけど、今は僕とルナイス先生、そして稽古を見物しているエヴァだけである。

彼女は、僕の家で昼食を一緒にとって、稽古が終わるのも待ってくれている。

「マキくん！　頑張れぇ」

皆に好かれるエヴァが、僕を応援してくれるってのは嬉しい。

ロイ、トレース、見てるか？　エヴァが僕を応援してくれてるんだぞ！

「左腕！　力抜け！」

ルナイス先生に木剣でつつかれた。

「ひゃい！」

くすぐったくて、変な声になった。

エヴァが笑っている……。

ロイ、トレース、見ないでくれ……。

「添えました」

「力、入ってるぞ」

⁘

午後、エヴァと川で遊んでいると、父上と仲がいい小父さんが現れた。

「マキ、川遊びか？」

「小父さん、こんにちは」

「お兄さんと呼べ」

小父さんの言葉に、僕とエヴァが笑う。

ダリウス・ギヴという名前のこの人は、グラミア王国の国軍将軍である。ペルシアという国で生まれた小父さんは、いろいろと面倒に巻き込まれてこの国に住むことになったと話す。その彼は、どうしてか父上と仲がいい。母上によると、酒飲み仲間だそうだ。お酒を楽しむには仲間が必要らしい。

「また、お酒ですか？」

川からあがり、砂利道へと移動した僕は、楡の木のような小父さんを見上げる。すると、彼の後方に、馬に揺られてのんびりと近づいてくる女の人がいた。

すぐにわかった。

時々、父上を訪ねてやって来るお姉さんだ。キアフで商売をしているそうだ。小父さんは一人で来ることもあるけど、お姉さんが来る時はいつも小父さんと二人で来る。どうやら、小父さんが誘っているようだ……今日もそうなんだろう。

お姉さんは普段、ニコニコとしていてとても優しい人なんだけど、今はとても威厳があって、声をかけることができそうにない。

いや、そうか……いつもが、こっちなんだ。僕の前では、ニコニコとしてくれているだけなんだ……。

僕は今、僕に気付いてニコリと表情を一変した彼女を見て、そう感じた。

「マキくん、誰？　すごい美人……」

「父上のお客様だよ、お酒や野菜を買ってくれてる人だそうだよ」

エヴァがお姉さんに見惚れていた。

わかる。

世の中の美人から、美しいところを集めたのがこの人だと思う。

「わたし、髪の色、銀色がよかったなぁ」

エヴァが、こちらにゆっくりと近づいてくるお姉さんを眺めてぼやいた。

「エヴァの明るい茶色のほうが素敵だと思うよ」

僕の言葉に、何故か小父さんが笑うと、背中を叩いてきた。

「イター！」

「マキ、お前にはちょっと早い台詞だ」

小父さんがニタニタと笑い、エヴァは嬉しそうに僕を見ている。

「マキくんの、黒と銀の混じり合った髪も素敵だよ」

ロイ、トレース、聞いたか？　エヴァが僕の髪を褒めてくれてるぞ？　お前達が、灰被りと言って馬鹿にする僕の髪の色を！

「マキシマム」

名前を呼ばれて、僕は馬に乗るお姉さんを見上げた。彼女は、あの優しい笑みになっていた。母上のような緑の瞳が、とても綺麗に輝いている。

「そなたのお父上はご在宅？」

「はい！　います」

「今夜、食事を一緒にと思っているのだけど、マキシマムも一緒に食べてくれる？」

「はい、ぜひ……あの、エヴァと遊んでから帰っていいですか？」

お姉さんは僕に頷き、エヴァを見つめて艶やかな唇を開いた。

「エヴァ、マキシマムと仲良くしてくれてありがとう。良い友達でいてあげてね」

「はい……はい！」

ほわぁとした顔のエヴァ。

お姉さんと、小父さんが家へと続く道を進んでいく。

僕は、無言となったエヴァを見つめる。

彼女の目には『憧れ』と書いてあった……。

⁘

夕食だ。

いつもと違って、家の客室に机と椅子を運び入れての夕食は豪華だった。残念なのは、ベル先生が婚約者と出掛けて留守にしてしまっていることだ。ベル先生のうんちくを聞きながら食べるのは楽しいんだけど……。

『トマトは、土地が痩せているほうが美味しいのだ。これは、懸命に栄養を溜め込もうと頑張るからだ。トマトさん、頑張ったねって言って食べるのだ』

『じゃがいもは飢えから人類を救ってくれる素晴らしい野菜なのだぁ。お芋さんに、ありがとうって言って食べるのだ』

などなど、今日は聞けない。

豚肉のロースト、豚の脂肪を塩と香辛料で浸け込んだものを焼き上げてスライスされたもの、農場の野菜と一緒に煮込まれた鶏の骨のスープ、パン各種。

ご馳走だ！

それにしても、どうして小父さんとお姉さんが来た時は牛が出ないんだろう？

僕は、牛のほうが好きなんだけど……。

「ナル、マキシマムは元気に川で遊んでいて、楽しそうだった」

お姉さんが、ウォッカに口をつけて言う。

「遊びたい盛りでね……誰に似たんだか？」

「お前だろ」

小父さんは、もう何杯目かわからないほどウォッカを飲んでいる。このお酒、父上の酒造所のひとつで作っている。ウォッカ、ブランデー、ワインなどなど、あらゆるものを作っている。

「アブリルどの、ルヒティを飲みたい」

お姉さんが、母上に希望したのはブランデーの銘である。父上は今年からようやく、このブランデーの出荷を始めている。寝かせる期間中、飲むのは我慢だと言っていた。

僕は子供だからという理由で、飲み物はお水だ。

楽しそうに会話をする大人達を見て、お酒を飲んでみたいと思うけど、母上に叱られるので大きくなるまで我慢するしかないのです。

母上が、微笑みながらルヒティを持ってきた。出荷用の瓶を大事そうに抱えて、銘が入った荷札(ラベル)を皆に見せる。

「もう市場には出ておりますが、最初にできたのは隠しておきました。番号、〇〇〇一番のルヒティです」

母上が、使用人の女の人達に言って、全員にグラスが配られる。

なぜか、僕の前にも置かれた。

僕が父上を見ると、父上は真面目な顔で口を開く。

蝋燭の灯りに照らされた父上の顔は、別人のように見えた……。

「マキシマム、この酒はお前も一口、飲みなさい。お前が生まれた時、ルヒティという名前にしようか、今の名前にしようかと悩んだほど、この名前は父上にとって大事な名前なんだ」

「……はい」

お姉さんが、グラスに注がれたブランデーの香りで、ほろりと涙をこぼす。

大笑いしていた小父さんも、神妙な顔つきで、チビリと飲む。

父上は、深呼吸をして、飲んだ。

「……うん、優しいけど厳しい……この名前に相応しい出来……さ、マキシマム、口をつけるだけでいいから」

僕は、あれだけ望んでいた機会が突然にきて、心臓をバクバクとさせながらグラスを持つ。

琥珀色の液体が、蝋燭の灯に照らされて魅惑的に揺れている。

甘いのかな？　皆、美味しそうに飲んでるから、きっと甘くて美味しいんだろうなぁ。

いい匂いだぁ……。

僕は、母上特製のレモネードを飲むような勢いで、ブランデーを飲んだ。

「ああ！」

父上が大声を出した。

「マキシマム！」

お姉さんが驚く。

「おい！　大丈夫か⁉」

小父さんが慌てる。

僕は、ひどい味に顔をしかめた。

よくこんなものを、この人達は美味しいって飲める……よ……世界が……回る……。

⁘

誰かに抱かれているとわかった。

顔にあたる柔らかなもの……母上だと思った。

もう抱っこはやめてくれと、立ちあがりたいけど眠い……。

瞼が開かない。

大人達の声が聞こえる。

「可愛い寝顔……大丈夫みたい。ただ酔って寝てるだけね」

お姉さんの声がすごく近い。

「さすがお前の子だ。初めての酒を一気飲みだよ」

これは、小父さんの声……。

「倒れてすぐに吐かせたのは正解なのだ……ナル殿とダリウスは酒飲みらしく応急処置も詳しいな」

ベル先生の声……帰ってきてたのか？

「……ありがとうございます」

小父さんだ。

「寝息も落ち着いているし、顔色も悪くない。明日、翌日酔い(ハングオーバー)になるかもしれないが、大丈夫なのだぁ。私も上で寝るのだ。朝が早い」

「部下に、悪酔いに効く薬草を採りに行かせました。暗いですが、ある場所はわかっているのですぐでしょう」

母上の声……？　部下？

「これは、先生の洗礼だなぁ」

父上……先生って？

「あの爺さんなら、多分今頃、ニヤニヤとしてるんじゃないか？」

「ルヒティはでも、その後、優しく背中を擦ってくれる」

小父さんの声に、お姉さんの声が続く。

どうやら、ルヒティというお爺さんがいて、それは父上、お姉さん、小父さんと知り合いみたいだ。

父上の知り合いなら、いつか会えるだろう。

「ナル、世継ぎの事なんだけど、ジャン・ロベール大公殿下とリニティアの間に第二子が生まれたのは聞いてるな？　その子を養子に出して下さるそうだ。ヨハン陛下と大公殿下が承知下さっている」

お姉さんが難しいことを言う。

世継ぎ？　養子？　大公って、偉い人なんじゃないの？

「本当によろしいので？」

小父さんの声……。

「この子には、なりたいものになってもらいたい」

お姉さんの声……ああ……眠い。

「後を継ぎたいと言ったら、どうする？」

父上……。

「言うかしら？　全く、違う世界で生きているのに？　そもそも、マキシマムは……」

お姉……ああ、眠い……母上、恥ずかしいけど、このままでまた眠ってしまいます……。

ロイやトレースに知られたら、また馬鹿にされるけど……限界……。

⁛

目覚めると、朝というより早朝だった。いや、夜と朝の境界で、外はともかく室内は暗い。

客間の長椅子で寝ていて、目の前には椅子に腰掛けたまま眠るお姉さんがいて、その向こうには、空になった酒瓶を並べて食卓に突っ伏して寝る父上と小父さんがいる。

「マキシマム、目が覚めた？」

母上。

「おはようございます……母上、僕、すいません。ここで寝てましたか？　よく覚えてなくて」

ルヒティをグイッと飲んでから、記憶が飛んでるみたいだと言い訳をする。

「大丈夫？　顔色が悪いみたいだけど……」

「……頭、痛いです」

「もう一度、寝る？」

「……いえ、大丈夫です」

「そう……でも、無理は駄目ですよ。起きるなら、顔を洗って」

母上は言い、僕を誘って室から出る。

僕は、母上を見上げた。

「ねえ、母上」

「どうしました？」

「お姉さんと仲が悪いの？」

母上は、驚いたように目を見開く。

「……どうして？」

「お姉さんが来た時、母上、一緒にご飯を食べないから」

「……違いますよ。お客様なの、大事な」

母上が微笑む。

僕は、なんだかとても恥ずかしいと洗面所へ一人で急いだ。馬の糞を踏んでしまった時のような、失敗と恥ずかしさ、気持ち悪さが入り混じっている。

洗面所に飛び込む。

「おお！　おはよう！」

洗面所には先客がいて、ベル先生だ。

ベル先生は朝の散歩……ベル先生が世話している犬達の散歩に出掛けるために、いつも早起きだ。

「おはようございます」

「顔色、昨夜よりも悪いのだ。大丈夫か？」

ベル先生はそう言うと、シャコシャコと歯磨きを始めた。

「……頭が痛いです。僕、昨日、よく覚えてないんですけど、ブランデーを一気に飲んでから記憶ないです。そのせいですかね？　この頭痛」

「ひょうひゃ、ひょのしぇいひゃ」

そうだ、そのせいだ……と言ったらしい。

……僕の顔に、塩と薬草を混ぜた歯磨き粉を吐き飛ばす勢いだ。

僕は顔を洗い、ベル先生の隣で歯磨きをする。糸で歯と歯の隙間を磨くのは、ベル先生流だ。その後、歯の表面と歯茎を磨けと教わっている。

口を濯いだベル先生が、僕を見る。

「犬の散歩、一緒に来るのだ？　歩けば頭痛も楽になるのだぁ」

僕も口を濯ぎ、ベル先生に尋ねる。

「本当ですか？」

ベル先生は、ニコニコとしていた。

「気持ちの問題なのだぁ」


犬達がはしゃいでいる。

草の匂いを嗅ぎ、木の根元をうろつく。犬同士で追いかけっこをして、吠え合って、とても楽しそうだ。

ベル先生と、犬達と一緒に来たのは農場の花畑を一望できる丘の上で、夏の盛りである今、花畑を彩るのは大量の向日葵だ。

まだ早い時間帯だから、空はぼんやりとした明るさで、陽の光はまだ地上に届いていない。

「マキ、私はここ、大好きなのだ」

ベル先生が、伸びをしながら言う。そして僕を誘って、草の上に座った。

僕たちは並んで、花畑を眺める。

こうしていると、雄大な世界の中にポツンといるようで寂しく感じる。でも僕は、ベル先生がそっと手を握ってくれて、その温かさで、微笑むことができていた。

二人で眺める夜明け前の世界。

静かで、広くて……言葉が出てこない。

ベル先生が、赤い目で僕を見る。とても優しい輝きだと思った。

「マキ、昨夜、途中で目を醒ました……のだ？」

「……ばれてました？」

「私はわかった。他の人達は、気付いてなかったみたいなのだ。安心しろ」

「先生、なんだか聞いてはいけない会話を聞いた気がして……」

「マキは、大人だな？」

「ありがとうございます」

「私も、お前ほど賢い子供だったなら、母上と違う関係になれていたかもしれない」

「ベル先生のお母様？」

彼女はそこで、髪を指で梳きながら口を開く。

「ま、この話は話したくないのだ。それよりも、頭痛の理由を話してみろ。私は口が堅いのだ」

嘘をついたのはばれていた。

そして、気分が乗らない理由も、言い当てられたように思う……。

「……先生、僕は昨日、なんだかとても不思議な感じがしたんです。なんだか皆、僕の知らないことを話しているけど、僕のことを話してるように感じて……」

ベル先生は、ニコリと笑うと繋いでいた手を解いて、僕の髪をグシャグシャとかき回す。

「はひゃ!?」

「マキ、生意気なのだ。子供はもっと子供でいろ、なのだ」

ベル先生が抵抗する僕から手を離し、笑いながら花畑へと視線を転じた。

僕も、髪を整えながら一緒に見る。

東の空から現れる太陽が、地上の向日葵達へと光を放つ。

太陽がゆっくりと昇るにつれて、朝露に濡れた大地が煌めいていく。それは黄金の絨毯がゆっくりと広げられていくかのようだ。

色鮮やかに花畑が輝き、僕は目を奪われたまま動けない。

優しい風が僕とベル先生を包む。犬達の楽しそうな吠え声も、この時には静まっていた。気付けば、彼らは僕たちを囲むように寝そべっていて、でも僕たちを見ている。

ベル先生に髪を撫でられた。照れくさいけど、嫌じゃなかった。

「私、マキのお父上に、ここを教えてもらったのだ」

「父上に？」

「マキのお父上は、いろんなことを私に教えてくれたのだ。だから私は、今の私でいられるのだ。マキのお父上に出会っていなければ、私はきっと、とっても意地悪で嫌な大人になってしまっていたと思う……だからマキのお父上は、私にとっても大事な人なのだ。その彼の子であるマキも大切……だから言おう」

ベル先生が僕を見る。

僕も、ベル先生を見ていた。

「マキ、お前は立派なお父上と、優しいお母上に望まれてここにいるのだ。お前は完全に、何があっても、この世界に祝福されて現れた子で、今も愛されて、とても大事にされている……だから信じろ。大人達の秘密は、お前の為にあると」

僕は再び、花畑を眺める。そこに広がる光景は僕に、「君の心配なんて些細なことだよ」と言ってくれていると思えるほどに美しい……。

「……この場所で……ベル先生に言われると、そんな気がします」

ベル先生はそこで、真面目な顔を作った。そして、僕の手を優しく握ってくれる。

いつもにこやかで綺麗なベル先生が、突然にそうすると、なんだか緊張する。

「マキ、私はいつまでもマキの味方なのだ。私が困っていた時、そうしてくれた大人達のおかげでとても助かったから、今度は私が……助ける側に立つのだ。だから、のんびりといこう……マキの人生は、きっとまだまだ長いのだ。疲れたら休んで、頑張りたい時は頑張ろう。そのマキを、私は見守るのだ……マキが進む姿を、少し後ろから見守っているよ。困った時は、振り返って」

僕は、僕を励ましてくれるような表情のベル先生に、嬉しい気持ちを伝えたくて、大きく頷く。

「はい。ベル先生、ありがとう」

ベル先生が、にぱぁと笑った。

「じゃ、帰って数学の続きなのだぁ」

僕は笑った。

花畑を埋め尽くす向日葵達も、陽光と風を浴びて心地よく笑っていた。

僕は、ベル先生と繋いだ手に引かれて立ちあがる。

朝焼けに輝く世界を、僕たちは歩きだした。

《了》

あとがき

postscript

レジェンド・オブ・イシュリーンにお付き合いくださいまして、ありがとうございました。ナルとイシュリーン、そしてダリウスさんを中心に、グラミアという国の戦いを書いた物語は、皆様のおかげをもちまして、ひとつの区切りを迎えることができました。

こうしてお話を作るようになったのも、映画が好きである父と、小説を読む習慣があった母、そして歴史の漫画を買い与えてくれた祖父母のおかげだなと感謝しております。また、作中に登場する風景を授けてくれた土地にも、改めて感謝の念を覚えている次第です。クローシュ渓谷のモデルは、広島県三原市の中之町というところで、山々を眺めながら歩いた記憶のせいで、物語の最初でナルは苦労するわけです。

ナルが最初にいた公園は、都内に実在しています。青山一丁目駅から歩いていける場所です。興味あれば、都内に御用の際に探してみてください（未来に召喚されても責任は取れません……）。オルビアンの景色は、横浜のみなとみらいがモデルになっております。

もともとは歴史が好きで、三国志をモデルにした堀川恵美理さんを主人公にした物語を作りました。レジェンド・オブ・イシュリーンにも出てくるアルメニア王国を舞台にした内乱を書いたものです。この後、十字軍をモデルに新しい物語を書いてみようと考え、その物語の前座がいるなと思い至り、書き始めたのがレジェンド・オブ・イシュリーンでした。なので、作中の期間が二年にも満たない短期間だったりします。

ちなみに、どちらのお話も同じ世界が舞台となっており、時間軸が違うだけなので、堀川恵美理さんのお話を知っている人がレジェンド・オブ・イシュリーンを読むと、ニヤリ。とできるよう工夫していたわけです。

どちらの主人公も、特殊な能力があるわけでもなく、容姿も何かしら問題をかかえている、どこかに普通にいそうな人物なわけですが、共通しているのは、温かく優しく心が強いところでしょうか。私はだらしなくセコく心が超弱い人間なので、そういう人に憧れがあり、彼等を登場させたのかもしれないと今は思います。

あと、思い返すと意外なことがありました。

ルヒティが好きですと言われたり、ダリウスさんカッコいいと言われたり（おっさんや爺さんが人気でるとは思ってもいなかった）、最も意外なのはアブリルさんファンがものすっごく多かったことです（人気でるかな？　と思っていたけど、それを超えた……）。アブリルさんを不幸にしたら許さない！　というプレッシャーとの戦いの日々も、皆様のおかげをもちまして、終わりました……私の近くにも、アブリルさん好きがいまして、編集という立場を利用し、「不幸にしたら許さへんでぇ」という強迫を受けながら、私は作業をしていたのです……嘘です。アブリルさん好きであることは本当ですが、編集の遠藤様にはとてもお世話になりました。貴方でなければ、おそらく私は本を出せていなかったはずです。その感謝があるもので反省もしております、ちゃんと。こんなに面倒な作者はそうはいないのではないかと猛省しております。ゲームが好きなせいです。すいません&ありがとうございました！

遠藤様だけでなく、一二三書房の皆様、ご支援賜り感謝しております。一巻から本日まで、三年間にわたりとても助かりました。暑い日も寒い日も、雨の日も晴れ？　の日も、書店回りをしてくださった営業の皆様や、準備や段取りをしてくださったバックオフィスの方々、「出していいぜ」と言ってくださった経営陣の皆様、ありがとうございます。こうして本になっているのも、皆様とのご縁があったからこそです。おかげ様で書籍版も完結できました。本当にありがとうございます。

匈歌ハトリ様、最後まですばらしい絵をありがとうございました。拙い説明と乱暴な注文をする私を助けてくださいまして、本当に感謝しております。登場人物達を描いて頂いたことで、私だけでなく、読者の皆様、そして本人達も喜んでくれているに違いありません。ベルベットに関すると、ハトリ様のおかげで可愛い女の子だと私自身も再確認でき、六巻の彼女につながっていたりするので、とてもありがたかったです。

書店の皆様、これまで大変お世話になりました。皆様のお支えによって、この物語が店頭に並びました。売り場と皆様の疲労を全く考慮しない分厚い作りであるというのに、取り扱ってくださり、並べて頂いて、本当にありがとうございました。

読者の皆様、明日から頑張ろう病の私がちゃんと仕事をすることができたのも、皆様がいてくれたからだと思います。三年間にわたり、大変ありがとうございました。レジェンド・オブ・イシュリーンの書籍版はこれで完結いたします。もし、貴方が好きだった人が作中で死んでしまっていたなら、お詫び申し上げます！

読み終わっても、本棚に余裕があれば残しておいて頂いて、思い出した時に一巻から読み返してみてください。それが何よりも嬉しいのです。今後とも宜しくお願い致します。

相方、お疲れ様です。私……私達が作った物語が、少なくない方々に楽しんでもらえてよかった！喧嘩をしながらも仲直りをして、のんびりと暮らしていきたいですね。

ビーグル犬のビータン、私達のところに来てくれて……病気で旅立ってしまった君のおかげで、私はとっても命というものを考えるようになったんだ。だから、こういう物語を書きました……もっと長く一緒に暮らしたかったよ。この後悔も、君といた日々があったからこそだなぁと、物語を書くようになって思えたのです。

我が家のお爺ちゃん犬。家族になったその日からお爺ちゃんで、今はもう何歳なのかわからないビーグル犬のポン太。君がいるから、ルヒティという人物が出来上がりました。ありがとうね。

最後に、マキシマム君の健やかな成長を祈り、あとがきを閉じます。

皆様、お元気で！

ありがとうございました！

二〇一八年五月二十日
木根楽

レジェンド・オブ・イシュリーン
Ⅵ

発　行
2018年6月15日　初版第一刷発行

著　者
木根楽

発行人
長谷川　洋

発行・発売
株式会社一二三書房
〒102-0072　東京都千代田区飯田橋2-14-2　雄邦ビル
03-3265-1881

デザイン
erika

印　刷
中央精版印刷株式会社

作品の感想、ファンレターをお待ちしております。
〒102-0072　東京都千代田区飯田橋2-14-2　雄邦ビル
株式会社一二三書房
木根楽 先生／匈歌ハトリ先生

Printed in japan, ISBN 978-4-89199-475-4

※本書は小説投稿サイト「小説家になろう」（http://syosetu.com/）に
掲載された作品を加筆修正し書籍化したものです。